天才ハッカー安部響子と2,048人の犯罪者たち

一田和樹

集英社文庫

目　次

◆主な登場人物◆

安部響子《あべきょうこ》　「因果応報」を信条とするハッキングチーム・ラスクのリーダー。天才ハッカー。長身の美女で極度の人見知り。

高野肇《たかのはじめ》　安部に誘われてチームに参加した青年。技術は未熟だが、独特の閃《ひらめ》きを持つ。現在は安部と行動をともにしている。

鈴木沙穂梨《すずきさおり》　高校三年生。ハッキング技術に長《た》けた、寡黙で気の強い美少女。安部響子に憧れている。

青山拓人《あおやまたくと》　沙穂梨の同級生で彼氏。正義感が強く、人を惹《ひ》きつけるものを持っている。

佐野《さの》良子《りようこ》
高校三年生。美人だがコミュニケーションが不得意な変人で、いじめられている。ハッキングを行っている。

岩倉《いわくら》希美《のぞみ》
良子の同級生。家が裕福で、クラスの中心的人物。

オルカ
良子に親切にしてくれる正体不明のハッカー。

キャシー
多国籍ＩＴ企業ガーゴイル社の人事部社員。

天才ハッカー安部響子と2,048人の犯罪者たち

プロローグ　二〇一七年

　羽田空港のカウンターで荷物を預けた希美《のぞみ》はほっとした。これでだいぶ身軽になった。家族なしの海外旅行。緊張と期待で胸がいっぱいだ。ほんとうに行くんだとあらためて思う。夫のあきれた顔を思い出すとおかしい。妻として問題あると思うが、わがままを言えない人生なんてつまらない。

　ふと目を上に向けてみる。空港の天井はすごく高くて自由な感じがして好きだ。免税店を冷やかしながら、旅先で待っている友人のことを考える。懐かしいというよりは、死んだと思っていた夫が突然現れた気分に近い。もちろん、そんな経験をしたことはないけど。彼女は自分にとって夫以上の存在だったと思う。互いに互いの生き方があって、友達になっても変わることはなかった。でも、世界の見え方、感じ方は明らかに変わった。少なくとも自分はそうだ。同じ高校の生徒だったはずなのに、彼女は同じ世界には生きていなかった。きっと今でもそうだろう。

　世界は彼女の向かう方向に変化した。アメリカ大統領がツイッターで差別的な発言をするなんて、あの頃だったら2ちゃんねるで書き込むようなものだ。彼女と友達になった二〇〇三年はネットが普及して世界が変わりだした時だった。ネットで次々と事件が起き、mixiやグリーができた。アメリカでフェイスブックができたのもあの頃だ。あとで知ったけど、サイバーセキュリティ業界で有名なマンディアント、ファイア・アイもあの頃にできたし、その前後でハッキングチーム、ヴペン、スカイプ、リンクトインができていた。アメリカ政府と軍需企業が軒並みハッキングされたタイタン・レインという事件も起きている。RBN（ロシアン・ビジネス・ネットワーク）という犯罪組織が大きくなりはじめた時期でもある。考えてみると、ほんとうにいろんなことが起きていた。

希美がネットのことに興味を持ったのも彼女のおかげだ。あれからネットのことを勉強し、IT企業に就職してベンチャー企業を経営する男と結婚した。その結果わかったのはネットの世界は芸術の世界よりも才能が大事ということだ。違うのは努力すればそれなりに仕事も収入も得られるということ。だから誤解しがちだけど、あるラインを越えるには努力ではどうにもならないなにかが必要になる。

一を二や三にできる人はたくさんいる。でも、ゼロを一にしたり、一を百にしたりできる人はめったにいない。特に大事なのは後者だ。ゼロを一にする人の多くは不遇のまま終わることも多いし、彼らが社会を変えることはめったにない。これまでIT産業を牽引《けんいん》してきた起業家や革命的なソフトウェアを生み出した天才はほとんど「一を百にする」人たちだ。ゼロを一にして消えていった天才の価値と意味を的確に理解し、よりよいものを生み出した。彼女も後者の天才だったと今ではわかる。

あの頃の自分はなにも知らず、だらだらと高校生活を送っていた。彼女が教えてくれなければ、なにも知らないままだったろう。彼女と出会ったことで世界が違って見えるようになり、日常の裏側にある闇のネットの世界を知ることになった。

まさかまた彼女に会えるとは思わなかった。彼女と離ればなれになった最初の数年はネットで捜しまくっていたけど、手がかりも見つからないのでだんだん諦めモードになっていった。だから十三年経《た》ってからフェイスブックで彼女を見つけるとは思わなかった。未《いま》だに半信半疑だ。騙《だま》されているのかもしれないけど、地球を半周して会いに行く価値はある。彼女が自分にとってどういう存在だったのかを確かめたい。

空港のアナウンスが聞こえてきたので、希美はゲートに向かう。着いた先では日本語も英語も通じない。スペイン語の会話集を機内でおさらいしよう。それと彼女についての本も読んでおきたい。時間はたっぷりある。

彼女のことをなんと呼ぼう。やはり昔呼んでいたように「良子《りょうこ》」がいい。「安部《あべ》響《きょう》子《こ》」という名前にはなじみがない。

第一部　佐野良子　二〇〇三年

第一章　岩倉希美の奇妙な友人　二〇〇三年　春

好奇心は猫を殺すと言われるが、猫は九つの命を持つとも言われる。だったら命がけの好奇心を九回も満たすことができる。もしかしたらその最初の死に至るかもしれない好奇心を抱えて岩倉希美《いわくらのぞみ》は職員室の前の廊下までやってきた。

廊下側の壁によりかかって中の会話を盗み聞きする。そんなことをしなくても後で担任に聞けば教えてくれるとわかっていたが、彼女がどんな声でどんな風に話すのか聞いてみたかった。同級生だというのに話しているのをほとんど見たことがない。たまに授業中に指名されて答える時に耳にするくらいだ。彼女には友達もいないから休み時間はいつもひとりで誰とも会話しないし、誰も話しかけない。しかも最近では授業に出ることも少ないからほんとに声を聞くことがない。

そのくせ成績はトップだ。謎の同級生の正体を知りたいと誰でも思うだろう。いつものように彼女が早退しようと教室を抜け出したので、希美はその後を追いかけてきた。

「私の机がなにものかによって盗まれました。以後の授業を受けることは困難と判断しましたので自宅に帰ります」

静かな声が扉の向こうから聞こえてきた。透き通った落ち着きのある声。抑揚がないから合成音声のようにも聞こえる。彼女は背が高いし、きれいな顔をしているから愛想がよければ人気が出るだろうにもったいない。

「オレは知らん」

教師の投げやりなしゃがれた声が返ってきた。慣れているんだろう。いつも彼女はほとんど授業を受けずに家に帰る。いじめられているせいだ。いじめる方もよく飽きないと思う。

「お許しをいただいたと解釈いたしましたので帰路につきます」

彼女の声が聞こえ、それから職員室の扉が開いた。

「あ」

廊下で立ち聞きしていた希美と彼女、佐野良子《さのりようこ》の目が合った。佐野良子はすぐに目をそらしてうつむく。いつもそうだ。これまでは気にも留めなかったけど今日は違う。希美は良子のおもしろさに気がついた。他の連中とはなにかが違う。

機械みたいなしゃべり方、いつも誰のことにも関心を持たない感じがする。そのくせ平気で規則を破り、教師を脅している。希美にとっては初めてのタイプの人類で、おそらく二度と出会うことのないタイプだ。このチャンスを逃してたまるか。彼女の正体を知りたい。

「また早退するのかよ」

良子の行く手をふさぐように前に立つ。長身で黒髪の良子と中背で茶髪の希美が向き合う様子は漫才のコンビを思わせるアンバランスさだ。

「学校には生徒に適切な学習環境を提供する義務がありますが、この学校はそれを怠っています。したがって私がここにいる必要はありません。加えて申し上げると学習環境として自宅の方が快適です、主に私にとって」

うつむいたまま、棒読みのようにつぶやく。壊れた機械みたいなずれた感じがおもしろい。スター・ウォーズに出てくる人型ロボットみたいだ。一歩間違えると白い車で走り回っているパナウェーブ研究所とまざりそう。

「思ってた通り理屈っぽいヤツだった」

「論理的な思考はわかりやすいので便利です。失礼します」

「まあ、待てよ。いじめられてるから帰るんじゃねえの？」

希美の言葉に良子は顔を上げた。ただでさえ大きな目を少し見開いている。どうやら驚いているらしい。

「いじめ？　言葉は知っていましたが、身近なものとして認識していませんでした。おかげさまで理解できました。不思議な現象が毎日発生するので困っていたのですが、その正体がわかりました。ご教示いただき、恐縮です」

　良子はぺこりと頭を下げ、希美は首をひねる。ほとんど毎日のようにいやがらせをされていて気がつかないなんてことがあるんだろうか？　だとしたら想像以上にずれてる。

「あんた、自覚なかったの？　机を隠されたり、教科書をゴミ箱に捨てられたりしたじゃん。立派ないじめだろ」

「あなたの慧眼《けいがん》には敬服いたします。なにぶん世事に疎いもので気づきませんでした。ありがとうございます」

　こいつの言葉はていねい過ぎて、なにを言ってるかわからない。「けいがん」って銃《ガン》の一種？　笑い出したくなるが、こらえた。

「ふつうにしゃべれないの？」

「岩倉さんと言葉を交わすのはこれが初めてです。最初はていねいに応対するのが人としての常識だと思います」

「しねーよ。同級生だぞ」

「左様ですか」

「おもしろいな、お前」

　希美におもしろいと言われた良子は困ったような顔をした。良子は自分がどれだけ変わり者なのか理解していないのだ。それも含めて最高におもしろい。

「特に用件がなければこれで失礼したいのですが、よろしいでしょうか？」

良子がすたすたと歩き出したので、希美も一緒に歩き出した。並んで廊下を歩くと、授業中の教室内から視線が飛んでくるのがわかる。でも、教師も希美を止めることはない。希美はこの学校では誰も手を出せない特別な存在だった。

「お前さ、カンニングしてるだろ。ほとんど授業に出てなくて教科書も持ってないのに成績トップって絶対なにかやってる」

自分はこんなに良子のことが気になっているのに、なんでなんの反応もしてくれないのだろう。よけいに気になる。なんとかしてちゃんと話をしたい。ほとんど毎日のように早退を繰り返しているのに成績優秀という秘密を知りたくてこっそり後をつけ回した。

「状況証拠に基づく推論としてはあり得ますが、それをもって断定するには無理があります」

「これでも？」

良子が実習室のパソコンを操作している写真を突き出す。以前、こっそり隠し撮りしたものをプリントした。希美の切り札だ。

「これがなにか？」

続いてパソコンの画面の写真を見せる。さきほどの写真を拡大したものだ。パソコンの画面にはテストの問題が映っている。テストの前に教師のパソコンに侵入し、問題を盗み見た証拠になる。

「よくできた合成ですね」

良子は表情を変えずに答え、希美は舌打ちした。ここまでタフな相手だとは思わなかった。見かけはいかにも気が弱そうなのに。合成写真ではないことは証明できるものなのだろうか？　と一瞬考えたが、そこまで面倒なことをしなくても教師からの信頼度は圧倒的に希美の方が上だ。

「あんたは口がうまいけど、あたしが教師たちにこれを見せれば不利になるのはわかるだろ？　あたしはここでは特別扱いなんだ」

「おっしゃる通りかもしれません」

少しだけ間をおいて良子は答えた。希美はほっとした。これでやっと話ができそうだ。とりあえず家に連れて帰ってふたりきりで話をしてみよう。こいつの秘密はカンニングだけじゃない。マンガで読んだハッカーみたいなこともしているようだし、人に言えない裏の世界を知ってそうだ。そんな世界に首を突っ込む気はないが、話は聞いてみたい。

「秘密にしてやるからさ、うちに遊びに来いよ」

「お話の前後の脈絡がつながっていないように感じました」

「ああもう面倒だな。お前はおもしろそうだからもっと話を聞きたいって言ってんの」

「恐縮ですが、岩倉さんの意図することが把握できておりません。わかりやすく、なにをしたいかおっしゃっていただけると助かります、主に私が」

　こらえきれずに希美は笑い出した。こんなおかしなヤツ会ったことない。

「笑うということはなにかおもしろいことがあったのですね。しかし私には理解できません。さきほどの質問と合わせてお答えいただけるとありがたく存じます」

「く、苦しい。あんた、マジで言ってるんでしょ？　どこの宇宙から来たんだよ？」

　希美は腹を抱えて廊下にうずくまる。

「依然として意味不明です。確認したことはありませんが、私がホモサピエンスであることは自明です。岩倉さんは笑いの衝動が強すぎて機能不全に陥っているようですので今日はこれで失礼します」

「わかった！　笑ったのは悪かったからうちに来い。そしたらさっきのことは誰にも言わない」

「それは好都合です、主に私が」

　良子が答えると、笑いの発作が治まった希美は立ち上がって歩き出した。そのままふたりで校舎を抜け出す。校庭では体育をしていたので、裏口に回る。誰もいない木立を抜け、外に出ると妙に静かな商店街があった。ほとんど早退をしたことのない希美には新鮮な風景だ。下校する夕方は学生や主婦でいつも混み合っている。

いざ良子を家に連れていくことになってみると、なにからどう話せばいいのかわからない。いろいろ訊《き》きたいことはあったはずなのだが、こうして一緒に歩いていると一向に頭に浮かんで来ない。ふたりはしばらく黙ったまま歩く。

「途中で金物屋かコンビニに寄ってもよろしいでしょうか？」

唐突に良子が言った。

「なに買うの？　たいていのものなら家にあるよ」

「不測の事態に備えて護身用具を購入します。岩倉さんの服は防刃仕様ではないようなので大きめのカッターか包丁で足りそうです」

希美は立ち止まると、あきれた顔で良子をまじまじと見る。この後、あなたを刺すかもしれないので包丁を買っていいですか？　なんて本人に訊くヤツがいるとは思わなかった。冗談でもなさそうだし、反応に困る。

「ほんとに頭ぶっ飛んでるな。あたしを刺すつもり？」

「私にとってはほとんど会話したことのない他人の家にお邪魔する時点でかなりの不測の事態なので当然の備えだと思います」

良子は真顔だ。

「そんなんだから友達いないんじゃねえの？」

言ってから今のは言い過ぎたと後悔する。

「かねてから友達という言葉の定義について疑問に思っておりました。岩倉さんがご存じならご教示くださると助かります、主に私が」

良子は気にしていないようすだ。

「友達は……友達だよ。一緒にいると楽しい相手」

友達の定義をあらためて訊かれるとすごく答えにくい。

「では岩倉さんは私を友達と認識しているのでさきほどから楽しそうなのですか？」

「あたしとあんたが友達？　はあ？　だってさっき初めて話したばっかりじゃん」

口ではそう言ったが、まんざらでもない。

「さきほどの定義に知り合ってからの時間は含まれておりませんでした。岩倉さんが友達なら、私にとって最初の友達になるので光栄に思います、主に私が」

良子の口元がゆるんだように見えた。へえ、と希美も頬がゆるむ。なんだかうれしい。

「マジでそれ言ってんの？　ヤバいよ。それに、〝主に私が〟ってどういう口癖だよ」

「おっしゃったことの意味が解釈できませんでした」

「腹いてえー」

希美はまた身体《からだ》を折って笑い出し、良子は不思議そうにそれをながめた。

結局、カッターも包丁も買わずに、十分ほどで希美の家に着いた。広い庭のある一軒家で、由緒ある洋館といった佇《たたず》まいだ。映画に出てきそうな鉄の門扉を押して中に入る。

「これが岩倉さんのお宅ですか……念のために確認しますが、これ全部が岩倉一家の居住空間なんですね？」

良子は周囲を見回しながら希美に訊《たず》ねる。

「そうだよ。意味もなくでかいだろ」

「意味？　少なくとも不動産としての価値はあります。察するにご両親は資産家でいらっしゃる。つまり岩倉さんは親の金と地位で現在の快適な高校生活を実現しているわけですね」

あまりにもストレートな表現すぎてぽかんとした。

「いいなあ。そういう素直すぎる言い方好きだよ。あたしにそんな口をきくヤツはいないからね」

希美はからからと笑った。こいつの反応は予想できない。

ふたりは家に入ると、そのまま希美の部屋に向かった。両親は仕事で昼間はいない。十畳はあろう広い部屋にクリーム色のカーペットが敷き詰められており、壁際には机がふたつある。片方にはノートパソコン、もう片方にはデスクトップパソコン。窓際にはパステルカラーのベッド。希美の部屋にあるパソコンを見た良子の目が輝いた。

「デスクトップパソコンはほとんど使ってないから使いたいなら使っていいよ。性能いいやつらしい」

希美の言葉に良子はそそくさとデスクトップパソコンの置いてある勉強机に向かう。

「ではお言葉に甘えてこちらのパソコンを拝借してもよろしいですか？」

言いながらすでにパソコンに近づいている。よっぽど気になるらしい。

「あたしはノートパソコン使ってるから、そっちはほとんど使わないんだ」

希美はベッドに寝っ転がる。おもしろいからそのまま帰ってきてしまったけど、鞄《かばん》を教室に置きっぱなしだった。後で誰かに届けてもらおう。

「ははあ。いわゆる宝の持ち腐れというヤツですね。素直に感謝します」

これまで無表情だった良子が楽しそうにしている。希美はすごくよいことをした気分になって照れくさくなる。

「その言い方は全然素直じゃないと思うけど、まあいいや。だって、すっごいいい笑顔してるもん」

これまで会った人間とは全然違う。どちらかというと違う生き物じゃないかっていうくらいの違いを感じる。

「左様ですか？」

「そんな顔初めて見た。きれいな顔してるとは思ってたけど、笑顔はすごくいい」

希美の言葉に良子は頬を赤らめ、さっそくパソコンを起動する。

「ありがとうございます。容姿については遺伝子と日々の食事の恩恵ですので、私はなにも努力しておりませんが、素直にお褒めの言葉はいただいておきます」

「手入れとか化粧してないで、それかよ。びっくりだな」

「容色は歳《とし》とともに衰えるものです。買い手は買い換えることで常に一定水準の容色の人間を保持できますが、売り手は若返ることはできないので劣化する一方です。売り手にとってはたかだか十年程度しか価値のないものです」

話しながらも目はディスプレイに向けられ、手はなにかをタイピングしている。その姿がすごくカッコいい。まるで映画やテレビに出てくるハッカーみたいだ。

「ハッカーなの？」

「ハッカーは多義的な言葉ですが、コンピュータやネットワークに通じた人間という意味であれば、そうなりたいとは思っています」

「職員室のシステムに侵入してテスト問題を見たりしてたんだよね？」

「私の理解では〝補正行動〟です」

「〝補正行動〟？」

「学校が私に適切な学習環境を用意しないため、そのハンデを補正するための手段を講じました」

「〝適切な学習環境を用意しない〟って、いじめを止めなかったことかな。あたしも補正行動していいかなあ？」

「岩倉さんの補正行動を正当化する理由が見当たりません。したがって答えはノーです」

「そういうとこは頭が固いんだな。じゃあ、他のヤツのメールをこっそり見たりできる？」

「岩倉さんはさきほどからかなり突っ込んだ質問をなさっています。肯定すると犯罪を認めたことになりかねません。しかしこのパソコンをお借りする礼として返事をすべきという気もします。差し支えなければ質問の意図を教えてください」

「いや、単に訊いてみただけ。気になる相手のメールを見られたらおもしろいかなあと思って」

「個人的な悦楽のために他人のメールを読むのはよい趣味ではありません」

希美がため息をつくと、

「しかしながら時には有用であり、時には楽しいこともあります、主に私が」

良子は真面目《まじめ》な顔で返事した。どうやら冗談やいたずらも理解できるらしい。

「なんだ。正論しか言わないと思ってたけど、そうでもないんだな。安心した」

「私が正論を言うことは稀《まれ》です。私が口にしているのは屁理屈《へりくつ》というものです。多くの人は私の言説に同意しません」

「自分がおかしいって、わかってるんだ」

希美がそう言って笑うと、良子も口の端をあげて不器用に笑った。まるで、生まれて初めて笑うかのように。


岩倉希美の部屋でパソコンを数時間いじってから良子は帰宅した。希美からは夕食にも誘われたが、初めて訪問した家で食事までご馳走《ちそう》になるのは気が引けたし、なにより先方の家族に顔を合わせたくなかった。

良子の家は高校からほど近い高層マンションの一室だ。決して安いものではないが、さきほどの希美の一軒家とは雲泥の差がある。自分の家の資産状況についてあまり考えたことはなかったが、あれほどの違いを目の当たりにするとふと考えてしまう。

良子は家の扉を開ける前に深呼吸した。いつものことだ。我が家とはいえ自分以外の人間と顔を合わせ、会話するのは緊張する。

「ただいま帰りました」

玄関の扉を開け、帰宅を告げる挨拶をする。本当はしたくないのだが、礼を失することは本望ではない。

「お帰りなさい。学校はどうだった?」

玄関に続くリビングから義理の母が現れた。良子が中学二年生の時に母が死に、昨年父はこの女性と再婚した。以来、義母の響子《きょうこ》と義兄の達樹《たつき》と同居し、家族プレイを続けている。好きとか嫌い以前にいまだに他人と同居している感覚が抜けない。親が再婚した家の子供はどうやって、こういう環境になじんでゆくのだろうと考えることもあるが、おそらく一般的な解法は自分には当てはまらないのですぐに考えるのを止《や》める。自分なりの方法を見つけるか、家を出るしかない。そしてすでに高校生活も残り一年を切った今となっては、なじむよりも家を出ることを優先して考えた方が効率的だ。結論として義母や義兄と仲良くすることは時間の無駄になる可能性が高い。

「特に変化ありません」

良子は無表情で返す。義母がやってきた当初は父の頼みもあり、笑顔を作るようにしていたが、「無理に笑う必要はないわ。自然にしていていいの。家族なんだから」と見透かされたことを言われてから自然の表情で過ごしている。無表情が一番楽だ。

「時々早退しているみたいだったから、体調悪いのかと気になっていたんだけど」

義母は心配そうな顔をしている。ちくりと胸が痛み、同時になぜ痛いのだろうと良子は自問する。

「ご心配にはおよびません。ありがとうございます」

とはいえ良子の認識では特に問題はないので、そう答えて自分の部屋に入る。義母が心の触れあいを望んでいることはわかるが、良子にとっては内臓を見せ合うのと同じくらいに気持ち悪い。相手が義母だからではなく誰とでもそうだが、あまり口にはしないようにしている。以前、学校の教師に、「心の触れあいとは普段見せない内心を吐露し合うことなので、内臓の見せ合いのようで大変気持ち悪く感じます」と言ってひどくイヤな顔をされたことがある。

良子はそのまま自分の部屋に入って着替えた。制服は他人と同じ服を着ることで風景になれるから便利だが、強制され従わされているようで嫌いだ。ユニクロのスウェット姿で机に向かう。

ノックの音がした。

「鍵はかかっておりません。どうぞお入りください」

入ってきたのは義兄の達樹だった。身長百八十センチのスポーツマン。都内の私立大学の三年生だ。明るく快活で人当たりもよい。自分とはほとんど共通点のない人間だと思う。ついでに言うと義母ともおそらく違う。いったいどのようにして義母はこの男性を作り上げたのだろう？

「お前さあ。もう少し愛想よくできない？」

義兄は意識的に、よい人間もしくはよい人間であろうとしているように見える。おそらくそれは成功している、良子との関係をのぞいて。

「円滑な家庭環境の実現のために必要とは理解しておりますが、そういうことを器用にこなせないのです」

義兄からは、「愛想よくしろ」と何回も言われたが、義母からは「無理をするな」と言われており、良子は後者の優先度を高く設定している。義母の言葉の端々には義兄がそつなく育ち過ぎたことへの悔悟がうかがえる。

「もう少し女の子らしいしゃべり方とか、家族らしい話とかできない？　オレだってがんばってんだから」

「貴兄《きけい》の努力には敬意を表します。しかし私には私の生き方があり、私の人生に責任を持たなければならないのは私自身です。したがって今の生き方を変えることはできません。また貴兄自身もこの件について無理はしなくてよいと何度かおっしゃっています」

「そうなんだけどさ。程度問題だろ。楽しくないだろ」

「あなたがですか？」

良子に切り返されて達樹は目を丸くした。

「お前だってそうだろ？」

「人との接触を最小限に抑えることは快適です、主に私は」

「わかんないな。でも、オレや母さんと仲良くしたいと思ったらいつでもそう言えよな。オレたちはいつもそう思ってるんだから」

達樹はため息まじりで苦笑する。義兄とはこの種の会話を週に一度はする。良子はしたくないのだが、義兄はなにかの義務感に駆られてやりたがる。

「純粋な好奇心でお訊ねするのですが、あなたや多くの人は仲良くすることが好きなのでしょうか？」

良子はかねてから疑問に思っていたことを質問した。この質問は相手によっては、皮肉ととられ怒りを買うことがあるのを経験から学んでいる。目の前の達樹は一年間におよぶ良子との生活で、皮肉ではないことを理解できるはずだ。

「そっちの方が楽しいし、いろんなことがやりやすくなるだろ」

「楽しい、やりやすくなる……主としてコミュニケーションの効率がよくなるということでしょうか？」

「それもそうだけど、なにかを頼みやすくなるし、いざという時に助けてくれる」

「暗黙の相互扶助ネットワークが形成されるわけですね。ひとりで生きると決めている私にはあまり関係なさそうです」

「お前が妹でなかったら観察日記つけたいくらいにおもしろい」

「恐縮です。その意味するところはよくわかりませんが、観察日記というアイデアは興味深いと感じました」

「負けた。お前にはかなわない」

達樹は笑いながら部屋を出て行った。会話は途中だったと思うのだが、これでよかったのだろうか。良子は少し気になったが、かまわずパソコンに向き直った。
ネットサーフィンを始めると〝オルカ〟がコンタクトしてきた。半年前に掲示板で知り合ったハッカーだ。危険なことをするわけではなく純粋に技術的な可能性を検証しているように見えたので良子も安心して情報交換をするようになった。
【オルカ】　いつもと違うパソコンを使ったでしょう。安全確認はした？
さっき希美の家でパソコンを使ったことがなぜわかったのだろう？　どきりとする。
【レフティ】　ざっとですが、チェックしました。
レフティというのは良子のハンドル名だ。
【オルカ】　ならいいけど、新しいパソコンを使う時には気をつけた方がいい。
【レフティ】　他人のパソコンなら私に危険がおよぶことはないと思います。パソコンの持ち主が危険に直面する可能性があるのでおっしゃることには同意します。
【オルカ】　私にはあなたが岩倉希美さんのパソコンからネットに接続したことがわかった。この意味がわかるでしょう。あなた自身にも危険がおよぶことがあるから気をつけてね。
【レフティ】　なぜわかったのでしょう？
【オルカ】　説明してもいいけど、その前にあなたには学ぶべきことがある。物事には順番が大切ですからね。
【レフティ】　了解です。いつものように質問があります。ＩＰアドレスを詐称する方法はいくつかあると思うのですが、目的別の最適な方法を教えていただけませんか？
【オルカ】　いいですよ。それより、先に目的を聞いた方が早いと思うんだけど。
【レフティ】　高校の成績管理システムに侵入しようと考えています。ターゲットは職員室内の閉鎖されたネットワークに接続されており、そこにアクセスするにはまず職員室のネットワークに繋《つな》がっていてインターネットにも接続されている教師のパソコンを乗っ取る必要があります。そのためのものです。
【オルカ】　いつもながら物騒な話。そんなことより、学校で友達や彼氏を作ればいいのに。
【レフティ】　そういうことには興味ありません。人間の言動は予測が難しく、不安定で危険です。
【オルカ】　慣れれば楽しいのに。
【レフティ】　そのようなものに慣れるよりもあなたから学んでいたいと思います。
【オルカ】　しょうがない子。
【レフティ】　そういえば友達ならできました、定義にもよりますが。
【オルカ】　おめでとう！　よかったわね。

言葉使いから良子はオルカが女性であろうと察していた。女言葉を使う男性もいるが、オルカには不自然さがなく、良子が女性特有の化粧や生理についての質問をしてもすぐに答えてくれる。

【オルカ】　岩倉希美さんね？

【レフティ】　左様です。

それからふたりは小一時間会話を続けた。

オルカとの会話が終わった頃、ノックの音がして、「入っていいか？」と声が聞こえた。

「どうぞ、鍵はかかっていません」

良子が答えると父親が入ってきた。長身で堅い顔をした中年男性。長い間見ていると、慣れてしまって風景のようだ。

「帰宅時のお迎えもせずに失礼しました。おかえりなさい」

座ったまま頭を下げると、父親は困った顔をした。

「晩ご飯だ」

晩ご飯に呼びに来た風を装っているが、ふだんは部屋の外から呼ぶだけだ。わざわざ来た理由が他にある。だから良子は席を立たずに口だけで返事する。

「ありがとうございます。参ります」

「もうちょっとみんなと話せないか？　これは父親としてのお願いだ。お前もつらいと思うが、なんとかならないか」

　父親の言葉に良子は顔をあげる。

「佐野庄司《しょうじ》さん、あなたが十七年前から私の保護者としての使命を帯びて努力してきたことは理解しています。また、感謝に値すると考えています。ですから、そのようなへりくだった態度は必要ありません。私はつらいとは感じていません」

「……お前はチューニングの狂った人工知能みたいな話し方しかできないが、誰よりもやさしいことを私は知っている。母さんにそっくりだ」

「チューニングの狂った人工知能」とは父親らしくない言い回しだが、確かにその通りだ。自分が人間ではないように感じることが時々ある。相互理解できない相手が多すぎる。

「母は私の模範でした。似ていると言われるのは光栄です」

「お前は私が再婚したことを不満に思っているのか？」

「いえ、素直に賛成です。そもそもあなたの結婚なのですから私が口を出す筋合いはありません」

「だが、お前の母親でもある」

「母親という言葉の意味が父親の妻であるなら、その通りです。なんらかの精神的な相互依存関係を指すなら、私は誰ともそのような関係を持ちたいと思いません。生物学的な父親と母親には経済的な理由で依存せざるを得ない時期がありましたが、その時期は終わろうとしています」

父親の顔が曇ったのを見て、良子は失敗したと心の中で悔やむ。わかりやすい言葉は時に相手の神経を逆なでする。

「私はお前を愛しているし、幸福になってもらいたいんだ」

「愛と幸福も多義的な言葉ですが、おそらく私もあなたを愛していると思いますし、幸福を感じています。ですからなにも問題はありません」

「義母《かあ》さんや達樹はお前と仲良くしたいと思っているんだ、特に義母さんはそうだ」

「率直に申し上げますと、あのふたりとは現状で最大限のよい人間関係が保てていると感じています。ですからこれ以上どうすればよいのかわからないのです。いずれ私はこの家を出て生活することになります。無理にこれ以上仲良くする必要はないでしょう」

父親はなにか言いかけて止めた。おそらくもっと会話しろとか、笑顔を見せるようにしろと言いたかったのだろうが、それが良子に無理を強いることになるとわかっているから言えないのだろう。

「お話は以上でしょうか？」

「ああ、面倒な話をして悪かった」

「謝罪にはおよびません。あなたは私の保護者であり、信頼している肉親です。あなたとコミュニケーションをとるのは義務であり喜びです、主に私にとって。ありがとうございます」

父はため息をつき、良子はまたなにか失敗したかもしれないと思った。

それから数日の間、希美は少し欲求不満だった。ああやって話をしたら仲良くなれそうなものなのに、翌日学校で会った良子はいつもと同じで挨拶もしない。「おはよう」と希美が声をかけても無言で会釈するだけだ。良子らしいとも言えるが、物足りない。

むしろ周りの方に反応があった。

「え？　なんで佐野に挨拶してるの？」

と数人に訊かれたが、「別に。同じクラスじゃん」と軽く流した。さらにしつこく訊かれたが、面倒だから答えなかった。

自分の席についてからも良子を観察した。まるで片思いをしているみたいだなと思ってちょっと自分にあきれた。

しばらく見ていると良子に異変が起きた。机の中をのぞき、それからバッグの中を確認している。またなにかやられたに違いない。怒りを覚えた希美は立ち上がると良子の席に向かった。

「どうした？」

どんなことかはだいたい察しがついていた。ひどく頭にきた。卑劣ないじめを止めさせるいいタイミングだ。

「私の教科書がなくなりました。よく発生する窃盗事案です。これから教師に報告したうえで、自宅に戻ります」

良子は平然と答えるが、希美は収まらない。頭の隅でなんでこんなに怒っているんだろう？　と不思議に思うくらいだ。

「ちょっと待て」

立ち上がろうとする良子を希美が止めた。それからぐるりと周囲を見渡し、大声で怒鳴った。

「佐野さんの教科書ないんだってよ！　やったヤツは教科書をすぐもってこい！　さもなきゃ、全員の机をひとつずつ調べる。それで出てきたらタダじゃおかねえ。言っとくけど窃盗だからな。警察に届けるぞ」

教室が静まり返る。希美が怒鳴ることは珍しい。ふだんなら冷たく罵る。それにいじめの対象をかばうなんて初めてのことだった。正義の味方なんてがらじゃない。希美自身もなんでこんなに腹が立つのかわからないが、とにかく許せない。

隅の方の数人が、「なんかヤバい」とささやき合っていたが、希美がにらむとすぐに黙った。

「希美、なんでそいつをかばうの？」

近くの席の女子が訊いてきた。

「友達だからさ」

当たり前だろという感じで答える。クラスのあちこちで、「えっ」、「マジ？」という声があがる。

「やめとけ、そいつおかしいぞ」

良子の隣の席の男子が笑いながら言った瞬間、希美がかがんで身体をひねる。誰の目にも見えなかったが、希美の肘が顎にヒットして、相手は意識を失って床に崩れ落ちた。

希美が本気で怒っていることがクラス中に伝わる。

希美の取り巻きの女子が数人席を立つと希美の横に駆け寄る。

「さっさと言った方がいいぞ。言わなきゃひとりずつしめる」

そのひとりが怒鳴る。自分の取り巻きとはいえ、他人の顔色を見て動く連中は好きになれない。希美は苦笑し、良子は無表情のままことのなりゆきを見守っている。

「あの……あたしじゃないんだけど、トイレのゴミ箱にあるのを見た」

青い顔で女子がおそるおそる手をあげる。

「取ってこい」

希美は冷たく命令する。

「え？」

「お前だよ。お前が取ってこい。これからは良子の持ち物を見かけたら、持ってきて本人に返してやれ」

「は、はい」

言われた女子はその隣の女子と一緒に走り出すと、入れ替わりに担任で国語教師の岩《いわ》田《た》が入ってくる。まだ三十代だというのに白髪の目立つ痩せぎすの男だ。いちおうグレーのスーツを着ているが、着古していてよれよれだ。この男のキツネみたいな目つきが希美は嫌いだった。

「岩倉、なにしてるんだ？　授業だぞ」

教壇に向かって歩きながら岩田が、仁王立ちしている希美を見る。

「良子へのいじめを終わらせようと思ってさ。しばらく黙ってろ。今まで黙認してきたんだ。これくらい大目に見ろ。いじめが事件になって困るのは学校やお前だろ」

希美が教師をにらみ返した。

「……忘れ物をしたようだ。職員室に取りに戻る」

教師は目を伏せ、そのまま教室から出て行った。

「吐き気がするほど利口だな」

希美の言葉に取り巻きが笑う。なにもかもくだらないと思う。希美がこんな横柄な態度を取れるのも、祖父がこの学園の理事だからだ。希美の一家はみんなケンカっぱやい。すぐに口げんかから訴訟にする。幼い頃から祖父や父が日常的に訴訟しているのを見てきた希美は裁判を怖いものと思わなくなっていた。力でも裁判でも最後に勝てばいい。だから平気でケンカする。生徒もそれを知っているから希美には逆らわない。

「あのう」

良子が希美に声をかけた。

「なに？　気にしなくていいよ。あたしがやりたいからやってるだけだからさ」

「それはよくわかります。岩倉さんは第三者の意思を慮《おもんぱか》る方ではありません。ただ、一般的なドラマや小説では、私がここで遠慮する言動をとることが期待されます。必要ならばやってみますが、いかがでしょうか？」

なにを言っているのかよくわからないが、良子なりに感謝していると言いたいのかもしれない。

「よくわかんないけど、やりたいならいいよ」

「いいえ、やりたくありません。現在、私は岩倉さんに感謝しており、それを効果的に表現する方法のひとつとして提案しただけですので」

「ねえ。希美、この子大丈夫なの？」

希美の横の女子がささやき、希美は苦笑する。

「わかんないけど、おもしろいからいいんじゃね？」

良子と自分が互いに相手の言っていることを理解しているのかどうかわからないが、常に予想しない言葉が返ってくるのがおもしろくてたまらない。希美は誰とでもすぐにケンカするが、良子相手だとケンカにならなそうな気がした。

「この子の言ってることを通訳してくれないと無理だよ」

「それはよく言われます。言葉は明解だが意図が不明だそうです」

「同じ人間とは思えねえ」

希美が笑うと取り巻きも笑った。良子は不思議そうにその様子を見ていた。

その日以降、良子に対するいじめはなくなり、通常通り授業を受けることができるようになった。良子のそばにはいつも希美がいるのが当たり前になり、ひとりぼっちでいることはなくなった。


希美の日常は良子とのつきあいで大きく変化した。良子とうまくいっている分、他の友達とあまり遊ばなくなったのだ。他の友達も一緒に良子と仲良くすればいいと思うのだが、それは嫌みたいだ。希美はほとんど感じないが、良子には人を寄せ付けないなにかがあって、たいていの人には異質で近寄りがたいものに見えるらしい。

「つきあい悪くない？」

最近よく言われる。授業が終わるとすぐに良子と帰るせいだ。

「希美は良子に騙されてるんだよ」

わけのわからないこともよく言われる。それも仲がよかった友達からだ。良子以外の友達と過ごす時間が少なくなったから、みんな心配しているんだろう。心配というより嫉妬かもしれない。女の嫉妬は気持ち悪いし、理不尽だから嫌いだ。でも、おもしろいことを逃すのはもっと嫌いだ。良子は希美にとって今一番おもしろいものだ。良子に比べると他の子たちのやっていることはつまらなく見える。自分もそのつまらない中のひとりだからよくわかる。

カラオケやゲームが時間の無駄遣いに見えてしょうがない。『ハリー・ポッター』も『世界に一つだけの花』も興味ない。なぜみんなが好きなのかよくわからない。嫌いじゃないけど、好きでもない。でも、『ロード・オブ・ザ・リング　二つの塔』はよかった。あれはわざわざ観《み》に行く価値があった。

良子がやっているのはたったひとりで世界中のいろんなサイトを調査し、侵入し、情報をのぞき、時には盗んだり壊したりすることだ。見るものが全て新鮮でわくわくした。狭い公園の中でおもちゃで遊んでいた子供が、突然本物のミサイルや戦車を与えられて自由に遊んでいいと言われたような感じだ。

希美は自分自身をバランスのいい人間だと考えている。すごく秀でたところもないし、すごく劣ったところもない。他の人と違うのは親が少し金持ちだっていうくらい。あとは、力でも裁判でもケンカが怖くないとこくらいだ。そんな人間はいくらでもいる。

良子は誰とも違う。ひとりでいることを怖がらない人間を見たのは初めてだった。希美自身も孤立することは不安だ。人間ってひとりではいられないものだと信じていたから、最初は良子を変なヤツとしか思っていなかったし、いじめられているのを見ても気にしていなかった。いじめやそれに類することはどこにでもある。小学校や中学校でもあった。いじめる側はバカだと思うし、いじめられる側はかわいそうだと思うが、かといって止めに入るほどでもない。正義の味方は自己満足でしかない。

良子のことも日常の風景のように流していた。ようするに見て見ぬ振りをしていた。その認識が変わったのは、こいついじめられていることがわかっていないんじゃないのか？　と思った時だ。いじめられている側の反応を全くしない。平然としていて不便や不都合な状況に陥ると、職員室に行って帰ると宣言して勝手に帰ってゆく。そして、何事もなかったように翌日登校してくる。

これじゃいじめがいがないだろうと思って見ていたら、意地になったのかいじめは終わらなかった。毎日、見ているうちにだんだん良子にアドバイスしてやりたくなってきた。それを我慢する。だっていじめなんて首を突っ込むと面倒なことになるかもしれないから。それでも気になるので見ていて、学校のパソコンからハッキングしているのに気がついて、わくわくしてきた。

犯罪は悪いことだけど夢がある。特にネット犯罪は世界中の銀行や企業をたったひとりで攻撃してたたきのめせる。希美はネットのことはよく知らないが、ハッカーとはそういうものだというイメージがある。良子がハッカーだったというのはなんとなく納得できた。図書館で調べてみたけど、若い女のハッカーは見つからなかった。もしかして世界でも珍しいのかもしれない。

絶対にこいつと友達になると決めたら、いてもたってもいられなくなって、職員室に向かった良子の後をつけていき、仲良くなった。世界希少種の少女ハッカー。ひとりぼっちのいじめられっ子。

正直、面倒なことになったと少し思っている。いじめをやっていたグループは頭が悪いし陰湿だから根に持って陰口をたたいている。相手にするのも面倒くさいから放置しているが、気持ちのいいものではない。でも後悔はしていない。良子みたいな人間は滅多に会えないし、すごく気が合う。お互いに相手のことが半分もわかっていないのに、気が合うなんてどうかしてる。こんな相手には二度と会えない。

第二章　正義の味方　デスク氏事件　二〇〇三年　初秋

希美がほとんどの時間を良子と一緒に過ごすようになってから、クラスでの希美の存在感はだいぶ薄くなった。しつこく希美を遊びに誘っていた友達もことごとく断られて、声をかけてこなくなった。昼休みは良子とふたりで食べるか、良子がいない時はひとりで食べるようになった。

たまに心配した友達が、「どうしちゃったの?」と話しかけてくれるが、「なんかひとりって気楽でいいなって思うようになったんだ。ありがとう。気にしないで」と答える。以前、みんなで騒いでいた時も楽しかったが、あれは単なる時間つぶしに過ぎなかった。良子がしていることはなにかを作ったり、壊したり、変化させたりすることだ。そっちの方がどきどきする。しかもそんなことをしているのは世界中でも良子だけかもしれないのだ。

毎日、良子と一緒に帰り、そのまま希美の部屋にこもってネットを見て回る。

「なにしてるの？」

良子の見ているパソコンの画面いっぱいに意味不明な文字が表示されていた。希美はプログラムのことはわからないが、なんとなくこれはプログラムなんだろうなという気がした。良子はこれを理解できるのだろうか？　だとしたらすごい。

「年金機構の仕組みを調べています」

「へぇ〜」

一瞬、頭が真っ白になった。年金機構……あまりにも突拍子のない言葉だ。うっかり「へぇ〜」と言ってしまった。学校ではやたら流行《はや》っているけど、良子はテレビの『トリビアの泉』なんか観ていないだろう。

「年金って、歳取ってからもらうアレ？」

「はい。年金機構はたくさんお金を持っていそうなので、興味を持ちました。この間、住民基本台帳ネットワークシステムが稼働したので、官公庁のシステムをひととおり見て回っています」

住民基本台帳ネットワークシステム？　そういえばニュースで聞いたことがある。自分とは関係ないと思っていたけど、よく考えたら日本に住んでいる以上、希美自身の情報もそこに登録されているはずだ。

「画面に映ってるのはなに？」

「ソースコード、ようするにプログラムのようなものです」

「そんなの見られるんだ？」

「一般公開はしていないようですが、ちょっとした工夫をすると見られます」

「やっぱハッキングじゃん」

その時、画面に文字が表示された。どうやら誰かからのメッセージだ。

「なんかメッセージ来たけど、それはなに？」

こっそりプログラムをのぞいていたのがばれたのかと心配になったが、そうではなかった。

「オルカです」

「オルカ？　誰？」

「ネットで知り合った先輩のような人で、私にアドバイスをしてくれます。これは警告のようです」

言われて希美はのぞき込む。

「このパソコンは安全ではないので、ネットに接続する前にちゃんと安全を確保するようにと言っています」

「なにその安全って？　このパソコン、ヤバいの？」

「つまり外部から侵入されて情報を盗まれたり、乗っ取られたりする可能性があるということです。オルカはすでにこのパソコンの中をのぞいて、岩倉希美という人物の情報を得ました」

「岩倉希美ってあたしじゃん！　マジかよ。ネットに晒《さら》したりしないよね」

「大丈夫だと思います。この人は無駄に危険なことはしません」

良子に言われて少し安心したが、それでも不安は残る。インターネットにつなぐってことは世界中を見て回れる代わりに、世界中から見られるってことでもある。それがわかってくる。

「世界につながってるんだってわかるな。なんかすげえ楽しい。ちょっと怖いけどね」

「私も楽しいです」

良子が無表情で答える。

「あんまりそうは見えないけど、そうなの？」

「私の保護者の表現によれば、〝チューニングの狂った人工知能〟だそうなので、そのせいでしょう。感情を理解したり表現したりする機能が私には欠落しています」

「よかった。実はちょっと気になってたんだよね。なに考えてるのかなあってさ。楽しくなかったら嫌じゃん」

「岩倉さんが他人の感情を気にする人だとは思いませんでした」

「それってひどくない？　ちょっとは気にするよ」

「失礼しました。今のは冗談です」

一瞬、間があって希美が笑い出す。

「良子の冗談って初めて聞いた。もしかして今まで時々変なこと言い出したのも冗談だったりした？」

「いえ、これが初めてだと思います。人間としての円滑な意思疎通のために必要な機能なので試してみました。失敗だったようですが」

「いや、充分おもしろいからその調子で続けてよ」

「左様ですか、では今後も精進いたします」

「良子の場合は、ふだんのまんまでも天然でおもしろいから無理して冗談言わなくてもいいような気もするけどね」

「それは円滑な意思疎通にプラスでしょうか？」

「あたしは好きだよ。他の連中は知らない」

「岩倉さんがお好きなら問題ありません。私が接触する人間は限られており、現在は岩倉希美さんと過ごす時間が一番長いです。とても楽しいです、主に私が」

良子にそう言われると、うれしくもあり、誇らしくもある。不思議な生き物の心をとらえた気分になる。

「仲良しじゃん」

「岩倉さんは最近私のことを良子と呼ぶようになりました」

良子はそれには答えず、無表情をかすかに崩してつぶやく。

「イヤだった？」

「いえ、うれしいです」

「よかった。じゃあ、良子もあたしのことを希美って呼んで。岩倉さんなんて呼ぶ友達いないぜ」

「恐縮です。では、希美。これからもよろしくお願いします」

「おう」

「なんだか緊張します。同級生を下の名前で呼ぶことは初めてです、主に私は」

「ただ話してるだけで緊張するとかヤバい」

希美は笑ったが、良子は困ったような顔をしていた。それがたまらなくかわいく見えて、希美は良子を抱きしめた。

「このような場合、どういう反応をすればよいのでしょうか？」

良子は少し頬を赤らめながら質問した。

「ごめん。良子ってかわいいからさ。ついハグしちゃった」

「なるほど。ありがとうございます」

良子はためらいがちに希美の背中に手を回した。

そんな二人のネット探索に変化が起きた。ある日を境に良子があまりネットを見ないようになったのだ。プログラムを組んでは実験している。マルウェアを作って、希美の使っているノートパソコンに感染させる実験はおもしろかった。何種類か作って、アンチウイルスソフトに検知されないものを選んだりした。それはそれでおもしろいけど、良子がプログラムを組んでいる間は、希美はなにもできないのでちょっと退屈だった。久しぶりにハロー！プロジェクトのアイドルの曲を聴いたり、家の冷蔵庫をあさってケーキやお菓子を食べたりした、デブになるとヤバいと思いつつ。

「最近はハッキングしないの？」

訊ねてみると良子は手を止めて希美の顔を見た。ふだんは手を止めることはないし、こっちに顔を向けることもないので、おや？　と思う。

「はい。ここのところ取り締まりが厳しくなってきているような気がしたので、目立つと危険だと判断しました」

「なにそれ？　サイバー犯罪が流行ってるの？」

「そのようなものです。ただし実行しているのは特定の数人ですね。ほとんどは愉快犯でホームページを書き換えて遊んでいます。ただそのうちのおひとりが『正義の味方』を標榜《ひょうぼう》してらっしゃって、取り巻きができているようです。この方が目立ち過ぎていて、警察はかなり気にしていると思います」

「正義の味方？　何者？」

正義の味方と聞くと、『美少女戦士セーラームーン』が頭に浮かぶけど、おそらくそのハッカーの中身はおっさんだろう。

「デスクさんと名乗ってらっしゃる方です。企業のサイトやネットサービスでバグや脆弱性《じゃくせい》を見つけると、すぐに直すように要求し、直さないとネット上にさらすんです。この企業のサービスにはこういう欠陥があって、何度も直すように言ったのに修正しない、けしからんという具合です」

「正義の味方だね。よけいなお世話って気もするけど、人気あるんだ」

「注目はされていますし、好きな人も多いようですけど、あまり近づかないでおこうというのが多くの人の反応だと思います」

そう言うと良子は希美にいくつかのニュースを表示して見せた。中身を読んでもよくわからないが、主に大手企業のＷＥＢサイトを調査し、新しい攻撃手法に未対応だとサイトの管理者に注意し、注意しても修正しない場合はネットで問題点を指摘して批判するというやり方をしていた。

希美の感覚だとわざわざ注意してくれるのだから、ありがたいことだと思うが、どうもそう思う管理者は少数派らしい。よけいなお世話と感じる人が多いのだそうだ。それに新しい手法のことを知らない管理者も多く、デスク氏の注意を理解できず邪険に扱ったりするようだ。するとデスク氏は、管理者の不勉強を批判する。

大手企業を小気味よく叩《たた》くデスク氏にはファンもついているらしく、記事でもファンの声が紹介されていた。まさしく正義の味方扱いだが、くわしい内容はわからなくても、敵をたくさん作るだろうことが予想される。

良子の説明は必要最小限のことをうまくまとめて話してくれるので希美にはわかりやすい。でも相手を選ぶだろうとは思う。世の中にはこみ入った話を理解できない連中がいる。そういう相手は感情論か勢いでわかった気にさせるしかないのだが、良子は苦手だろう。

「悪い人じゃないんだろうけどねえ。ここまで攻撃的だと狙われそう。めっちゃけなしてるじゃん」

言いながら良子がこういう人間にならなければいいと思う。

「おっしゃる通りです。ネットでサービスを行う事業者は〝強者〟でなければいけないというのが彼の持論で、サービスをするならそれに見合うセキュリティレベルに達していなければならないという考えには賛成できますが、攻撃的すぎます。相手を攻撃すれば相手からも攻撃を受ける可能性があります。ほとんどの人は好意には好意、怒りには怒りで対応することが多いようです」

「そうそう。そうだよね。でもわかんないんだけど、デスク氏に注意されても理解できない管理者が結構いるのはなんでなの？　それに教えてもらったら、わからなくてもとりあえず感謝するものだと思うんだけど、怒ってる人も多いんだよね」

「まず前提としてデスク氏は無名なので、見知らぬ人から突然あなたの家の防犯システムには問題がありますと言われたらむしろ警戒しませんか？　しかも技術的にまだあまり知られていないことだったりすると、自分が知らない可能性もありますが、相手が騙そうとしている可能性もありますよね」

「ああ、なるほど。知らないヤツにそんなこと言われたら、あたしも最初に疑うわ。なにが目的でケチ付けてるんだ？　って思う」

「そういうことです」

相手に疑われる危険を冒してまで忠告する動機がわからない。自分だったら絶対やらない。

「よけいなお世話としか思えないんだけど、本気で正義の味方をしてるつもりなの？　なんか裏があったりするんじゃない？」

「本気だと思います。果たして彼のやっていることが正義かどうかはわかりませんが、少なくとも本人は正義と思っているはずです」

「良子はどう思うの？　あたしはサイバーのことは全然わからないからなんとなく、よけいなおせっかいをしている感じがするだけなんだけど、ちゃんとわかってる良子はどう思う？」

「……邪魔ですね。いいことか悪いことかはわかりませんが、少なくとも私にとっては邪魔で、ふつうのサイバーセキュリティ専門家にとっても困った存在だと思います。彼のような過激で攻撃的な人物がたくさんいる業界だと思われては困ります」

それから良子はいろいろ事例を説明してくれた。技術的なことはわからないが、なにがあったかはなんとなくわかる。それを聞くと、デスク氏のしていることに共感はできないが、簡単に情報漏洩《ろうえい》する状態を放置している企業も問題という気もする。希美が知っている大手企業でも顧客の個人情報が簡単に盗み出せる状態を放置していた事例があった。

企業に言っても対応してもらえず、こういう時の通報先として案内されているＩＰＡ（独立行政法人　情報処理推進機構）などには法的強制力がないので結局その企業に注意し、アドバイスするしかないのだそうだ。警察は事件化しなければ動かない。

そういう企業のサイトには近寄らないようにするくらいしかできることがない。デスク氏のように過激なことをしないとなにも進まないのかもしれない。そう思うと少しは理解できるような気もするが、やっぱり強引で陰湿に見える。むしろ割り切って平気で悪事を働く良子の方がわかりやすいし、気持ちいい。

それからデスク氏の動きを観察するのが希美と良子の日課になった。良子はそのためにデスク氏が開設している掲示板のメンバーに偽名で登録した。パスワードを入れないと閲覧できないタイプの掲示板で、中ではさまざまなサイトの脆弱性の報告や検証情報を交換している。当初はデスク氏が自分で見つけたものがほとんどだったが、知名度が上がるにつれ参加者の投稿の方が多くなってきた。

中にはサイト運営会社の社員の内部告発まである。いくら内部で危険性を訴えても役員が取り合わないため、外部から警告してもらいたいというものだ。

「技術的なことはわからないけど、いろんなこと考えてる人がいるんだなあっておもしろい」

希美は良子の操作するパソコンの画面を見ながらつぶやく。デスク氏の観察をする時はひとつの机に並んで腰掛けるのがいつものスタイルだ。良子が操作し、希美は見ているだけ。

「そうですね」

「あたし、専門家って頭がよくて大人だと思ってたけど、逆なのな。あたしらより子供っぽいことで怒ってケンカしてるじゃん。それにすげえ根に持つ」

デスク氏の掲示板には氏が注意したサイトの管理者とのメールのやりとりがそのまま

貼られていることも多々あり、それが生々しく、みっともない。たいていはサイトの管理者がデスク氏に怒りをぶつけ、警察に届けるとか、訴えるとか書いており、それに対してデスク氏が煽《あお》るようなことを言っている。サイトの管理者は専門家で大人のはずなのだが、文面を見る限りではネットで炎上している頭の悪い人々とあまり変わらない。

「そうですね。こういう閉鎖された空間だと人間の醜い面を観察できます。よい社会勉強になります」

「良子はこのへんの技術的なことは全部わかるの？」

掲示板には問題となったサイトのコードが書き込まれて解説が加えられていることもあり、希美にとってはおもしろそうだが全く理解できないものだった。

「だいたいはわかります」

「すげえじゃん」

「そんなに難しいものはないです。どちらかというと、特定のアニメに異常にくわしい方々に近いと思います。高度な技術というよりも、たくさんの製品やシステムの特徴をよく知っているとわかるような話が多いのです」

「ふーん。それでもすごいと思うけどどな。だってアニメにくわしくても実生活では役に立たないけど、良子は実際にハッキングできるわけだもんね」

「実用性はあるかもしれません」

「良子はデスク氏の掲示板には書き込まないの？」

「関わりが深くなると危険そうなので、たまに誰かの情報にコメントするくらいです。なにも活動していないとアカウントを消されることがあるので」

「へー、参加者増えたもんなあ。前はデスク氏ばかり書き込んでいたのに、最近は参加者がすごく書き込んでる」

「しかも情報提供が多いので火薬庫みたいになっています。これをそのまま使うとハッキングできるわけですから、この掲示板の参加者が悪用し始めたら大変なことになりますね」

　その時、メッセージが表示された。オルカだ。

「おっ、例の親切おばさん？」

「性別も年齢もわからないんですけどね。女性だと思っているだけでほんとうはわかりません」

　良子が答える。

　良子が挨拶するよりも早く、オルカが本題を送ってきた。

【オルカ】　デスクさんのことは知ってるわよね。

　良子と希美は顔を見合わせる。デスク氏の掲示板を見ている時にデスク氏について質問してくるなんて、まるでふたりが今なにをやっているのか知っているようだ。

【レフティ】　〝正義の味方〟ですね。直接連絡をとったことはありませんが、お名前は存じ上げております。
「レフティというのがここでの私の名前です」
【オルカ】　近づかないで。
【レフティ】　なにか問題があるのでしょうか？
【オルカ】　彼は子供のように純真で無防備なの。ネット上で攻撃的な人の多くは自分が攻撃された時のことを考えていない。そういう人は攻撃されたら終わり。そこにいる岩倉さんはよくわかると思うけど、ケンカは相手を戦闘不能にして言うことをきかせなければいけない。論破して勝ったつもりになっても相手はまだ戦えるし、言うこともきいてくれない。より強く反撃されるだけ。
【レフティ】　デスクさんは目立っていますから攻撃を受ける可能性は低くありませんね。
【オルカ】　そう。つまり終わりが見えている。
希美は嫌な予感がした。「終わり」とはどういう意味だろう？
「なあ、終わりってどうなるの？」
【レフティ】　終わりとは、逮捕されるということでしょうか？
【オルカ】　たいていの場合はそう。運が悪い人は殺される。

「なにそれ？　ヤバすぎじゃん」

【レフティ】　殺される？

【オルカ】　国内にもそれくらいやる人はいる。ヤクザやアンダーグラウンドの人たちがこの世界にも入り込んでいるから気をつけて。法律もじょじょに整備されてきている。

【レフティ】　はい。

「ヤクザ？　ネットでなにやってんの？　あ、そうかサイバー犯罪をやってるんだ」

「ネットは世界のどこにでも瞬時でつながります。リアル世界で起きることはネットでも起こります。ヤクザも犯罪もそして殺人もあって不思議はないです」

良子が希美の質問に答える。

「あのさ。今さらだけど、あんまりヤバいことしない方がいいよ。良子ってふつうの顔してすごいことしそうで危ない」

「そうですか？　私にも常識はあります」

良子は笑う。

「でも、ネットには常識ってなさそうじゃん」

「……ネットでは常識ができる頃にはそれが次の新しい常識に壊されてしまうからでしょうね。でも、そろそろそれも一区切りかもしれません。新しい法律ができてきてだんだん自由なことができなくなってゆきます」

「自由っていうか、ほとんど犯罪だよな。情報盗んでも違法じゃなかったのがおかしかったんじゃねえの？」

「そうともいいます」

【レフティ】　今は法律のせいであまり自由なことはできなくなったんですね。注意します。

【オルカ】　必ずしもそんなことはない。「警察に捕まえられるのは間抜けと子供だけ」ということは覚えておくといい。プロが捕まることは滅多にない。犯罪を摘発できたとしても犯人を捕まえられることはほとんどない。もちろん捕まる人はいるけど、ほんの一握り。

希美は驚いた。オルカという人のことはよく知らないが、「警察に捕まえられるのは間抜けと子供だけ」と言い切るのはものすごい自信だ。自分は捕まらないと信じている。

【レフティ】　捕まる人と、捕まらない人の違いはなんでしょう？　技術力でしょうか？

【オルカ】　技術力も必要だけど、もっと大事なのは状況を把握する能力。周囲の状況を的確に把握して、危険な兆候を感じたらすぐに撤退する。これができない人は多い。技術力があっても客観的に自分の置かれている状態を認識できない人には難しい仕事。

「仕事なのかよ」

【レフティ】　ハッキングは仕事といっていいんでしょうか?
【オルカ】　少なくとも私にとってはそう。毎日、同じようなことを同じ時間にして同じような報酬を得ている。世の中にはいろいろな仕事があるし、あるべきだと思う。この仕事は生き方を選べない人間のためのもの。
【レフティ】　生き方を選べない人間……。
「生き方を選べない人間」という言葉が妙に気にかかる。適材適所とは違う意味だろう。こういう生き方しかできないという人間が一定の割合でいるってことなのだろう。そう言われれば良子はそういう人間に見える。
【オルカ】　あなたは私と同じ匂いがする。あなたも生き方を選べない人間。
【レフティ】　どういう意味ですか?
【オルカ】　わかっているでしょう。またね。
そこでオルカのメッセージは途切れた。
「あたしもそう思う。もしかしたらこれが良子に向いた仕事なのかもしれない。これからどうなるかわからないし、危なそうだけど」
「私は今までハッキングを仕事にすることは考えていませんでした。もし私が働くならこの仕事は向いているのかもしれません。捕まらない自信はあります」
希美は良子の言葉に驚いた。オルカも自信満々だった。ふだんは決して自分の能力を誇示することのない良子がそういうのだからほんとうにそうなのだろう。

「うん。あたしもそう思う。でもどうやってお金にするの？　他の人のクレジットカード使ったりするのは気分よくないよな。企業から盗めばいいのか。システムに侵入して金を盗み出す」

映画やマンガでハッカーが金を稼ぐシーンは見たことがあるが、銀行や企業のシステムをハッキングして金を盗み出していた。ほんとうにそんなことができるのだろうか？できたとしても、それは誰かの金なわけだから後味悪くないだろうか？

「そうですね。企業の銀行口座から盗むとか、法人クレジットカードを利用するとか、どれも現実の窃盗をネットでやるだけなのでもっと工夫したいですね。現実の模倣犯罪は現実の捜査で追跡可能です」

「悪いヤツらから盗んだら？　サイバー犯罪者たちから盗む」

「それはありですね。スパム業者から横取りするとかは世の中のためにもなります。そういえばスパム業者のカスタマーサポートはすごくきちんとしているんですよ」

「どういうこと？」

「主にロシアのスパム業者はアメリカをターゲットにしていて薬品を販売しています」

「そういや英語でバイアグラ売るとか、わけのわからない薬売るとかスパムメールが来るな。なんでわざわざ海外のスパムメールを見て注文するんだ？　医者に行けばいいじゃん。それか薬局」

「日本と違ってアメリカでは保険への加入が必須ではないので、お金に余裕のない人は保険に加入していないことが多いんです。でも処方箋がないと手に入らない薬もある。糖尿病などでは薬がないと命にかかわりますし、ほぼ死ぬまで薬が必要になります。でも、毎回医者に行って薬を買うお金がないんです。医者に行くと診察料やいろんなお金がかかりますからね。そこで一度医者に行って処方箋をもらったら、あとは同じ薬をスパム業者から安く買うんです」

「その薬は大丈夫なの？」

「たまに死ぬことがあるみたいですけど、だいたいちゃんと効くようです。効かなかったとかクレームのメールを送るとすぐに返金してくれるのでサポートも充実しています」

「たまに死ぬ。ヤバいね」

「返金を横取りする手はありそうですね。利用者の個人情報を入手して、なりすましでクレームをつけて返金された分を横取りする。こういうのをたくさん考えておけば食べるのには困らなそうです」

「良子は本気でやりそう」

「私は本気です」

全く現実の話に思えないが、良子ならやりかねないと思った。ほんとうにネットで金を稼いで生きていくかもしれない。人間とのつきあいが苦手な良子には向いている仕事だ。オルカが、「生き方を選べない人間のための仕事」と言った意味がよくわかる。

気がつくと良子は夕食も希美の家でとることが増えていた。希美の家は両親ともに働いており、帰りが遅い。ひとりで夕食を食べるか、友達とファミレスに行っていた希美にとってもちょうどよかった。ふたりは大半をネットの探索やハッキングに費やし、遅い時間になってやっと良子は自宅に帰る。

さすがに何日も続くと希美も気になって、「良子の家は大丈夫なの？　たまにはあたしがそっちに行こうか？」と時々言ったが、良子は頑として断った。

「我が家は人が多いのです。デフォルトで義母と義兄のふたりがおり、時間帯によっては父親もいます。私は人が多いのは苦手です」

「よくそれで今までやってこれたな」

「一年前までは父親だけでした。義母と義兄がその後増えました」

「ああ、なるほどね。それでか」

希美は事情がわかってきた。父親が再婚したために自宅にいづらくなったのだろう。良子の意外に人間的な面を見たような気がしたが、それ以上訊くのはよくなさそうなので話題を変えることにした。

「なあ、それって新しい攻撃先を探ってんだろ？」

デスク氏との接触を控えるように言われてからは観察の頻度を落とし、代わりに実験やネット上の情報収集を行うことが増えた。希美は横で見ているだけだが、それでもなんとなくやり方がわかってくる。

「わかりますか？」

「なんとなくね。最初ずらーっとリストを作るとこから始まるんだなって見てて気がついた」

「どんな大手でも技術力の高い会社でも必ず隙があります。まずはそこを探します。このリストを見てください」

画面上にはなにかの一覧表が表示されている。おそらく特定の企業がインターネット上で公開しているサーバーの一覧なのだろう。

「この文字を見るとそこで動いているソフトの種類やバージョンがある程度わかります」

一行につき、サーバー名から始まっていくつかの項目が並んでいる。良子はそれをひとつずつ指さし、これがオペレーションシステムで、こちらがソフトの種類でと説明してくれる。意味不明の数字に見えたのはＩＰアドレスというもので、それぞれを識別するためのものだそうだ。

「みんな同じじゃん」

希美が目にしている範囲では、全く同じ文字でずらっと並んでいる。違うのはＩＰアドレスのごく一部のみだ。同じものが表示されているかと勘違いしそうになる。

「ここは比較的管理が行き届いています。共通のソフトを利用していて常に最新のバージョンで統一しているのでしょう」

共通のソフトを使っているから表示が同じになるわけだと希美は納得した。

「なるほどね。管理がダメなとこはバラバラだったりするんだ」

「バラバラだと専門の管理者が統一的に管理していないことが多いので、そういう雑な管理のサーバーを見つければいいわけです」

だんだんわかってきた。良子はこうやって相手の全てのサーバーをチェックすることで管理状態を確認しているのだ。なんとなくハッキングというのは最初から狙いうちするようなイメージがあったが、そうではなくて全体の管理状態を把握し、もっとも脆弱なところを狙う方が効率的だ。当たり前といえば当たり前だが、そういう考え方をしたことはなかった。

「そう言われるとわかるな。でもここみたいにちゃんと管理されてる場合はどうすんの？　鉄壁な守りのとこはスルーする感じ？」

「私も最初はそうしていましたが、オルカによい方法を教えてもらいました。どんな組織でも全てを完璧に管理することはできないのです。全てを調べれば、そのうちのいくつかに標準と異なるものがあったり、バージョンアップのタイミングがずれていたり、なんらかの乱れが見つかります、必ず」

良子は、「必ず」というところに力を込めた。

「ふーん。理屈はわかるような気がする」

「その企業が保有しているIPアドレスのだいたいの範囲は調べられます。それとネットからダイレクトにサーバーに繋がっていることは滅多になく、途中にルーターやファイアウォールやいろいろなものを経由します。そこも同時に調べます」

「待って！　話が見えなくなった。ルーターは教わったけどファイアウォールってなに？」

「ネットとパソコンの間で怪しい通信を遮断したり、警告を出したりするものです」

「なるほどね」

良子は目を輝かせて表示中のリストをスクロールさせ、あるひとつを指さす。

「ここだけ違うものが表示されています。おそらくルーターです」

「へー、なるほど。表示が違うとそんなことまでわかるんだ」

「そうです。アクセスするとログインできるようになっています。ルーターやファイアウォールは外部から遠隔で操作できるようになっているものもあるんです。そこをうまく見つけると侵入できます」

良子は希美の目の前で新しいウィンドウを開き、リストに表示されていた文字をコピペする。すると画面に「login:」という文字が表示された。どきどきしてきた。良子はふつうにしているけど、これはもうハッキングなんじゃないのか？

「これは本来私たちのような部外者に見えてはいけないものです。設定を間違えたのでしょう。これくらいのうっかりさんだと、そのまま入れる可能性もあります」

「マジかよ？　そんな簡単なの？」

「ルーターによっては製品出荷時にデフォルトのＩＤとパスワードを設定しているものもあります。この表示の下にメーカー名とソフトの表記があるので、それを検索するとマニュアルをネットから入手できます」

確かに「login:」という表示に続いて、メーカー名と機種名らしい英文が表示されていた。

「便利すぎないか？」

「必ず当たるわけではないんですよ」

良子はそう言いながら、その機種名とメーカー名でネットを検索し、すぐにマニュアルを見つけ、そこに書いてあるデフォルトのＩＤとパスワードを入手した。

「マジで？　やるの？　そのまま入れたらハッキングでしょ？」

「追跡できないようにしているので安心してください」

「やっぱハッキングじゃん」

だが、ログインは失敗した。さすがにパスワードは変えてあったらしい。ちょっと安心するとともにがっかりする。

「ダメですね。でも他の方法があります。このバージョンに既知の脆弱性があるか検索します。つまり誰かがこうすればハッキングできるという弱点を見つけて報告していることもあります」

「でもすぐに対策するんじゃないの？」

「それがそうでもないんです。脆弱性はたくさんあるので、対策が間に合わなかったり、対策すると他のソフトがうまく動かなくなったりすることもあって対策していないことも多いです。過去に発見された脆弱性はデータベースになって誰でも閲覧できるようになっています。そこに利用方法まで書いてあります」

意味がわからなかった。そんなことをしたら、誰でも簡単にハッキングできてしまう。そんなデータベースを公開していること自体が犯罪になるんじゃないだろうか？

「利用方法って、それってハッキング方法ってことだよな？　ヤバくない？」

「脆弱性の内容を説明したり、証明したりするためには必要なんです。たいていは対策方法ができてから公開されます」

　理由を聞いて納得したが、それでもやっぱり危険だと思う。

「でも、対策があってもやらないとこもあるんだろ」

「だからよけいにです。知らないで被害に遭う可能性もあるから公開せざるを得ないのです」

　そう言うと良子はＣＶＥ（Common Vulnerabilities and Exposures）というサイトにアクセスし、さきほどのルーターの機種名をコピペして検索する。数件がヒットしてリストで表示された。

「このルーターには最近発見された脆弱性がいくつかあります。これが一番簡単です」

　二カ月前に公開された脆弱性があるらしい。良子がクリックすると、英語で説明らしきものとコードらしきものが表示される。

「全然わかんねえ」

「これは簡単です。ここをコピペするだけでいいんです。中身を理解する必要はありません」

　良子はそう言うと、コードらしきものをコピーし、さきほどのエラーが表示されたままになっているログイン画面にペーストしてリターンキーを押した。するとすぐに、たくさんの文字が出てきた。

「ちょ、ちょっと待って。いま、コピペしただけだよな。それでいいの？」

「はい。攻撃方法はいろいろありますが、今回のはただこの文字列をルーターのログイン画面に送るだけでいいんです」

「簡単すぎない？」

「難しいものもあれば簡単なものものもあります。技術的なことを知らなくても、コードの利用方法だけわかればさっきのように悪用できます。ただ、相手のシステムに侵入あるいは乗っ取ったあとはやはりある程度知識がないと無理でしょう。破壊するだけなら難しくありません」

目からうろこってこういうことかと思った。考えていたよりすごく簡単だ。良子がよくわかっているから、簡単に見えるのだろうけど、それにしても想像していたよりもずっと簡単そうだった。

「そうなんだ。破壊するってなにするの？」

「一番簡単なのは全てのデータを消去してしまって、意味のないデータを書き込んでおくとか」

「最低だな」

「悪質な嫌がらせですね。データを暗号化してしまうこともあります。それで元に戻すためのキーを売りつけるんです」

「それはもっと悪質じゃないの？　良子はあまりヤバいことには手を出してないよな」

「私はまだ勉強しているだけです」

そう言ったが、勉強の中身が気になる。


そして事件が起きた。

「本日、午前十時頃京都市内で龍崎大学政治学部助手の玉井聡《たまいさとし》容疑者（二十四歳）が不正アクセス禁止法違反および威力業務妨害の容疑で逮捕されました。京都府警の発表によると玉井容疑者は、かねてからハッキング行為を行い、インターネット上でその成果を公開していました。先週行われたサイバーセキュリティイベントの発表に際して、その場で企業への不正アクセスを行い、同サイトに問合せを行った利用者の個人情報を盗みだし、会場内のスクリーンに映したことで今回の逮捕に繋がりました」

良子からデスク氏が逮捕されたと聞いて、ぎょっとした。予想はしていたが、ほんとに逮捕されてみるとやっぱり驚く。不正アクセス禁止法って、前に良子が気にしていた法律だ。オルカの予想は的中したわけだ。毎日観察していてまるで知り合いのように思っていたから、よけいにショックだ。それにしてもニュースの通りだとすると、イベント会場で参加者を前にしてハッキングしてみせたことになる。大胆というよりもバカとしか思えない。

そんなことをしたら捕まるに決まっている。それともサイバーセキュリティのイベントでは違法行為は当たり前なんだろうか？　もしそうだとしても世間から注目を浴びている状態でやることではない。デスク氏の正体は良子からおおよそ聞いていたが、京都の私大の助手というところまでは知らなかった。

希美の頭の中ではデスク氏はあまり社会と接点を持っていない鬱屈《うっくつ》した性格の青年だったが、ニュースによればもっと活発に活動している人だったようだ。

同じクラスでこの事件の話をしているヤツはいないかと見回したが、良子以外は誰もニュースなんか観ちゃいない。こんなすごいことが起きてるのにもったいない。希美の周りの友達はダイエットの話を熱心にしている。くだらない。それよりこっちの話をしたい。でもきっと言ってもわかってくれないだろう。良子と話をしたいが、休み時間になると図書室にある共用のパソコンを使いに行ってしまう。

「希美、さっきからなに見てるの？」

希美が携帯の画面を見ながらそわそわしていると友達に話しかけられた。

「うん？　いや、ちょっとニュースをね」

「なにそれ？」

冗談だと思ったらしく笑い出した。やっぱり話が通じそうにない。希美は少し寂しい気分になった。みんなが変わったわけじゃないし、おかしいわけじゃない。自分がみんなと違う方向に変わったのだ。いつもひとりでいた良子の姿を思い出す。あんな長い間、ひとりで過ごすなんて耐えられない。良子はそれをしてきた。たくさんの人に囲まれているのに、ひとりぼっちだなんて、いったいどんな気持ちだったんだろう。

学校が終わるのが待ち遠しかった。最後の授業が終わると帰る道すがら良子に事件についていろいろ教えてもらった。

第三章　マルウェアの罠　二〇〇三年　初秋

翌日、学校に行くと良子は来ていなかった。時々、無断で休むことがあるのだが、体調が悪いわけではない。大勢の人と会うのがどうしても嫌になることがあるらしい。それでも希美の家にはやってくる。家政婦も良子のことを知っているから、希美がいなくても来れば家にあげてしまうのだ。今日も家に帰るといそうだ。

家に帰って自分の部屋に入ると、予想通り良子がパソコンをいじっていた。その背中にうしろから抱きつく。良子があわててキーボードから手を離した。

「お、おかえりなさい」

顔を赤くして良子が答える。ほとんど感情を見せない良子だが、抱きつかれたり肉体的接触をされたりするとすごく動揺する。決して嫌がっているわけではないのだが、真っ赤になる。その様子を見るとたまらなくかわいくて、どきどきする。それを発見してから希美は時々、良子に抱きついたり手を握ったりしている。

「あれからデスク氏の事件はなにか進展あった？」

希美は良子の細い身体をがっちり両腕でつかまえたまま、耳元でささやく。

「落ち着いてください。だいぶ詳しい情報が出てきました。ご説明しますから手を離してください」

落ち着いていないのは良子だろうと思いながら、希美は手を離す。

「こちらです」

良子は希美が訊いてくることは予想していたらしく、すぐにデスク氏関連の情報を画面に表示する。希美は鞄を床に下ろすと、椅子を引っ張って良子の隣に座る。まだ両腕には良子の温《ぬく》もりが残っており、どきどきも治まっていない。

「いまはお祭り騒ぎになっています。デスク氏擁護派とデスク氏批判派の両方とも熱心に意見を書き込んでいます。よりによってサイバーセキュリティのイベントでスピーチをした際に脆弱性を放置したままの企業サイトを公開ハッキングしたのですから目立ち過ぎです。おかげで参加者全員に脆弱性と攻撃方法は知れ渡って、イベント終了後さっそく試してみる人たちもいて騒ぎは拡散しました。その後、参加者からの通報と攻撃を受けた企業からの連絡で、不正アクセス禁止法に違反した容疑で逮捕されたという次第です」

デスク氏は、一カ月以上前からその企業サイトに危険であることを警告し、改善を求めていたが、一向に改善されなかった。イベントの一週間前に、これまでのメールのやりとりの一部と脆弱性の危険性（そのものの記述は避けていた）についてを白身のブログにアップしていた。

「これは、最初からこの企業か誰かがデスク氏をはめるつもりだったのかもしれません。タイミングがよすぎます。あらかじめ警察にデスク氏のことを相談していたのではないでしょうか」

「オルカが言った通りになったな。デスク氏はいつか誰かにやられるって言ってたじゃん」

「思ったより早いし、すぐに逮捕とは思いませんでした。警察もやりますね」

「ハッカーって警察の動きを先回りして隠れたりしないの？」

「デスク氏は〝正義の味方〟ですから逃げ隠れしなかったのかもしれません」

「そうだよな。みんながいる前で実演しちゃうんだもん」

「そうです。逮捕の時の写真や映像がニュースに掲載されています。私は常に疑問だったのですが、要するに警察はあらかじめマスコミに逮捕日時と場所を知らせているのでしょう。さもなければ逮捕時に撮影できません」

考えたことはなかったが、良子の言う通りだ。警察が知らせる以外にマスコミがあらかじめ逮捕の時間に待機していることはできないはずだ。

その時、良子が止まった。良子は時々完全に動かなくなることがある。時間にしたら数秒くらいだと思うが、ぴたりと止まってしまう。なにかに気がついた時にこうなる。今回はデスク氏の逮捕でなにかに気づいたに違いない。

「誰かがはめたとすればデスク氏にこの企業サイトの情報を提供した人が怪しいですね」

そう言うとファイルを開く。

「もしかしてデスク氏の掲示板を保存しているの？」

掲示板でデスク氏に今回被害に遭った企業の情報を提供した人間が怪しいと良子は言ったが、逮捕後デスク氏の掲示板は閉鎖されて見ることができない。まさか過去の記録を良子が保存していたとは思わなかった。

「一日に数回保管しています。まさかこんなに早く役に立つ時が来るとは思いませんでしたが」

そう言うとログを何度も検索する。

「その人物は〃セキュリティおじさん〃という名前でこれまでに何回も情報提供しています」

良子は〃セキュリティおじさん〃が投稿した脆弱性のあるサイトの一覧を作り上げる。

「一カ月で八個って多いの？」

「きわめて多いです。偶然に見つけられる件数ではありません。これを仕事にしているのでなければ、かなりの暇人です」

「この八件のうちデスク氏がそのサイトに連絡して改善するよう求めたのは七件。いずれも掲示板にコンタクトした時期とやりとりの記録をアップしていました。どのサイトでも相手の対応が不誠実だったり、無反応だったり、問題が起きています」

「いつも問題が起きるわけじゃないの？」

「問題が起きることも多いですが、中にはスムーズに進むこともありますので、七件全てで面倒な問題が起きているのは珍しいと思います。どれもこじれています。何件かはデスク氏から脅迫を受けていると勘違いして警察に相談しているとまで言ってます」

「〝セキュリティおじさん〟はそういう面倒な相手のところだけデスク氏にまかせて、簡単なとこは自分でやってるってことかな？」

「あるいは意図的にデスク氏を陥れようとして問題が起きそうな会社を書き込み、デスク氏がその企業にメールした直後に、企業にデスク氏のことを誹謗《ひぼう》中傷するメールを送ったのかもしれません。企業相手に脆弱性があるのを知らせてやったんだからと脅迫して金をせびってくるとかね」

「ひでえ。デスク氏がそんなことをしてないのは調べればすぐにわかるじゃん」

「デスク氏を誹謗中傷している人も多いですから、検索すると脅迫されたと主張している企業の担当者も見つかります」

「そうなんだ。ひどいな」

「〝セキュリティおじさん〟が見つけた八件のサイトに共通することは……まさか」

良子は顔色を変え、高速でメッセージを打ち込んで送った。その宛先を見た希美は息を飲む。

【レフティ】　あなたがデスクさんを罠《わな》にかけたんですね？
相手はオルカだ。ウソだろと思いながら画面を見つめる。
【オルカ】　なぜ、そう思うの？
【レフティ】　彼はセキュリティファイヤーというイベントでハッキングを実演してみせて、それが元で逮捕されました。おそらく逮捕は見せしめでしょう。警察は急増しているアマチュアサイバー犯罪者を抑制するために生《い》け贄《にえ》が必要だったし、あなたのような本物のサイバー犯罪者にとって、警察や企業を刺激するようなアマチュアの存在は邪魔だった。見せしめになるなら早くなってくれた方が安心できる。
【オルカ】　動機はそれでいいかもしれないけど、彼を操ってその場で実演させることはできないでしょう。あくまで彼が自分で考えてやったことだから。
【レフティ】　誘導したのだと考えています。ピンポイントであのイベントを狙ったわけではなく、いくつかの罠を仕掛けて、そのうちのひとつがあのイベントだった。具体的に申し上げます。あなたは、デスク氏の掲示板に〝セキュリティおじさん〟というハンドル名で参加していた。あの掲示板に書き込んでおけば彼がイベントで発表したり、ネットにさらしたりして捕まる可能性がありました。そして警察が目を付けていたとすれば、彼の活動をより活発にすればいずれ逮捕される。

【オルカ】　私が彼を陥れるためにハッキングしてセキュリティホールをわざと作っておいたというの？

【レフティ】　いえ、そこまで面倒なことはしなかったと思います。あなたはセキュリティホールを持つ企業を見つけ、彼に知らせるだけでよかったんです。

【オルカ】　おもしろいけど、証明できないでしょう。

【レフティ】　はい。サイバー空間で起こるほとんどのことは証明が難しい。

【オルカ】　でもあなたはそう考えたのよね。〝セキュリティおじさん〟が私だという根拠は？

【レフティ】　掲示板への書き込み時間帯と私にメッセージを送ってくるタイミングが近いこと、文章のくせも似ている。決定的なのはメッセージの送信元と掲示板に書き込んだＩＰアドレスがいくつか重複していることです。

【オルカ】　決め手になるものはないのね。そのＩＰはプロキシだから私以外にも使っている人はいる。
[レフティ]　そうかもしれません。状況証拠の積み重ねだけです。
[オルカ]　もし私だとしたら、あなたはどう思うの?
[レフティ]　素晴らしいと思います。
希美は目を疑った。てっきりオルカを非難すると思っていたのだ。まさか褒めるとは思わなかった。
[オルカ]　どういう意味?　皮肉?
[レフティ]　誰にも気づかれず、見つかることもなく、誰かを罠にかける手口は大変参考になります、主に私にとって。
[オルカ]　勉強熱心ね。
[レフティ]　差し支えなければくわしい動機を教えていただけますか?　私の推測で合っているのですか?
[オルカ]　新しい法律が施行されてしばらく経ったし、そろそろ誰かが見せしめに逮捕されるタイミングだった。逆に言うと、誰か見せしめになるような人を逮捕するまでは警察も積極的に動くし、報道も大きく取り上げる。それが終われば収まる。彼はすでに見せしめの候補として目を付けられていたけど、あのままだともっと重い罪になるまで警察は動かなかった。できるだけ微罪で見せしめになるようにするには目立つ事件が

必要だった。警察は見せしめの効果を得られ、デスク氏は微罪でおそらくは執行猶予で終わり、どっちにとってもいい結果となる。もちろん警察はその後も捜査しているはずだけどね。サイバー系の犯罪は警察内部での評価のポイントが高いって話もあるから。
【レフティ】　結果的にデスク氏を助けたことになるんですか？
【オルカ】　助けはしない。微罪に抑えただけ。
【レフティ】　なぜ、そんな計算ができるのでしょう。尊敬します。
【オルカ】　尊敬？　おかしなことを言うのね。あなたはなにになりたいの？
【レフティ】　あなたのようになりたい。
【オルカ】　私は職業犯罪者ではないって教えなかったっけ？　あくまで兼業よ。
【レフティ】　信じていません。私が想像するスキルと犯行の内容から考えて、ハッキングだけで食べていけるはずです。
【オルカ】　あなたはまだわかっていない。お金と時間で人生を決めるのは間違ってる。
【レフティ】　おっしゃる意味がわかりません。お金と時間以外の要因とはなんでしょう？
【オルカ】　感情。楽しい、おもしろい、そういう感情がなければ生きている意味はない。
【レフティ】　あなたから、そんな人間的な言葉を聞くとは思いませんでした。

［オルカ］　意外かな？　私から見るとあなたもとても感情的な人間。感情を大事にしないと間違えるから気をつけてね。
［レフティ］　私が感情的？　そうならないように努めてきたのですが。
［オルカ］　感情的でなければもっと簡単に環境に順応できるはずでしょう。あなたは他の人よりもずっと感情の豊かな人間だと思う。
　良子が固まった。いつも無表情の良子にしては珍しくはっきりと驚いた顔をしている。それを見た希美はやっぱりと思う。オルカの言うことには希美も全く同感だった。良子は論理的に話をするし、行動も合理的にしている。でも、だからといってそれを一番重要なことと考えているわけではない。もしそうならオルカの言うようにもっと環境に順応し、学校に通っているし、新しい家庭にもなじんでいる。それができないのは人一倍強い感受性を持っているからだ。
　良子は他の人間の感情がうまく理解できず、わかったとしても受容することも苦手だ。それは良子自身の感情が繊細で豊かだからなのだけど、自分自身もまた感情に左右される人間だと認めたくないのだろう。機械のように論理的で明解でいたい、と強く思い、そうなるように自分をコントロールしてきた。
　希美から見ると無理をしすぎている。どんなに努力しても人間から感情をなくすことはできない。何度か良子にそのことを言おうと考え、そのたびに躊躇《ちゅうちょ》して止めた。自分自身が感情的であることを否定している良子に理解してもらうのは難しいし、ともすると非難しているようにもなってしまう。でも、オルカはあっさりと言い切った。その勇気に感心し、不安を覚えた。

【オルカ】　あなたは感情で物事を判断し、論理的かつ緻密に物事を進める人間。

良子が返事しないでいると、オルカは「じゃあ、またね」と去って行った。希美は固まったままの良子の横顔をしばらくながめていた。

「希美から見て私は感情的でしょうか？」

唐突に良子が質問してきた。オルカに先を越されたのは残念だが、友人としてちゃんと説明しなければならない。

「最初は機械みたいに冷静で論理的なのかと思った。でもすぐにそうじゃないってわかった。良子は感情的っていうか、なんか豊かで強い。日本語うまくないな、あたし。英語はもっと苦手だけど」

「豊かで強いとは？」

「あたしは自分の感情を抑えられるし、感情をもたないで過ごすことだってある。わざとなにも感じないようにもできる。でも、良子は感情を抑えられないし、いろんなものを見ていろんなことを考えるだろ。だから人が多いとダメなんじゃない？　それが感情が豊かで強いってこと」

良子はしばらく黙ったまま、希美の顔をじっと見ていた。

「その発想はありませんでした。冷静で論理的になれれば楽になると思っていました。でも、逆方向に走っていたのかもしれません。私はもっと自分の感情に向き合うべきなのかもしれません」

良子の言葉に希美はうなずく。

「オルカの言うことにあたしも賛成だな。感情を抑えて生きても楽しくない。周りに合わせても楽しくない」

「しかし、周りに合わせなければ生きていけないのではないでしょうか？」

「そんなことないだろ。だってオルカは生きてる」

希美の言葉に良子は少し考え込んだ。

「おっしゃる通りです。私にもうまく生きる方法はあるかもしれません」

「うまい方法が見つからなかったら、ここで暮らしたっていいんだぜ」

「ここで？　同性婚は日本では認められていませんが」

「なんで一気にそこまで行くのかな。自分にあった仕事が見つかるまで居候《いそうろう》するくらい全然いいよ。それに自宅はいづらいんだろ」

「はあ」

良子は気のない返事をしたが、まんざらでもないことが表情からわかる。長いこと良子と一緒にいたおかげで、微妙な表情の変化を読み取れるようになった。

「こちらにお世話になるかどうかは別として、実家を出るという選択肢は以前から考えていました」

しばらくして良子が独り言のようにつぶやいた。

「いつでもその気になったら言ってくれ」

希美は良子を抱きしめた、今度は正面から。そして真っ赤になった良子の顔を堪能《たんのう》する。


それからしばらくすると、父親の会社にあるワークステーションをいじれるということで良子がしばらく家に来なくなった。古くなって廃棄になるからもらえることになったらしい。希美にはよくわからないが、ワークステーションというのはパソコンの強力なものらしい。良子としてはぜひとも使ってみたいものなのだろう。おかげで希美は久しぶりに良子のいない日々を送っていた。

今さら昔の友達と遊ぶのもおもしろくないので家でごろごろしているのだが、ひたすら退屈で死にそうになる。外に遊びに行こうと声をかければ一緒に来る友達は男女を問わずいるが、そういう気にならない。良子の引きこもりがうつったのかもしれない。閉じこもってネットを見ていた方がおもしろいし、外の世界を知ることができるという発想になってしまう。でもネットを見るのでも良子がいた方が絶対におもしろいとわかっているから、ネットを見ていてもつまらない。

　良子不在の二日目にしてすでに退屈でたまらなくなった。良子の話では古いワークステーションをくれる会社の人から使い方を教わるために数日間通って、そのあとは自宅にワークステーションを運ぶと言っていた。冗談じゃない。そんなことしたら、良子は自宅に引きこもってしまう。うちの方がネット環境はいいんだからここにワークステーションを持ってくればいいじゃないか。このまま良子がいない日々が続くのは耐えられない。

　そこまで考えて、いいアイデアだと思ったのですぐに良子にメッセージを送ると、すぐに「よろしいのですか?」と返事が来た。「いいに決まってるじゃん」と返し、週末に希美の部屋にワークステーションを運び込むことになった。

　父親と母親は家にいたが、「友達が車で来るからガレージ使うよ」とだけ伝えておいた。過去に何度か、つきあっていた彼氏が車で来たことがあるので、特に問題なかった。警察のお世話にでもならない限り、希美の親はほとんどなにも口を出さない。

　土曜の昼前に着くというので、朝からそわそわしていた。

「運転している方の目算ではあと十分ほどで着くそうです。あと、運転している方に加えてもうひとり同行者がおります」

良子からメッセージが来た。もうひとりって誰だろう？　と思いながらすぐに部屋を飛び出し、門を開いてガレージに入れるよう準備した。義母か父のような気がした。娘が入り浸っている家の様子を確認したいのだろう。きちんと着替えておいてよかった。

希美の家のガレージは三台収容できるようになっているが、家にあるのは父親の一台だけだ。二台分のスペースが空いている。

白のプリウスがやってきた。門を抜け、ガレージに器用に駐車する。それが思ったよりスムーズだったので希美は感心した。慣れてるんだろうなあと思うと運転手は遊び人という気がしてくる。

希美が車に近づくと、見るからに好青年といった感じの男子が出てきた。希美を見ると、笑顔を浮かべて頭を下げる。

「佐野良子の兄の達樹です。妹がいつもお世話になってます」

良子から義兄が車を出すと聞いていたが、想像と全然違っていた。こんなにまともな男子とは思わなかった。

「これ誰？」

いちおう、念のため達樹に続いて車から現れた良子に訊ねる。

「先日ご説明した私の義理の兄です。本日の運転手」

「へー、ほんとにお義兄《にい》さんなんだ。イメージ違うなあ。希美です。よろしくお願いします」

希美が頭を下げると達樹が手を出してきた。握手したいようだが、気がつかないふりをしてごまかした。

続いて上品そうな中年の女性が現れた。

「こんにちは。いつも良子がお世話になってます。母の響子です」

希美にぺこりと頭を下げる。その仕草がすごく自然できれいだったので驚いた。

「とんでもありません。こちらこそ、いつもパソコンとかわからないことを教えてもらって感謝してます。すみません。毎日来てもらっちゃって」

希美も頭を下げる。

「希美ちゃんがこんなに明るくてかわいい子だと思わなかった」

達樹が希美に話しかけた。

「ありがとうございます。お義兄さんもイケメンですよね」

無意味な社交辞令だなと思いながら希美は応じる。

「人生で二度と会うことはないと思いますので、ていねいな挨拶は不要だと思います」

良子が素っ気なく割って入った。どうやら早くワークステーションをセットアップしたいようだ。

「そんなのわからないだろ。これがきっかけでつきあったりする可能性もゼロじゃない。

ねえ？」

と達樹は希美に同意を求める。ちょっと苦手かもしれないと希美は思う。女子高生とつきあうような男子大学生にろくなヤツはいない。社会人なら常識も金もあるから、プレゼントもくれるし無茶なこともしない。常識も金もない大学生とつきあうのはリスクばかり大きくて得るものがない。

「良子と違う人種だね。よく大学に棲息《せいそく》してるタイプ。うちの高校でもお義兄さんみたいな大学生に食われた女子が何人もいるよ」

「希美ちゃんはきついなあ。良子と気が合うのもわかる」

「お義兄さんタフだね。こまめでタフだとモテるでしょ」

特に注意が必要なのは自覚のないタイプだ。女子高生に関心を持つ大学生のほとんどは自分に常識も金もないことを自覚していない。達樹もそんな気がする。

「おおっときつい突っ込みだ」

「さすがは良子のお友達ね。頭の回転が速い」

響子が笑った。達樹に気を取られてすっかり存在を忘れていた希美は赤面した。

「失礼なことを言ってすみません」

「いいの。この子は当たり前すぎるでしょう。ふつうの人の真似《まね》をしてなにが楽しいのかしらって思うもの。どんどん言って、一皮剝《む》いてあげてちょうだい」

早くも第一印象が壊れた。自分の息子の目の前でこんなこと言うんだ。

「もしかしてお義母《かあ》さんっておもしろい人？」

良子に訊いてみたが、目をぱちくりさせて答えない。

「良子とあたしはほとんど話さないからお互いのことほとんど知らないの。でもそれでうまくいってるからいいんじゃないかしらね。家族だからって無理に仲良くする必要ないし」

希美はさらに驚いた。達樹は、「止めろよ。母さん」と困った様子だ。さっき希美の突っ込みを受け流した時とは、明らかに様子が違う。母親には頭が上がらないらしい。

「あの……興味深いお芝居ですが、いささか飽きて参りましたのでワークステーションのセッティングをしたいと思います」

良子が重ねて催促したので達樹は車のトランクを開けた。中にはディスプレイとワークステーションの本体などが収まっている。

「達樹が荷物を運んでいる間に、あたしは岩倉さんのご両親に挨拶したいんですけど、いいかしら？」

響子が車から風呂敷包みを取り出し、希美に訊ねた。

「えっ、うちの両親？　あー、はい。気を遣っていただいてすみません。こちらへどうぞ」

希美は予想外の展開におたおたしながら、義母を両親がいるリビングへと案内した。良子がずっとここにいるから、いつかは親同士が挨拶することになるだろうなあとちょっとは考えていたが、これは不意打ちだった。

「友達のお母さんが挨拶したいんだって」

ガレージから玄関に響子を案内し、大声でリビングに向かって怒鳴る。

「広いお家ねえ」

「成金だから」

「そんなことを言ってはいけませんよ。お金を稼ぐのは大事な才能なんだから」

「偶然の産物って気がします。だからあまりすごいって感じがしない」

「身近にいるとわからないもの。社会的に優秀な人も天才も凶悪な犯罪者も、それなりの人は自分を隠せるから身近な人にはわからない。ぼろを出すのは間抜けだけ」

「あははは。じゃあ、おばさんはうまくふつうの母親になりすました天才かもしれないんですね」

「よくわかってるじゃない。良子はむき出しのままだから、早く自分を隠せるようにならないと危ないの。ほんとうにいい刀は鞘《さや》に納まってるもの。ちょっと変人過ぎる」

希美は驚いた。たいていの人は、「天才」と呼ばれたら謙遜するものだが、この人は全くしない。それどころか自分の娘も天才だけど、それを隠すことを学ばないといけないとまで言っている。

「おばさんも良子も天才なんだ」

「ええ、そうね」

確定した。もしかしたら良子よりも強力な変わり者かもしれない。

「なんの天才なんです？　コンピュータの？」

「ネットの中でうまく生きる天才」

ネットの中でうまく生きる天才というのは良子を見ているとわかるけど、リアルでうまく生きられなかったら特別な能力じゃなくて単にマイナスのような気もする。

「わからないわよね。他に生き方を選べない人間が生きていくのは厳しいけど、一度生きる方法を見つけたら誰よりも強くなれる。そのうちリアルで過ごす時間の方が少なくなる。そうなったら、ネットで生きる天才の方が有利になる」

希美の疑問を察したように響子が付け加えた。

「良子みたいな生き方が有利になるってことですか？」

「そう。だから良子やあたしはネットで生きる天才になったの」

なんだか天才という言葉が軽い。

「もしかして誰でも天才になれるって言ってます？」

「自分の生き方を見つけられれば誰でも天才。そう思った方が楽しいでしょ。達樹はあたしを反面教師にしたから、なんでもそこそこできるつまらない子になっちゃった」

「うける。おばさん、おもしろい」

この人はかなり良子のことをわかっていそうだし、なにより大人のくせに本音をしゃべるところがいい。こんな親とほとんど話したことがないなんて、良子はもったいないことをしている。

「いらっしゃいませ」

玄関を入るとリビングからパパが廊下の突き当たりのドアを開けて顔をのぞかせた。見た目がごく普通の中年男性で、中身もほぼその通り。ふつうと違うのは親が金持ちで自分も金持ちってところ。お金があるおかげで、少しわがままだ。ケンカ好きの祖父に比べるとだいぶ大人しいけど、それでもふつうの人よりはだいぶケンカっぱやい。

「希美、急にどうした?」

少し不安そうな表情をしているのは、希美がなにか迷惑をかけたのではないかと思っているのだろう。

「同じクラスの佐野良子の母の響子でございます。いつも娘がお世話になっておりますので、一言ご挨拶と思いまして」

響子が希美の代わりに答える。パパは、「これはこれは」と頭を下げる。

「もしかして今日、ガレージを使うというのは佐野さん?」

パパが希美に訊ねる。

「うん。良子は今一番仲のいい友達で毎日あたしのとこに遊びに来てるんだ。丁重に対応よろしくね。どうぞどうぞ」

希美はすたすたと廊下を歩き、その後を響子が続く。

「急なことで、たいしたおもてなしもできませんが……」

パパは恐縮しながら、リビングの手前にある応接間のドアを開けて響子を通す。

「恐れ入ります。急におうかがいして申し訳ございません。どうぞお気遣いなく。これはつまらないものですが、娘がお世話になっているお礼にお持ちしました」

響子はそう言うと風呂敷包みを渡す。常識はあるんだな、と希美は安心した。

そのままパパと響子は応接間のソファに向かい合わせに座り、後からママがお茶を持ってやってきた。姿が見えないと思ったら化粧をしていたらしい。ほんの数分の間に、ばっちり決めてきてるのはすごい。

やがてママがパパの隣に腰掛け、大人同士の話が始まった。

「親同士の挨拶なんか退屈でしょう。希美さんは一緒に遊んでてくださいな」

希美が所在なくうろうろしていると、響子が声をかけてくれた。パパとママも、そうしなさいというようにうなずく。

「あ、はい。じゃあ、そういうことでパパとママ、よろしくね」

希美は退屈な親同士の話に入らないで済んだので安心したが、もしかして秘密の相談でもされるかもしれないと少し不安になった。良子がうちに遊びに来すぎているので、来られないようにしてほしいとか。とたんに不安になったので、応接間のドアの外で立ち聞きする。

「……ほんとにいつもお世話になっていて、一度お礼におうかがいしようと思っていたんです」

「こちらこそ、希美が良子さんに無理を言っているんじゃないかと心配していたんです」

どちらの親も子供がなにをしているかほとんど知らないはずなのに適当にしゃべっている。しばらく聞いていたが、ごくふつうの挨拶と世間話ばかりだったので希美は安心してその場を離れた。

二階の希美の部屋に行くと、まだ誰もいなかったので、ガレージにとって返す。まだ達樹が荷物を車から出しているところだった。

「思ったよりでかいね。重そう」

ガレージの床に置かれたワークステーションとディスプレイを見て希美は驚く。特にディスプレイが大きい。運ぶのが大変そうだ。

に行く。

「オレが運ぶよ」

達樹はそう言うとディスプレイに近寄る。ひとりで運べるか心配になった希美が近くに行く。

「彼氏いるのかな？」

達樹がディスプレイをいじりながら訊ねてきた。良子の義兄でなければ、「バカじゃねえの」と怒鳴ってるとこだ。彼氏がいようがいまいがお前には関係ない。性別から始まる人間関係って、その人間の安っぽさが見えて嫌だ。でも、とりあえず我慢しよう。

「腹筋壊れるからそういう質問やめてください」

達樹がディスプレイを持ったので、希美は本体を持とうとしてあまりの重さに諦めた。

「オレが往復して持っていくから置いといて」

そう言うと希美に先導を頼んで歩き出す。その後に良子も続いた。

「さっき質問したのは、希美ちゃんじゃなくて良子のこと。彼氏いるのかな？」

「腹いてー。お義兄さんマジですか？」

全く笑わずに答える。彼氏がいるかなんて、良子を少しでも知っている人間なら絶対に言わないセリフだ。響子と達樹の、良子に対する理解度の違いに驚く。

「やっぱりいないんだ。女子高生ってブランドもあとわずかなのにもったいない」

「援交オヤジみたいなこと言わないでくださいよ」

少々うっとうしいが、話を合わせるのは簡単だ。よくいる大学生。でも良子はつらいだろうなあと思う。どう考えても共通の話題がない。あえていえば自分の家や家族のことだろうけど、それは良子にとって苦手な話題だ。悪い人ではないんだろうけど、こいつに話しかけられるのはかなりストレスになりそうだ。

良子は相手と適当に話を合わせることができない。「チューニングの狂った人工知能」という言葉を思い出した。

達樹は二階の希美の部屋にディスプレイを置くと、「ふたりは部屋にいていいよ。オレ一人で取ってくる」と言って、すぐに本体を取りに戻った。こまめなところは評価できる。その一方で響子はああいうこまめなところも含めて、つまらないと思っていそうだ。

「よろしいですか？」

良子に声をかけられて希美は我に返った。良子はディスプレイの右側を両手でつかんでいる。どうやら達樹の到着を待たずしてディスプレイを設置するつもりのようだ。希美に手伝えと言っている。

「よっし！」

希美は気合いを入れて左側を持つ。そのままふたりで持ち上げていつも良子が使っている机の上にのせた。デスクトップパソコンのディスプレイと並べると二回りほど大きい。

「でかいな」

「はあ。これくらい画面が大きいといっぺんにいろんなものを表示できますね」

「そりゃそうだけど、目が疲れそう」

良子が話しながらディスプレイのケーブルをチェックし始めると、達樹が本体を抱えて入ってきた。

「机の下に入れてください」

良子はディスプレイを置いた机の下を指さす。

「はいはい」

達樹が四角い本体を置くと、良子はすぐにケーブルを接続し始める。

「良子は機械をいじっていると熱中するよな」

希美には機械を楽しそうにいじる人間の頭の中は想像できない。

「はい。人間と違って反応に規則性があり、逸脱する時にはちゃんと理由があります。

つまり理解しやすい」

「オレにとってお前はもっとも理解しにくい人間だけどな」

達樹が苦笑いした。

「お義兄さんおもしろい」

「達樹さんは、心を開く開かない問題を話そうとしていらっしゃいますか？　不毛な会話は事前にやめていただけると助かります、主に私が」

　良子は達樹の方を見ようともしない。

「またそんなことを言う。希美ちゃんからも言ってやってよ。もっと家族に心を開けってさ」

　良子に言われたばかりなのに達樹が言う。さすがに殴りたくなった。鈍感な善人ほどうざいヤツはいない。

「……良子が良子でいるために必要なんだからしょうがないじゃん。たとえ家族でも人格を奪っちゃダメだよ。良子は小さな子供みたいなものなんだからさ。鉄壁のガードを固めた子供。ガードを固めているのにはわけがあるんだから無理して壊すと中の子供も死んじゃう。さっきお義母さんとも少し話したけど、そのへんはわかってそうだったよ」

　希美が響子と話したというと、達樹の表情が明らかに変わった。今までの快活な仮面が剝がれて、卑屈な表情がちらっと見えた。気の強い変わり者の母親にコンプレックスを持っているんだろうな、と希美は推察した。みんな、どこかしら弱みや苦手なものがある。

「そうだな。悪かった」

すぐに仮面は元に戻り、達樹は謝った。それからはだいぶ静かになった。静かだとかえって申し訳ないような気分になってきた。よく考えてみれば、佐野家の家族の話だ。あまり口を突っ込んでもいけない。それに達樹は良子のために車を出したり、荷物を運んだりしてくれた。

「お茶でも持ってきます」

希美はそう言うとキッチンから用意しておいた紅茶とケーキを持ってきた。良子はセットアップに熱中して手を付けなかったが、達樹は「ありがとう」とわかりやすい笑顔で食べてくれた。

ワークステーションに夢中の良子を尻目に、達樹と少し話をした。そこで初めて良子の父親も響子もシステム関係の仕事をしていることを知った。達樹は大学の工学部に通っており、やはりシステム系の会社に就職するつもりなのだという。

達樹がケーキを半分くらい食べた頃、希美の携帯が鳴ってママからのメッセージが表示された。

――佐野さんのお母さんはお帰りになりました。

「お義母さん、帰ったってさ」

良子と達樹に伝える。

「なんだ。一緒に乗っていけばいいのに」

達樹が首をかしげる。希美はなにか言おうかと思ったが、やめておいた。滅多に人をほめないパパとママが、良子の義母をほめちぎっていた。しかもすごく楽しそうだった。希美以上に人の言うことをきかないわがままなふたりをどうやって手懐《てなず》けたのか不思議だった。でもそのおかげで、佐野良子と響子は岩倉家の大事な友達ということになった。

「想像したのと違ってたなあ」

希美はさきほど会った響子のことを思い返して謎な気分になる。

「オレが？」

「お義兄さんは想像したより普通だった。なんていうか、良子よりは普通だと思ってたけど、すごくちゃんとした人だった」

「それってほめてるの？　だったらうれしいけど」

「うーん。ちゃんとしているのはいいことだから、ほめ言葉なんじゃない？　違ってたのはお義母さん。なんていうか確信してる」

「うちの母親ね。ちょっと変わってるかもね」

達樹は複雑な表情を浮かべた。かなりマザコンなんだろうなと直感する。

「変わっているけど、カッコよくてうらやましい。頭がよさそう」

「そうかなあ」

「良子と同じタイプのカッコよさがある。世間の期待するようなちゃんとしたことはできないけど、確信的でカッコいい」

「良子がカッコいい？」

「誰も知らないことをひとりでやってて、しかも世界中とつながってるなんて、なんだか信じられない。それを当たり前にやってるのってすごくないです？」

「ネットってそういうもんだから」

もしかしたら達樹は強烈な母親が近くにいたせいで、物事に感動しなくなっているのかもしれない。希美がすごいと驚くことが、佐野家では日常なのだ。うらやましいような、うらやましくないようなよくわからない感じだ。

「その言い方、萎える。ほんとにやってるヤツなんか良子くらいしかいないよ」

「良子はネットでしか生きられないのかもな。うちの母もそういう感じがするけど、オレはちゃんとリアルの世界で生きたい」

「良子にだってリアルはありますよ」

「どんな？」

「あたしがいる」

希美が答えると、達樹はしばらく黙って考え込んだ。

「……そうだね。オレが悪かった。良子はいい友達を持った。それにもうネットとかリアルとか区別する時代でもないのかもな。それに友達に、あたしがあなたのリアルだって言ってもらえるってうらやましい」

そう言うと、残りのケーキを一気に食べて紅茶を飲んだ。希美はなんとなく照れくさいような気まずいような気分になって話題を変えた。

「家族全員でシステムやってるって、なんかすごいですね」

なにがすごいのかわからないがとりあえず言ってみる。希美の家は全員文系だから理系の頭の中はよくわからない。

「珍しくないんじゃない？　システムの仕事ってそこら中にあるからなあ」

達樹が自嘲気味に笑った。どうやら達樹はあまりシステムの仕事を好きではないようだ。ただのちゃらいヤツではなくて、なにか鬱屈したものがありそうだ。

「じゃ、オレはそろそろ帰ろうかな」

達樹が立ち上がった。

「ガレージまで送ります」

「どうせ門を開けたりガレージ閉めたりしなきゃいけないいんで」

「ありがと」

希美が達樹を見送り、部屋に戻ると良子がひとりで冷めた紅茶を飲みながらケーキを食べていた。

「悪い人じゃないね。好きにはなれないけど。もしかして初めてかもしれない。好意を持てないけどいい人ってパターン。ほんとにいい人なんだけどなあ」

「義兄はいわゆる善人であるべく努力している人なので、善人に見えると思います」

「なにその回りくどい言い方。でもよくわかる」

良子の言ってることは合ってると思うけど、それ以外の複雑なところもたくさんある。それを伝えたいけど、うまく説明できそうにない。

「演じているうちに、それが本当の自分になるのでしょう。数年経てば義兄はとてもよい人になっているかもしれません」

「だといいな。演技しているのがわかるから、好きになれないのかもしれない」

「そういえば私は希美のご両親に挨拶していないのですが、よろしいのでしょうか？」

「いいんじゃない？　うちの親はそういうの気にしないし、さっきお義母さんが代わりに挨拶していたから大丈夫でしょ」

「義母が来るとは思いませんでした。ほとんど話をしたことがないのです」

「さっきちょっと話したけどおもしろい人だったよ。良子とも気が合うと思うな。話してみれば？」

「話したことのない人と話すのは私にとってとても難しいことなんです。私にとって他の人は覆面をつけた怪しい人に見えます。そんな人と話をするのは勇気がいりますよね？　しばらく話して一緒にいて、やっと人間として認識できるようになります」

「覆面つけて見えるのか……そりゃ、覆面つけてるヤツと話すのは気味が悪いよな」

「人間の考えることがわからないのが怖いんです」

そういう良子も人間なのだが、おそらく他の人間との間になにか決定的な溝があるのだろう。希美と良子の間にそれがないのは不思議だ。希美自身は、ふつうの人間だと思っているのだが。少しだけ良子の抱えているつらさがわかったような気がした。

「ごちそうさまでした。美味《おい》しかったです。ありがとうございます」

ケーキを食べ終わると、良子はワークステーションとパソコンを同時にいじり始めた。

「二台同時に使ってるの？」

新しいことが始まったので、あわてて希美は良子のそばに寄る。ワークステーションのディスプレイにはいくつもウィンドウが開き、それぞれで文字がすごい勢いで流れている。

「このワークステーションといつも使っているパソコンを接続して中身をのぞいたり、通信状況をチェックしたりしています」

良子はワークステーションのディスプレイとパソコンのディスプレイを指さす。

「そんなことできるんだ」

「はい。現在、このワークステーションをルーターとして使っています。つまりこのパソコンの全ての通信はワークステーションを経由しています」

「意味わかんねえ。ルーターってそこの黒い箱のヤツじゃないの？」

「ルーターとハブの機能を持ってます。ルーターは通信経路を制御するものです。たとえばあそこの黒い箱は、外部のインターネットとこの部屋のいくつかのパソコンの間の通信を制御しています。ハブはネットワークを複数に分配します。そのままつなぐと一台しかつなげませんけど、ハブで分配しているので何台もつなげるわけです。専用の機械もありますし、ワークステーションやパソコンをルーターとして使うこともできます。そのためのソフトがあるんです」

「へー」

希美は感心した。正直、よくわからないので、「へー」としか言いようがない。

良子が熱心に画面に見入っているので、しばらく声をかけるのをやめる。こういう時の良子はとてもきれいだ。目はディスプレイに向けられているのだけど、もっとずっと遠くを見ているように見える。顔も無表情に見えて、かすかに喜怒哀楽が読める。今の良子は少し緊張して、おそれている。きっとなにかを見つけたのだろう。それがなにか訊いてみたいが集中しているのを邪魔したくない。

良子の横に椅子を置いてしばらくじっとながめていたが、気がついてお茶とケーキの皿を片付けた。それが終わっても良子はそのままだったので、あきらめてベッドに転がって携帯をいじる。

「あなたにお詫《わ》びと警告をしなければなりません」

良子の声で目が覚めた。どうやら寝てしまっていたらしい。お詫びと警告ってどういうことだ？

「ヤバいことになった？」

ベッドから上半身を起こしながら質問する。

「いえ、危険なことにはならないと思います。いつもお借りしていたパソコンはマルウェアに感染していました。かなり腕のいい人の作ったものです」

「アンチウイルスソフト入れてたのに？」

「アンチウイルスソフトは既知のもの、つまりその存在と内容がわかっているものにしか対応できないのです。正確に言うと、そうではないものにも少しは対処できるのですが、そんなに強力な機能ではないので、今回のような巧妙なマルウェアには無力です」

「そうなのか……どれくらいヤバいの？」

「こちらの動きを観察しているだけで大きな危険はないようです。相手の目的はまだわかりません。あと感染経路も不明です。現在、詳細は調査中です。総合的に考えて犯人は腕利きだと思います」

「元から感染してたんじゃないの？　あたし、あんまりそういうの気にしないからさ」

「……そうですね。よろしければ希美が使っているノートパソコンをチェックしましょうか？」

「お願い」

希美がベッドの横に置いてあったノートパソコンを渡す。良子はそれを自分の机に持ってゆき、ワークステーションにつないだ。

「こちらにも感染していました。駆除しておきますので、もう危険はありません。でも、なにが目的なのかわかりません」

「気持ち悪いな。あたしが狙われたかもしれないんだ」

「差し支えなければ感染経路特定のために、あなたのメールを拝見してもよろしいですか？　お借りしているパソコンにはメールが残っていなかったので」

「見てもいいよ。ほとんどメールしていないから怪しいのがあればすぐに見つかるかも。メールの中身を読まれるとバカがばれるけど」

「中身は読みません、添付ファイルを確認するだけですので、ご安心ください」

良子はそういうと、希美のパソコンを操作しはじめる。希美も気になってベッドから降りて良子の横に座る。

「ああ、このＰＤＦと圧縮ファイルが怪しいですね。こっちに移してネットから遮断した上で動作確認しましょう」

そう言うとなにやら操作し、今度は良子のパソコンを操作する。

「この圧縮ファイルに間違いありません。元のメールはどういう内容ですか？」

わけのわからないままながめている希美に良子が、ノートパソコンにひとつのメールを表示してみせた。記憶がある。春に同級生から送られてきたメールだ。

「……修学旅行の写真なんだけど。友達同士で撮ったヤツ」

「同報で十人以上に回っていますね。全員感染しているでしょう」

それを聞いてぎょっとする。よくわからないが、おおごとになりそうだ。

「ヤバくない？　知らせた方がいいかな？」

「すでに半年以上経っていますから害はないと思います。ただ、駆除はしておいた方がよいと思いますので、アンチウイルスベンダに報告しておきましょう。彼らが駆除ツールを作ってくれるはずです。ところで送信者はどなたですか？」

「亜美《あみ》だよ。そういえば間違えて二度同じ写真送ったとか言ってた」

「おそらく間違えていないのです。そのどちらかは犯人が送ったのでしょう」

なるほどと希美はうなずいた。なんだかすごく興奮してくる。自分がとうとうサイバー攻撃の被害者になってしまった。不安な気持ちはもちろんあるが、これからなにが起こるのか、良子がどうやって反撃するのか、楽しみになってくる。

「警察に届けた方がいいかな？」

「犯罪にならない可能性もありますし、面倒ですよ。きっとこちらの言っていることを理解してくれません」

「なにか隠してる？」

希美は良子の言葉に少し違和感を覚えた、なんとなくだが。

「……オルカが仕掛けた可能性があります。だとすると私を調べるためのものなので、あなたを巻き込んだことになります。申し訳ありません」

「良子のせいじゃないよ。でも、オルカが相手だとちょっと怖いよなあ」

希美の印象だとオルカは怖いが、面倒見のいいおばさんだった。良子に攻撃を仕掛けてくるとは思えない。でも良子がそう言うからには可能性はあるのだろう。謎が謎を呼ぶ怪事件になってきた。

「はい。しかし、比較的簡単にわかったので、もしかするといたずらのつもりなのかもしれません」

「なんでわかったの？　ワークステーションにつないだおかげ？」

「はい。全ての通信をワークステーション経由にして様子を見ていました。そこで怪しい通信を見つけました。単にルーターとして使えるか確認することが目的だったので、見つけたのは偶然です」

「怪しい通信っていっても、通信見て怪しいとか大丈夫とかわかるの？　だって全部データとかコードなんでしょ？」

「まず通信しているソフトと通信先で確認できます。たとえばメールソフトはメールサーバーと通信しますし、ブラウザはＷＥＢサーバーと通信します。見覚えのないソフトが、知らない通信先と通信していたら要注意です」

「そっか、そう言われるとわかる」

「うかつでした。ふつうのソフトに偽装して通信していたので、気がつかなかったのです。ざっと動作や内部のコードを確認した範囲では危険なことはしていませんでした。単にブラウザなどの通信先をチェックしていただけのようです」

「じゃあ安心だ」

「いえ、詳細をこれから調べないと最終的なことは言えません」

「なんか大変だな。攻撃する方はマルウェアを送るだけなんだろ？　やられた方はいろいろ調べなきゃならないなんて不公平じゃない？」

「その通りです。いわゆる非対称というものです。攻撃側と防御側の労力のバランスがとれていないです」

「攻撃した方が有利なんだ。損した気分にならない？」

「なります。でもよい勉強です。おそらく相手はそれなりの腕利きです。アンチウイルスソフトに全く検知されないことや監視機能に特化していることから考えてどこかで売っているマルウェアを買ってきて使っているわけではなさそうです。自分が使うために作った専用のソフト。少なくともそれくらいはこなせる開発能力を持っているのでしょう」

「ふーん。ほんとに大丈夫なの？」

「このパソコンには重要な情報が保存されていませんし、監視しているのは通信先くらいのようです」

良子の説明は明解だが、希美には意味不明なことも多い。ただ、雰囲気でだいたいわかる。パソコンがマルウェアに感染したのは怖いが、調査するのはわくわくする。希美はしばらく良子の作業をながめながら時々質問した。

ふと気がつくとすでに夜の七時近くになっていた。どうりでお腹《なか》が減るはずだ。

「晩ご飯どうする？」

調査に没入したままの良子に声をかける。

「食べないこともよくあるので、おかまいなく」

すぐに返事が返ってきたが、良子をこのままにして自分だけご飯を食べるのは気が引ける。それに良子だってなにか食べなければ身体が持たないだろう。

「そうはいかないだろ。一緒に食べようよ」

希美の誘いにキーボードを叩いていた手を止めて、しばらく考えていた。

「ありがとうございます」

良子は希美とはだいぶ行動基準も価値観も違う。もし希美だったらなにをおいても食事をとる。ダイエットで量を減らすこともあるが、全く食べないなんて耐えられない。良子は食べなくても平気らしい。その代わりネットに触れていないとダメみたいだ。希美はネットを使えなくても平気だ。人によって生活必需品は違うのかもしれないと真面目に思う。

両親は休みだから外食するつもりだったらしくリビングで希美を待っていたが、友達と勝手に食べると断って良子とコンビニに行くことにした。ふだんは放置していて自分たちの都合のいい時だけ、娘を演じてくれというのは勝手すぎると思うので、希美は自分のやりたいことをやりたい時にすることにしていた。

良子は、食べられればなんでもいいですと言ってワークステーションから離れようとしなかったが、「自分の食べるものくらい自分で選べよ」と言うと渋々ついてきた。

近所のコンビニは幸いに空《す》いていた。ほとんど客がいないのを見ると良子は安心した顔になった。どうやらコンビニにたくさん人がいたら嫌だと思っていたようだ。

弁当とお惣菜《そうざい》のコーナーに行くと良子がぴたりと動きを止めた。

「なんで固まってるの？」

「いえ、予想よりも選択肢が多かったので迷っています」

無言でじっと棚をにらんでいるのはちょっとシュールでおもしろい。

「こうやって二人で買い物するのって旅行みたいで楽しくない？」

「旅行……ほとんどしたことがないのですが、そう言われればそうかもしれません。多様な選択肢は心を豊かにします」

良子も楽しそうなので希美は安心する。

希美は生姜焼《しょうがや》き弁当とお茶を買い、良子はさんざん迷った挙げ句にふつうのサンドイッチとコーヒーを選んだ。一緒にカゴに入れてレジに向かう。財布を出そうとする良子を止めて、希美がカードで払った。

「親から二人分の金もらってるからおごるよ」

希美の言葉に良子は戸惑った表情を見せた。

「気にするなって、いつもそうなんだから」

「岩倉家のご両親は慈悲深い方ですね」

良子の言葉に希美は噴き出した。

「慈悲深い！　いつの時代の人間だよ」

笑いが止まらない。

「あの、温まりましたけど」

必死に笑いをこらえながら生姜焼き弁当を受け取る。希美が笑っている理由がよくわかっていない良子の顔を見るとさらにおかしくなる。コンビニを出るとこらえていた笑いが暴発する。

「そんなにおもしろかったですか？　ちなみにさきほどの慈悲深いという言葉は冗談ではありません」

「慈悲深いなんて使うヤツいないし、うちの親は単に面倒くさがってるだけだよ」

「はあ。左様ですか」

良子はまだよくわかっていないようだった。


それから二人で希美の部屋でご飯を食べ、それぞれのことをして過ごした。良子とこんなに長い時間を過ごしたのは初めてだけど、心地いい。

「今日泊まってく？」

夜の十時を過ぎても良子は熱中していた。希美の部屋に友達が泊まることは珍しくないので、ごく当たり前に訊いてみた。とたんに良子が顔を赤くして、挙動不審になった。ふだん無表情の良子が戸惑う姿はすごくかわいい。胸がきゅっとする。

「こんな時間だったのですね。申し訳ありません」

恐縮した様子で頭を下げる。突然の変化に希美はまた笑い出しそうになるが、なんとかこらえた。

「友達が泊まることはよくあるから別に好きなだけいてくれていいよ」

希美の言葉に良子は不思議そうな顔をする。

「なにか変なこと言ったかな？」

「いえ、友達が家に泊まることがよくあるということが意外でしたので驚きました。私は友達を持ったことがないので、どのような関係性なのかまだよく理解できておりません。希美から見て問題となる言動はなかったでしょうか？」

「良子とあたしが楽しければそれで問題ないんじゃない？」

「安心しました」

「それより家に連絡した方がいいんじゃね？」

「そうします」

良子はそう言うと、携帯でメッセージを入力し始めた。

「ハッカーって、こんな感じで自分が狙われることもあるんだな」

「実は私も初体験です。よい経験になりました」

「枕が変わると寝られないとかある？」

「いえ、そんなことはありません」

「じゃあ、一緒のベッドに寝よう」

「床でいいですよ」

「ダメダメ。身体が痛くなっちゃう。パジャマは後で貸すよ」

「下着で寝るのでパジャマはなくても大丈夫です」

「……それはヤバいだろ」

ほとんど裸の良子と一緒にベッドで寝ることを想像してどきどきしたが、さすがによくないような気がした。

「ヤバいですか？」

「ヤバくない？　だってそんなんだったらあたしも下着で寝ちゃうよ」

「会話が嚙《か》み合っていないように思えますが、よろしいのでしょうか？」

「……とりあえずパジャマ出しておく。新しい下着が欲しかったらコンビニに買いに行こう」

結局、良子はパジャマを着て寝た。一緒のベッドに入った希美は楽しい気分になって目が冴《さ》えてきたが、良子はすぐに寝てしまった。せっかくいろいろ話をしようと思ったのに拍子抜けした。

ワークステーションの一件以来、良子が希美の部屋にいる時間はより長くなった。朝から夜中までいることもざらだ。良子の家では父親が気にしているらしいが、希美にはどうしようもない。良子がしたいようにさせるだけだ。長時間一緒にいることが続くと、互いに嫌になるかもしれないと思ったが、そんなこともなかった。

他の友達と比べて良子はおそろしく自然にそこにいる存在だった。空気のようにそこにいる。そして時々話をし、遊んだりする。良子にとっても希美はそういう存在らしく、「あなたほど一緒にいてリラックスできる人はいません」と言われた。

たったひとつ気になっているのは良子がほぼ完全に不登校になってしまったことだ。このままだと高校を卒業できないし、大学にも行けないだろう。しかも本人はそれを全く気にしていないのがかえって希美には気がかりだ。希美自身は大学に行くつもりだが、受験勉強は嫌なので推薦枠に入れてもらうつもりだ。

「ただいま。いたいた」

その日も希美が部屋に戻ると、いつもと同じ位置で良子がワークステーションをいじっていた。

「はい。お言葉に甘えてお邪魔しています」

良子が希美を振り返り、座ったまま挨拶する。

「あのさ。ちょっといいかな」

希美は自分の椅子を引いて良子の前に座り、言いにくそうに切り出した。

「はい。なんでしょう?」

「なんで学校行かないの?　前よりひどくなってるよね」

「直截《ちょくさい》に申し上げますと、人が多い場所はすごく疲れます。以前から苦手でしたが、最近は特にそうなりました」

「それって直哉《なおや》のせい？」

「はっきりとはわかりませんが、その可能性もあります」

「わかった。あたしがあいつをしめてやる」

「でも高橋《たかはし》くんのことがなくてもこうなったと思います。元々、たくさんの人間と一緒の空間で過ごせないようにできているんです。通学途中に貧血で駅で休んだことはたびたびありました」

良子はそうは言ったが高橋直哉のことも原因のひとつになっているのは明らかだ。顔を見ればわかる。大失敗だった。

同級生の高橋から長く休んでいる良子が心配だと相談され、実は告白したいと言い出された。人嫌いの良子に男女のつきあいというのはハードルが高そうだったが、このままひきこもっているのもよくない。高橋はやさしそうだったので気分転換になればいいと思って良子に話した。

良子は放課後に少し話をするくらいでいいならと高橋に会うことを承知した。いちおう事前に「絶対、告白だと思う」と伝えておいたが、想像とは違うリアクションに笑った。

「面倒なことになりそうですが、人はなぜ異性に好意を持ち、どのように告白するのか知りたいという興味もあります。高橋くんにその点を確認できればよい体験になるかもしれません、主に私にとって」

つきあう気がないのは明らかだったので、そこで止めるべきだったかもしれない。でも、希美はどんな形でもたまには自分以外とも会話した方がいいと勝手に思ってしまった。

ふたりが駅前のドトールで会うことになっていたのは高橋から聞いて知っていたので、先回りして早めに奥の席に腰掛けた。ここからだとちょっと腰を浮かせて首を伸ばせば、店のほとんどの席の様子を確認できる。

最初に良子が入ってきた。ぐるぐる店内を歩いて中の様子を確認したので希美はすぐに見つかってしまった。

「察するところ、私と高橋くんの会談の様子をうかがうためにいらしたのですね」

「まあ、そんなとこ」

「ありがとうございます。友達がいると少し落ち着きます。見知らぬ人と会うのはどうしても緊張するし、そもそも肉親や販売店の男性以外と近い距離で話したことがありません」

「ならよかった」

「ここだと観察しやすくていいですね」

良子は希美の席の隣のボックス席に腰掛けた。希美が腰を浮かすと良子の顔が見える。良子の向かいの席に高橋が座れば、希美に近い方の席の背中の方向なので見つかりにくい。

「早いね」

数分して高橋が現れた。希美は頭を下げて見つからないようにして耳をすます。

最初の数分で大失敗だと希美は気がついた。やたらと良子を気遣い、おもしろくない話をする。時々首を伸ばして見ると良子の顔色がどんどん悪くなるのがわかった。高橋が話していることは本人も話したいわけではなく、本題に移るためのタイミングを待っているのだ。スポーツの審判のようにふたりの間に入って、「ゲームセット」と終わりにしてあげたい。

「それで本日の本題はなんでしょう？」

良子が初めて口を開いた。

「あ、そう来たかー」

意味不明だ。希美はまるで自分がしゃべったように恥ずかしくなる。

「佐野さんって前からいいなあと思ってて、映画好きでしょ？　一緒に行かない？」

「それは本題ではないですね。よろしければ本題をお願いします。その方が理解もしやすいので、主に私にとって」

「ほんとに変わってるね」

「左様ですか？」

「オレとつきあってほしいってことなんだけど」

「ぶしつけな質問で申し訳ないのですが、なにがあなたをそうさせたのでしょう？　理由をうかがってもよろしいですか？」

「えっ、マジで？　ほらさっきから言ってるじゃん。きれいでちょっと変わってていろんなこと知ってそうでいいなあと思って」

「その条件に当てはまる女性はかなり多数いると思いますので、もう少し詳細を教えていただけますか？」

　果たしてこれは会話として成り立っているんだろうか？　と希美は心配になる。

「いや、好きになる時ってそんな詳しく考えないじゃん」

「なぜでしょう？」

「……あのさ。もしかしてオレのこと嫌い？　嫌ならもう帰るけど」

「気分を害したならお詫びします。ほんとにわからないので、知りたいだけなのです。ただ、帰るという提案は大変ありがたくもあります。さきほどから吐き気を催しています」

「吐き気がするほど嫌なのかよ。悲しすぎる」

「いえ、私は人間と話したり、一緒にいたりすることが苦手なのです。あなたに限らずほとんどの人と一緒にいると吐き気や貧血などの症状が現れます」

「マジか？」

希美はさすがに聞いていていられなくなり、席を立った。

「ごめん。やっぱ良子には無理だったみたい。この子、ほんとに人と話すと調子悪くなるんだ。ごめん。ごめんな」

希美はそう言いながら、良子の隣に立ち、「行こう」と促す。良子はほっとした表情でうなずき、立ち上がる。

「不調法で失礼しました」

そう言うと高橋にお辞儀した。高橋は突然現れた希美に呆然《ぼうぜん》としてなにも言わない。

「ごめんな。良子があんなに調子が悪くなるとは思わなくてさ」

希美は店を出ると良子にすぐ謝った。でも良子は首を横に振った。

「いえ、客観的に見てたまには外に出て違う人と話した方がいいというあなたの判断は正しかったと思います。私が予想以上に脆弱になっていただけです。ほんとにここまで人間への耐性がないとは思いませんでした。いったいどうやって学校に通っていたのか思い出せません」

「小学校と中学校は毎日通ってたんだよな」

「はい。正確に言うと高校受験の頃から登校に支障をきたすようになりました。それでも騙し騙しやってきたのですが、そろそろ限界なのかもしれません」

「限界って?」

「引きこもって隠遁《いんとん》生活を始めるなどの措置を講じる必要がありそうです」

「その歳で隠居か?」

「それは冗談ですが、私なりにこれからの暮らし方は考えています」

良子は妙にきっぱり言った。


あの時のことを思い出すと、希美は後悔の気持ちでいっぱいになる。

「総合的に考えて私は引きこもって生活するしかないと考えています」

希美の気持ちを知ってか知らずか、良子は付け加えた。

「じゃあ、あたしの部屋は理想的なわけだ。あたしと結婚する?」

「ふつつか者ですが、よろしくお願いいたします」

「良子の冗談って初めてかもしれない」

「いいえ、何度か言っており、その都度グレードアップしていると思います」

希美は力なく笑った。

その時、良子の顔色が少し明るくなった。

「そういえば、この前のマルウェアのことでちょっと思いつきました。以前、カンファレンスで知り合ったハッカーに相談してみます」

「カンファレンス？　ハッカー？　なにそれ？」

良子は時々すごく話が飛ぶ。思いついたことをすぐに話したり、実行したりしたくなるのだろう。

「世界中のサイバーセキュリティ関係者の集まるイベントが新宿であって、父親の会社がスポンサーになっていたのでチケットをもらって行きました。日本で開催されるのは初めてだったそうです。すごく人が多くて死にそうになりましたけど、そこで海外のハッカー何人かと知り合って、今でもメールを交換しています。その人に相談してみます」

「待ってよ。それって英語ってこと？」

「はい。ネットの翻訳サービスを使うとなんとかなります」

そう言いながら良子はキーボードを叩き、メッセージを送った。引きこもりのくせにこういう時の行動は早い。

相手がオンラインだったらしくすぐに返事が来た。

[Psy]　元気？　調子はどう？

良子はすぐに答え、この間のマルウェアのことを説明した。

[Psy]　典型的な標的型攻撃だね。君のクラスの誰かを狙っているんだろう。学校を狙うなら生徒を狙っても意味がないから、生徒の誰かを狙ったと考えるのが妥当かな。もしかすると、その生徒の親かもしれない。
[レフティ]　相手の目的を特定する方法は?
[Psy]　今のところ監視していないのだとすると特定は難しい。ただ、他の生徒のパソコンのログを確認できるのならそれを確認し、ひとつだけ違った行動をしていたらそれが狙いだ。
[レフティ]　全員に協力してもらうのは難しい。
[Psy]　僕だったら、感染した知り合いに、「これを使ってマルウェアを除去して」って言って、自作のマルウェアを送って情報を集めるね。
[レフティ]　あっ。
[Psy]　悪いことをするわけじゃないんだからいいだろ?
[レフティ]　充分、悪いことだと思います。プライバシーの侵害です。
[Psy]　言わなければ誰にもわからない。それに犯人を捜す方が大事だと思わないか?
[レフティ]　やります。
[Psy]　自分でマルウェア作ったことある?

［レフティ］　いえ。ありものを少しカスタマイズしたことがあるだけです。

［Psy］　カスタマイズ？　プログラムは組めるんだ。それもアセンブラレベルでできるならそれで充分。なら、このページを見て勉強して作るといい。わからなかったら僕に訊けばいい。

相手はＵＲＬをいくつか送ってきた。

［レフティ］　ありがとうございます。

［Psy］　礼はいらない。いつか僕を手伝ってほしい。日本語がわからないとどうにもならないことがたまにある。

［レフティ］　はい。

［Psy］　そうだ。わかってると思うけど、自分の正体がばれないようにしないといけない。

［レフティ］　今回のメールを拡散した子のパソコンを乗っ取ろうと思います。すでに乗っ取られていると思うので、追跡する手がかりがあるかもしれません。

［Psy］　それは犯人に君の存在を知られる可能性が高いからいい方法ではない。ルーターを乗っ取ってそのパソコンの通信を監視すればいい。ルーターの機種がわかればそんなに難しくない。やり方はわかる？

［レフティ］　シスコのルーターなら何度かやりました。

[Psy]　なら安心だ。じゃあ、また。

画面に表示されている英語がなんとなくわかるくらいだが、良子が海外のハッカーとふつうにやりとりしていることだけはわかる。

「すげえじゃん。いろいろ教えてくれたの？」

「はい。調査方法を提案してくれました。違法な方法ですけどね。でもカンファレンスに参加したのは正解でした。ひとりでやっていた時には考えつかなかったことを教えてもらえます。こういうことまではオルカも教えてくれませんでした」

良子は懐かしそうにつぶやく。マルウェアの一件があってから、良子はオルカとは会話しないようにしている。

「オルカは真面目だったよな」

「オルカはハッキングを止めたりはしませんでしたが、違法な方法は教えてくれなかった」

「だろ？　真面目なんだよ」

「ちょっと頭を整理したくなりました。とりあえず話を聞いていてもらえますか？」

良子はたまに希美を相手にしゃべりながら考えをまとめる。希美にはわからないことも多いが、おもしろい話も多いので楽しみにしている。

「聞くだけでいいんだよね？」

「はい。時々合いの手を入れてもらえるとさらによいです」

「わかった」

良子の話は、おおよそこんな感じだった。

敵の標的は間違いなく自分もしくはあの高校で一定以上のスキルを持つ生徒だった。攻撃の手順はこうだ。まずあの高校の生徒がよくアクセスするサイトに罠を仕掛け、気づかれないようマルウェアを相手のマシンにインストールする。相手が感染したらパソコンを乗っ取って、知り合いにそれっぽい文面のマルウェアつきのメールを送りつけて感染を拡大する。

こうしてあの高校の多くの生徒のパソコンを乗っ取り、そこから良子あるいは一定以上のスキルを持つと予想される相手を絞り込んで乗っ取った後でコンタクトする。相手が最初から良子を狙っていたのかあるいは一定以上のスキルを持つ生徒を探していたのかはわからない。

いずれにしても結果として良子は相手の監視下にずっと置かれていた。なにか不利益を被るようなことは起きていないのがかえって気持ち悪い。良子のしてきた悪事が全て知られている可能性も高い。それなのに時々現れては親切なアドバイスをくれる。いずれ自分の仲間に引き込もうとしているだけなのかもしれない。それなら一定以上のスキルを持つ生徒を探していた説明がつく。だが、なぜこの高校なのかはわからない。

もしかしたらもっとおおがかりに日本中の一定水準を超える全ての高校に仕掛けているのかもしれない。そうなるとオルカひとりでは手が回らないだろう。オルカはハッカー集団の一員でリクルートを手伝っているのかもしれない。いや、ハッカー集団とは限らない。サイバーセキュリティにくわしい技術を持った人材を探している企業で、こういう過激な方法を厭《いと》わない会社ならやるだろう。

可能性が高いのはガーゴイル社だ。世界的な巨大ＩＴ企業でいまだにイノベーションを続けている。あそこならやりかねないし、人材のためなら危険も冒しそうだ。

だが、可能性はそれだけではない。良子ひとりを狙っていた可能性も残っている。つじつまは合いやすいがきっかけがわからない。もしかすると、良子がどこかに残した足跡をたどられたのかもしれない。試しに作ったページのせいかもしれない。あそこには高校の名前やどうでもいいことを書いておいた。

いつかデスク氏をはめたように私をはめるつもりなのかもしれない。

良子の推理を聞き終わった希美は腕組みして唸《うな》った。正直、どこまで正しいのかわからない。しかしわからないなりに、つじつまは合っていそうな気がする。それにしてもオルカがガーゴイルの手先でしかも良子を狙っていたなんて全く考えつかなかった。ずいぶんおおげさな話になった。

「ガーゴイルの罠にはまったか、個人的に狙い撃ちされたかのどっちかって感じなんだ。どっちもやだけどな」

「おっしゃる通りです」

「どうするの？」

「とりあえずオルカの正体を探ってみます。彼女が出入りしているコミュニティやフォーラムを調べます」

「ねえ、ガーゴイルがリクルートのために罠を仕掛けてたなら良子以外にも狙われたヤツはいるはずじゃん。そういう連中をネットで探せないかな？」

希美の言葉に良子は目をぱちくりさせた。

「それはいい考えです。やってみます。アドバイス、ありがとうございます」

良子がぺこりとお辞儀したので、希美は少し照れくさくなった。

希美がいつものように良子の操作をながめていると、突然手が止まった。良子が急に希美に顔を向ける。

「どうした？　なにか見つかった？」

手がかりをつかんだのかと希美は思って勢い込んで訊ねたが、良子は首を横に振る。

「そうではありません。あなたに言うことがあります」

どきりとした。なんだか嫌な予感がする。良子はいつもあらたまった言い方をするが、これはいつもとは違う。

「……すみません。また今度にします」

良子はそう言うと、すぐにパソコンに向き直った。希美は拍子抜けするとともに安心した。少なくとも緊急のことではないのだ。だが、それは長い別れの始まりだった。

第二部　鈴木沙穂梨　二〇一六年

第四章　ダークウェブのクラウド・メイズ　二〇一六年　初秋

朝の登校時間。いつものように鈴木沙穂梨《すずきさおり》は高校の近くの駅で青山拓人《あおやまたくと》を待っていた。改札から少し離れた場所に立っていると、同じ学校の友達が手を振りながら先に歩いて行くのが見えた。

「彼氏と待ち合わせかよ。朝からいいなあ」

通りすがりにそう言われ、沙穂梨は苦笑いする。意図してそうしたわけではないが、拓人とつきあっていることが周囲に知れ渡って公認カップルのような扱いになった。知らない男子から突然告白されることがなくなったのは面倒がなくていいが、あんな風に言われると恥ずかしい。

なんとはなしにスマホを取り出し、時間を確認しつつ、〝最新ニュース〟を検索してみる。

――最先端の開発環境を無償でご提供します。サイバーセキュリティエンジニア向けのオンライン・コミュニティ「クラウド・メイズ」に今すぐ登録！　マルウェアのコード解析記事や解析ツールまでなんでもそろう。

画面の上部に広告が表示されている。放っておくと広告は入れ替わるのだが、最近は常に「クラウド・メイズ」ばかり現れる。何度も見たので諳記《あんき》してしまったくらいだ。なぜ聞いたこともないようなサービスの広告をガーゴイルが表示するのだろう？

「よお。なに見てんの？」

いつの間にか拓人が目の前にいた。次の電車が着いたらしく、改札口からぞろぞろと人が吐き出されている。髪の毛を軽い茶色に染めた沙穂梨と、昔の少年マンガに出てきそうな短髪スポーツ少年の拓人はお似合いのカップルだ。

「ねえ、最近変な広告が出るんだけど、拓人のスマホにも出る？」

「広告？」

拓人が歩き出しながら首をひねる。

「ガーゴイルで検索すると広告が出るじゃない。あれ」

沙穂梨も歩き出す。

「わかんねえ。いちいち広告見てないからなあ」

「そうなんだけど検索結果の上の方に表示されるテキスト広告ってウザいし、目立つでしょ」

「ああ、あれね。特に変なことないと思うけどなあ」

言いながら拓人はスマホを取り出し、片手で操作する。

「ソシャゲの広告が出てる」

沙穂梨は画面をのぞき込んで確認した。

「違う広告だね。なんでだろ」

「だって個人ごとに違うの表示するんだろ。検索の内容や過去の履歴から最適なものを選ぶんじゃないの？」

「そうじゃなくて、いつも同じなんだよね。ほら」

沙穂梨が自分のスマホの画面を拓人に見せようとして手を止めた。

「さっきと違う広告が出てる」

いつの間にかファッションサイトの広告に替わっていた。

「たくさん広告主がいるからランダムに表示してるんじゃない？」

拓人の言うことももっともだが、最近はずっとクラウド・メイズの広告ばかりだった。

「でもさ、圧倒的に同じものが出るんだ。内容は違うけど、同じサービスの広告」

「どんなの？」

「それが〝開発環境を無償提供します〟みたいな……なんだろ、開発支援サービスかなんかの広告なのかな？　クラウド・メイズってとこ」

「お前、最近プログラムを勉強してるからそんなの出るんじゃない？」

「だって、これスマホだよ。あたしはパソコンでだけプログラムしているのにわかるわけ？」

「そういやそうだ。なんでだろ？」

沙穂梨は腕組みする。なんだか気になる。ネットは便利だけど、その便利さのほとんどは個人情報と引き換えに得られる。こちらの情報をたくさん与えるほど、よりよい情報を提供してくれる。一度、どこかのサービスに情報を登録すれば、それが同じ会社の他のサービスでも参照されて何度も入力や登録をする手間が不要になる。検索から地図、ネットショップまであらゆるサービスを提供しているガーゴイルがいい例だ。今いる場所がわかればその付近の店の情報を自動的に表示するし、住んでいる場所や年収がわかれば最適の不動産情報が出る。

ガーゴイルがクラウド・メイズの広告を出すのには意味があるはずだ。いったい、自分のなんの情報とクラウド・メイズを結びつけたのだろう？

ふたりは同じ教室に入ると、少し離れた席に腰掛けた。

「おはよう。毎日夫婦しててあきないよね」

隣の席の松坂由梨香《まつざかゆりか》が話しかけてくる。

「毎晩いろんな体位で子作りしてるからね」

沙穂梨がしれっとそう言うと、相手は大声で笑った。

沙穂梨はもう一度同じ言葉を検索してみた、やっぱり、あの広告は出ない。

「なに見てるの？」

由梨香がのぞき込んでくる。

「最近、変な広告が出るようになってさ」

「変な広告？」

「今は出てないんだけど、なんかサイバーセキュリティがどうとかっていうヤツ」

「沙穂梨は腕利きのハッカーだからね」

由梨香が笑う。

「そんなことないって」

沙穂梨は苦笑いしながら拓人の方を見ると、男子数人で固まって話をしていた。

「最近、ラスクに動きはないのかよ」

誰かが拓人に質問している。ラスクは一年半前に解散した伝説のハッカーグループだ。その活躍は世界中のメディアで取り上げられて話題となった。六人のメンバーは全て日本人。ひとりの裏切りのせいで危うく逮捕されかけたが、五人は無事に日本を脱出し、国際指名手配されている。

その半年後、裏切り者を除いた五人は再結集し、国際的なサイバーテロ組織を叩き潰している。ラスクは罪のない人に害を与えない正義のハッカーのイメージがある。彼らの言葉によれば「因果応報」のハッキング。問題のある企業などを攻撃し、問題を世間にさらし、被害者を助けてきた。そのせいでラスクのファンは多く、彼らを正義のハッカーと英雄視する者も少なくない。

ラスクの活動をずっと追いかけていた拓人は、ネットでなにかあると質問攻めにあう。沙穂梨もラスクのリーダーの安部と何度か接触したことがあり、感銘を受けて自分もなにかしたいと考えるようになった。いわばふたりにとっては憧れの存在なのだが、犯罪者ということで批判的に見ている者も少なくない。

「ハッカーって言うと、よくないイメージを持ってる人も多いからさ。あまりハッカーって呼ばないで」

熱心に男子たちと話している拓人を横目で見ながら、沙穂梨はあまりしゃべらない方がいいのにと思う。

「ふーん。ラスクとか世界的な有名人なのにね」

「まあね。でも、嫌ってる人も多いんだよね」

「それはわかる」

沙穂梨はスマホの画面をもう一度見た。やはり、クラウド・メイズの広告は出てこない。誰かといる時はいつもこうだ。それにしてもいったいいつからクラウド・メイズばかり出るようになったんだっけ？　すでに授業は始まっていたが、教師の声は全く耳に入らずクラウド・メイズの広告に頭は集中していた。

一週間前にはこうなっていた気がする。二週間前になるとうろおぼえだ。そもそも広告なんて気にしていないから、よっぽど続かないと気がつかない。

「ずっと同じ広告が出てる人って他にいない？」と一昨日ツイッターでつぶやいたが、誰もいなかった。マルウェアに感染した可能性もあるが、表示する広告を差し替えるだけというのは地味すぎる。もしかしたら知らない間にスマホから個人情報を盗んでいるのかもしれないが、それならわざわざ広告に細工する必要はない。

結局、答えの出ないまま放課後になった。拓人と一緒に歩きながら試してみると、今度はファンデーションの広告が表示された。なぜ他の人といる時は広告が変わるのだろう？

「気にしすぎじゃねえの？」

拓人は偶然だと言い張ったが、ずっと同じ広告が出るというのは偶然とは言えない。

「でも今は出てないんだろ？」

そう言われると返す言葉がない。沙穂梨は、違うんだけどなあ、と言いながら家に帰った。

「ただいま！」

そう言って家に入り、そのまま自分の部屋に飛び込む。

着替えもせずにパソコンを起動し、ガーゴイルで検索してみる。やはりクラウド・メイズの広告が表示される。安全を確保するため、通常のパソコンから切り離して利用できるバーチャルマシンを起動させ、そこでスマホ用のＯＳであるガーゴイルＯＳを動かして検索した。スマホのアンドロイドと同じシステムが動くが、ＰＣ上の仮想空間なので危険なソフトウェアだったとしても影響は仮想空間の中にとどまるので安全だ。今度はクラウド・メイズの広告ではなく靴の広告が出た。頭を抱える。

ほとんど使っていない古いノートパソコンでやってみると、クラウド・メイズの広告が出た。どういうことかわからない。沙穂梨は頭を抱えた。

それ以来、沙穂梨はずっとクラウド・メイズの謎を考えていた。誰に話してもわかってもらえない。クラウド・メイズについてネットで検索してもなんの結果もない。その日の夜も勉強しながら、そのことを時々考えていた。

・常にクラウド・メイズの広告が表示される。時間帯、検索した言葉などには関係がない。

・誰かと一緒にいる時は違う広告（誰にでも表示される一般的なもの）が表示される

ことが多い。ただ、クラウド・メイズの広告が表示されることもあるので、必ずそうだというわけではない。

考えあぐねた沙穂梨はスカイプで拓人と通話してみることにした。

――まだ広告のことを考えてんの？

拓人は全く気にしていないようだ。

――だってわからないのを放っておくのは気持ち悪いでしょ。

――その広告以外、なにも異常はないんだよな。

――ないね。

――じゃあ、目的は広告を見せることなんじゃない？

目からうろこが落ちた。確かに広告を出し続ける目的が広告を見せたいからというのは素直に考えればその通りだ。複雑に考え過ぎていたのかもしれない。裏の裏を読みすぎるクセがついている。

――広告を見せたいってことはお前にクラウド・メイズを利用してほしいってことだろ。クラウド・メイズっていったいなんなの？

――無料の開発支援サービスらしい。

――使ってみるといいんじゃね？

またまた目からうろこだ。危険だと思って広告をクリックすることもしていなかったが、正体を知るにはアクセスしてみるのが一番だ。もちろん、罠にはまらないように準備をしてから行う必要がある。

――使ってみようかな。とりあえずアクセスして様子を見てみよう。でも、広告出してるのに使ってる人をみかけないいんだよね。ふつう検索すればクラウド・メイズを使ってる人がブログに書いてたり、使い方を解説するサイトがあったりするものだけど全くない。

――ちょっと待って。だって公式サイトくらいあるだろ？　それも引っかからないわけ？

――検索よけをしてるのか、それともダークウェブにあるのかも。

――ダークウェブだったらヤバいんじゃないの？

――広告のリンク先はふつうのインターネットだから、とりあえずそこまでは見に行ってみる。面倒だけどコードだけ先にチェックしようかな。

――コードだけチェック？　なにそれ？

――ブラウザでサイトを見るんじゃなくて、テキストエディタでサイトのコード、プログラムみたいなものを見る。どういう仕組みでサイトを表示したり、動かしたりしているのか確認すれば危険があるかないかもわかる。

――お前は、プログラミングできるもんな。

――まあね。

拓人との通話を切ってから、さっそくクラウド・メイズの広告のＵＲＬの先にあるコードをチェックする。といってもこの手の広告は直接広告主のサイトにリンクしていないことが多い。まず、広告を配信しているサーバーにアクセスして、記録を取ってから広告主のサイトに移動する。そうすることで広告配信サーバーは広告をクリックしたユーザーがアクセスした時間、場所、利用しているブラウザや端末などがわかる。利用者がガーゴイルにログインしていればさらに詳細な個人情報まで把握できる。

だから、クラウド・メイズの広告のリンク先はガーゴイルのサーバーのはずだ。でも、なにかが違う。沙穂梨はガーゴイルのＵＲＬと広告のリンク先を比較してみる。ガーゴイルの検索サイトは「gargoylexxx.com」、広告のリンク先は「ad.gargoylexxxx.com」だ。どちらも「gargoylexxxx.com」で同じ。「ad.」は広告だと示すためにつけているものので、根っこは同じ。

いや、違う。広告の方が「x」がひとつ多い。なぜ？　あわててまた拓人を呼び出す。

――なにかあった？　やっぱりヤバいとこだった？

――まだアクセスしてないんだけど、その前にちょっと教えて。ガーゴイルの広告のリンク先のＵＲＬってどうなってる？

――え？　ちょっと待って。ええと、ソシャゲのサーバーだけど、URLを言おうか？

――いやいや、そうじゃなくてそこに行く前に、利用者には見えないけどいったん広告配信サーバーを踏むじゃない。その広告配信サーバーのURL。

――なに言ってんのかわかんねえ。

――とにかくカーソルを広告のとこに動かして、右クリックで「リンクをコピー」をやってメモ帳かなんかにペーストして、それを教えて。

――ああ、そういうことか。わかった。わかった。「gargoylexxx.com」からはじまってすごく長いURLになってるけど、全部読む？

――頭に「ad.」ついてない？

――ない。

――じゃあ、ガーゴイルのうしろの「x」の数は？

――三つ。

沙穂梨は自分の心臓がどくんと脈打つのを感じた。なにか異常な事態が発生している可能性がある。しかも他に誰も気がついていない。ネットの世界を回っていると、まれに「なにか」を見つけることがある。自分しか気づいていないこと。世界を変える力を持ったたったひとりのヒーローになったような気分になる。たいていは単なる勘違いなのだが。

――ありがと。ちょっと調べてみる。

落ち着けと自分に言い聞かせる。勘違いの可能性も高い。

・常にクラウド・メイズの広告が表示される。時間帯、検索した言葉などには関係がない。

・誰かと一緒にいる時は違う広告が表示されることが多い。

・広告のリンク先はガーゴイル社のＵＲＬを真似した別のＵＲＬだった。

ひとりで考えていても限界があるような気がしてきた。とはいっても、いったい誰に相談すればいいのだろう？　その時、沙穂梨の脳裏にふたりの顔が浮かんだ。警察庁からインターネット安全安心協会の理事に出向している吉沢保《よしざわたもつ》と、ラスクのリーダーの安部響子だ。

沙穂梨はインターネット安全安心協会でアルバイトをしたことがあり、その時の責任者だった吉沢にはだいぶ親切にしてもらった。もともとは警察の人だからこの世界にくわしい。見かけはごついが、お茶目な話し方が沙穂梨は好きだった。

沙穂梨は机の引き出しから大事にしまっておいた責任者の名刺を取り出す。吉沢保の名前と連絡先が記されている。バイトを辞めた時に、「いつでも連絡してきてね」と言ってくれた。社交辞令かもしれないけど、試しにメールしたい。

ラスクの安部にはこちらから連絡する方法はない。突然、向こうからやってくるし、決して自分からは名乗らない。名乗ったとしても同じ名前とは限らない。こういう時に一番相談したい相手だけど、ひたすら待つしかない。それに今は海外にいるはずだ。時差があるから巡り会う機会は減っているだろう。

吉沢にメールを送ろうと思い、確認のためもう一度クラウド・メイズの広告を表示させ、リンク先のURLをコピーしてみる。「gargoylexxx.com」だった。拓人が話したURLと同じ、つまり正常な広告だ。見間違いではないかと思って何度も見直す。それからもう一度リンク先をコピーしなおしてみた。しかし何度やっても「gargoylexxx.com」だった。さっきよりも「x」がひとつ少ない。

さっきは確かに「ad.gargoylexxxx.com」だった。いったいどういうことなのだろう？　まさか沙穂梨が気づいたことを察して元に戻したなんてことができるはずがない。定期的に正常な広告とそうでない広告を入れ替えるのだろうか？　なんのために？

やればやるほどおかしなことが増えてくる。いっそ、クリックしてクラウド・メイズにアクセスした方がいいのかもしれない。いや、しかしそれは危険だ。そもそもクリックしてもサイトに移動せず、勝手にマルウェアをダウンロードさせるかもしれない。やるにしても安全な環境でやらなければダメだ。しかし、バーチャルマシンではクラウド・メイズの広告は表示されない。

考えあぐねた沙穂梨は吉沢にメールを送った。

メールを送信するとベッドに転がった。来年の今頃は大学生だ。そう考えると高校生活も名残り惜しくなる。そろそろ志望校を決めて願書を出さなければならない。その前に進路を決めなければいけないのだけど。

沙穂梨の進路ははっきりしていた。大学を卒業したら大手企業の社員か官僚になって、いろいろ情報を集め、技術を蓄えてから辞めて革命を起こす。冗談でなくて本気だ。革命といっても暴力的なことは無理だろう。サイバー攻撃を使うか、それともネットで世論を扇動するか。ラスクを知ってからずっと考えていた進路だ。いまのところぶれはない。

時々、拓人のことを考える。いまのところは仲良くしているし、それは大学生になっても変わらないだろう。でも、そのあとはどうだろう？　革命家を目指す女と一緒にいられるものだろうか？　そもそも拓人はなにになるつもりだろう？

「オレ、キンドル買ったんだ。昨日届いたんだぜ」

翌朝、登校途中で拓人が自慢げに言い出した。キンドルはアマゾンが開発、販売している電子書籍を読むためのタブレットだ。珍しいこともあるものだ。パソコン関係のガジェットを買う時はだいたい一緒なのに。

「昨日、届いたんだよ」

そう言って取り出してみせる。なるほど、アマゾンの通販で買ったんだ。それで一緒に買い物に行かなかったのだと納得する。

「読書するの？」

「うん。本ってかさばるから電子書籍の方が楽でいいと思ってさ」

「何読んでるの？　マンガ？」

「ちげーよ。本だって」

「マンガだって本でしょ」

「まあ、そうだけどオレが読んでるのは字の本」

そう言うとキンドルを起動して、画面を見せる。そこにはずらりと書名が並んでいた。

「英語とサイバー関係の本ばっかじゃん。やる気？」

正直、驚いた。いつの間にちゃっかり勉強しているんだ。

「なにをやるんだよ？　考えたんだけど、オレは理系に向いてない。でもネットから世の中を変えたい。それで大学は社会学部にして、社会を変える方法を勉強しようと思ってるんだ」

「社会学かあ」

それは考えたことがなかった。言われてみれば革命にも方法論が必要だ。

「お前は理系だろ？」

「そうね。開発か、ネットか、セキュリティやりたいから理系になる」

「志望校決めた？」

「まだ、そろそろ決めないといけないんだっけ？」

「どうだろ？　願書出すまで考えてていいんじゃね？」

「ダメでしょ。だって学校側も志望校を調整するんじゃない？　内申書必要だから黙って受けるわけにもいかないしね。あたしの場合、推薦を狙ってるからそろそろなんだよね」

沙穂梨の高校からはいくつかの私立大学への推薦枠があった。沙穂梨の成績ならそれなりにいい大学に入れそうだ。

「そうか、そうだった」

そう言ってキンドルをバッグに戻した。校門を抜けたふたりは同級生に手を振りながら校舎に入る。

「最近、ネット世論操作の本を読んでるんだけど、マジおもしろいぞ」

拓人はそう言うと、ロシアが仕掛けているネットを使った世論操作の話をしはじめた。

アメリカ大統領選挙にまで影響を与えているのだからすごい話だ。選挙に影響を与えられるということは、革命にも応用できそうだ。

「世界中の分離独立運動にも関係しているらしい」

「分離独立運動？」

「ほら、どっかの国で地方が独立国家になろうとしてたりするじゃん」

「なんだか拓人じゃないみたい」

沙穂梨は笑いながら自分の席に向かう。みんな、同じままではいられない。だんだん変わってゆく。なにも考えていないように見えた拓人だって、ちゃんと進路を考えている。自分や拓人の進路は普通の進路とは違うけど、それもひとつの生き方だ。もしかしたらこれからは革命家が人気の職業になるかもしれない。

ふと昔の人は自分の進路をどんな風に決めていたのだろうと思う。ネットが全くなかった昔じゃなく、インターネットが当たり前になり始めた頃、すごいことになるっていう期待があった時代。沙穂梨はスマホで昔のことを検索しはじめた。

その日の午後、吉沢から返信が来た。いつでも来てよいというので、翌々日の放課後に拓人と一緒に行くことにした。拓人は関係ないのだが、ひとりで行くのはちょっと不安だ。

沙穂梨は地下鉄を降りた時から気合いを入れていた。吉沢の元に向かう時は、いつもそうだ。いかにも管理社会といった感じの灰色のビルが並ぶ官庁街の中にある少し古ぼけたビルに入る。吉沢のいるインターネット安全安心協会はここの中にある。

エレベータを降りた正面にある受付で、「鈴木沙穂梨と申します。五時に吉沢さんと面会の約束があります」と伝えると受付の女性はちらっと沙穂梨と拓人を見てから受話器を手にした。自分が場違いなのはわかっている。学校帰りの高校生なのだからスーツを着て来るわけにもいかない。自分はまだいい。一緒についてきた拓人はどこからどう見ても高校生だ。スーツを着せてもそれは変わらないだろう。

「理事室でお待ちです」

女性はそう言うと、手で右端の部屋を示した。何回も来たことがあるので、言われなくても場所はわかっている。

「ありがとうございます」

と答えて、すたすたと部屋に向かった。

部屋では吉沢と大場《おおば》が待っていた。大場は元ハッカーで今は吉沢のアシスタントをしている謎の人物だ。すでに応接セットに腰掛けている。プロレスラーのような巨大な肉の塊の吉沢と、痩せて長身の大場が並ぶと特徴が際立ちすぎてマンガみたいだ。

沙穂梨と拓人もうながされて、吉沢たちの前に座る。なかなかおもしろそうな体験をしているんだってねえ」

「鈴木さんはいつもおもしろいから好きだな。なかなかおもしろそうな体験をしている

吉沢はにこにこ上機嫌だ。拓人はあまりおもしろくなさそうな顔をしている。

「おもしろいですかねえ」

沙穂梨はそう言いながらも、これまでの経緯を説明した。

「再現できないんじゃ検証のしようがないんだけどね」

吉沢が腕を組み、同意を求めるように大場を見る。大場は、「そうですねえ」と曖昧に返事する。

「でも、法則性があればある程度可能性は絞れますよ」

大場が機械仕掛けの人形のようにぎこちなく首をひねった。

「法則……あたしも見つけようと思ったんですけど、あたしがひとりでいる時に発生することが多いという以外にはありません」

沙穂梨はスマホを片手に説明する。

「すると一番合理的な結論は勘違いなんですけど、何度も見てるし確認もしてるんですね」

大場が沙穂梨のスマホをのぞき込む。

「自分の正気を疑うことは勇気がいるからね」

吉沢がくすくす笑った。拓人が露骨に顔をしかめる。

「あれは勘違いとは思えませんし、スクショも撮ってあります」

沙穂梨がそう言ってスマホの画面を大場に見せると、横から吉沢ものぞき込む。

「ほんとだ」

「だとすると、アレかなあ」

吉沢が大場に訊ねる。なにか心当たりがあるらしい。

「いや、ここは日本ですよ。それはないでしょう」

大場はすぐに答えたが、吉沢は腕組みして、「あいつらは国とか意識してないでしょ」と苦笑いした。

「なんの話ですか？」

「いや、なんでもない。今のところはランダムに発生している事象がたまたまひとりでいる時に集中していただけかもしれない」

大場と話していた内容とは違うことを吉沢が答えたので、沙穂梨は怪しく思う。

「えっ……吉沢さんもなんでもないと思うんですか？　なんか心当たりがありそうでしたけど」

沙穂梨が突っ込むと、吉沢はうーんと唸って苦笑した。

「でも、その可能性はすごく低いと思っていいんだよね。偶然でないとすると、結構なおおごとになると思う」

「危険があるんですか?」

　拓人が腰を浮かせた。

「うーん、鈴木さん個人にはおそらくないだろうね。もっとおおがかりで面倒くさい話になりそう」

　吉沢にしては歯切れが悪い。いつも遠回しな表現はするが、確信を持ってしゃべっている印象があるのに今回は確信がなさそうだ。

「あたし個人に危険がないなら、なんであたしのスマホで起こるんでしょう?」

「それは謎。それがわかれば誰が仕掛けているかもわかるかもね。まあでもおおがかりな話ではないと思う。もしそうだったら……」

　吉沢は言葉を切って大場の顔を見る。

「そうだったら?」

　沙穂梨がその先を訊ねると、

「そういえば河野《こうの》さんって覚えてるかなあ?」

　吉沢は突然話を変えた。

「元ラスクの人ですね。最近、サイバー犯罪評論家としてよくテレビで見ます。よくわかってないんですが、逮捕されたのになぜ自由にしていられるんでしょう」

かつて六人いたラスクのメンバーのひとりで、裏切り者、それが河野だ。

「あまり派手なことしてほしくないんだけどね。不起訴になった、というかしてあげたの。逮捕されて起訴されて有罪判決が出ると、犯罪者ってことが確定するんだけど、あの人は起訴されなかったから無実。だから自由」

「でもラスクだったんですよね？」

「うーんとね。それはそうなんだけど、ラスクであるという証拠と法を犯したという証拠が不充分なんだよね。まあ、利口なサイバー犯罪者は証拠を残すようなヘマしないから当然と言えば当然。起訴しようと思えば、どうとでもできるんで手加減してあげたってことなんだけどね、結局は。でも、彼女の場合、ラスクと断定できないから不起訴になったわけで、元ラスクっていう看板でテレビに出てるのとは矛盾してるねえ」

吉沢はくすくす笑う。

「そこはいつもぼかしてますね。あたしはなんだかあまり好きになれないです。昔の仲間の情報をしゃべるなんて」

「そういう心の弱い裏切り者がいると僕らは楽なんだよね」

吉沢らしい答えだと沙穂梨は思ったが、一方さっきのように話題をそらすのはふだんと違う。言えないほどの危険な事態が起きている可能性があるんだろうか？

「〝主に私が〟はおかげで流行ってます。あんなのを真似するなんてほんと子供っぽいと思うんだけど、なぜかみんな真似します。この間も女性限定のサイバーセキュリティイベントでやたら〝主に私が〟ってしゃべってる人がたくさんいました」

沙穂梨は吉沢の真意を計りかねて話を続けた。裏切り者の女はあまり好きではない。沙穂梨が一番気に入らないのは安部の口癖を河野がバラしたせいで、ちょっとサイバーをかじった女子が〝主に私が〟と言い出したことだ。彼女たちにしてみれば安部に憧れてのことなのだろうけど、実際に安部と話したことのある自分としてはバカにされているような気分になる。

「でも、気をつけてね。あの人から連絡があっても相手にしないでいいから」

「あたしに連絡？　あの人のことは全然知らないんですけど、あの人はあたしのことを知っているんですか？」

「そこはわからない。ただ、あれでもラスクのメンバーだったからねえ。それなりに情報網は持っているはずだし、腕前もそのへんのチンピラハッカーよりは上でしょう」

テレビで見ている限りでは頭が良さそうに思えないが、ラスクのメンバーだったからにはそれなりの実力も人脈もあるのだろう。気をつけよう。

「はい。気をつけます。あの、あの人の得意な分野ってなんなんですか？」

「マルウェア」

「えっ？」

沙穂梨と拓人が同時に声をあげた。意外だ。そんなに技術力があるようには見えない。

「ガチガチのマルウェアコード書きの人。開発ツールも作っていたし、ゼロデイ脆弱性も見つけていた。いまでもバウンティハンターは続けてるみたいだねえ。まあ、あんな人でもできちゃうんだから、鈴木さんなら楽勝でバウンティハンターになれるんじゃない？」

「あたしには無理ですよ。そんなガチの人だったんですか。知らなかった。ほんとに注意します」

人は見かけによらない。あやうく油断するところだった。

沙穂梨はもう一度クラウド・メイズの広告の話に話題を戻したかったが、吉沢が勝手に立ち上がってしまった。

「ごめんね。そろそろ出かけなきゃいけないんだ」

うまくはぐらかされたままで気持ちが悪いが、仕方がない。

「はい。ありがとうございました」

立ち上がって頭を下げる。

「なにか進展あったら連絡してね」

「ありがとうございます。吉沢さんもなにか思い出したら教えてください」

わざと当てこすりのような言葉を付け加えて部屋を後にした。


「絶対なんか知ってるね」

ビルを出ると拓人が強調した。

「うん。可能性は低いけどなにか危険なことが起きているのかもしれない。あれは危ないから調べるなってことなのかもね。とりあえずあたし個人には危険はなさそうだけど」

「そんなこと言ったって現に沙穂梨のスマホが狙われてるんじゃん」

「そこがわからないんだよね。あたしのスマホが狙われているけど、あたしには危険はなさそうってどういうことなんだろう？」

「あのおっさんはいつも大事なことを隠すから嫌いだ」

拓人は肩をすくめる。

「せっかくだから、そのへんでお茶でもしてこうか？」

沙穂梨が誘うと拓人はなぜか顔を赤くしてうなずいた。

沙穂梨たちが部屋を出て行くと、吉沢はまたソファに座り直した。大場が立ち上がり、向かいの席につく。

「ほんとにそうかもしれませんね」

大場が言うと、吉沢は「まさかねえ」と首をかしげる。

「それよりクラウド・メイズのことは調べた？」

「ダークウェブの開発コミュニティでした。だからといってすごくヤバいことをしてるわけでもなく、開発環境はまともです。異様にセキュリティ関係が充実しているのが特徴ですね。個別の掲示板では違法なものも取引されているようですけど」

「広告なんか出せる立場じゃないよね」

「そうですね。どう考えてもガーゴイルが広告を引き受けるとは思えません」

「わかんないなあ。いったいなにをやってるんだろ。反社会勢力にしても、ふつうのじゃないでしょ？」

吉沢は大きく腕を伸ばす。

「なぜあの子にクラウド・メイズはヤバいって教えなかったんです？」

「まだなにもわかってないからね」

「それってあの子を囮《おとり》に使うってことですか？」

大場があきれた顔をする。

「やだなあ。そんなはずないでしょ。人聞きの悪いことを言わないでほしいなあ。囮なら君がいるでしょ」

「えっ？　それで僕にクラウド・メイズを調べろって言ってるんですか？」

「今頃わかったの？」

「会員登録しちゃいましたよ」

「クラウド・メイズはなんだかいやな感じがするんだよね。最悪のケースではないと思うけど」

「やだなあ。吉沢さんの想定している最悪のケースってなんですか？」

「ロシアの罠。世界中のサイバー犯罪者を集めて一気に自分のとこに取り込む。仲間にならない連中は暗殺する」

「暗殺って本気で言ってます？」

「連中ならやるでしょ」

吉沢はそう言いながら自分のスマホでイギリスで起きた殺人事件のニュースを検索して大場に見せる。ロシアが暗殺したのではないかというもっぱらの噂《うわさ》だ。

「ガチに死んでるじゃないですか。僕も暗殺されたらどうするんです」

「日本諜報史《ちょうほうし》に残る伝説のハッカーになれるかもね」

「やめてくださいよ」

「もしロシアだとすると、ガーゴイルはそれを知っていて手伝っていたのかもね。フェイスブックも以前ロシア系の広告をのせたのがばれて大問題になったでしょ。アメリカのＩＴ企業は節操ないし、ガードが甘いからつけこまれるんだよね。そうなると根が深い。鈴木さんも知りすぎると消される」

二〇一六年のアメリカ大統領選挙戦で、ロシアは米国の世論を混乱、分断させるために架空のアカウントでフェイスブックに政治的な意見広告を出稿していたらしい。特定の思想や運動に加担するものではなく、黒人問題や銃規制問題や性差別問題など複数の立場から広告を出しており、いずれも人間の感情を刺激する内容だった。購入された広告は三千件にのぼるという。

それだけでなくアメリカの広告代理店がロシアのプロパガンダメディアであるＲＴの依頼を受けていたことも知られている。

「グーグルやユーチューブにも広告を出してたっけなあ。コストパフォーマンスいいよね。せいぜい数千万円でしょ？　出稿して世論に影響を与え、あとで暴露されて、アメリカのネット企業は信用できない、民主主義の危機だって煽ってまた影響を与える。往復ビンタでダメージを与えられる」

「そんな陰謀に巻き込まれたら命がいくつあっても足りないですよ」

「僕も心当たりを当たってみるから、大場くんはクラウド・メイズをもう少しくわしく調べて。取扱商品や登録利用者数とか細かいとこをきっちり調べよう」

吉沢はそう言うと立ち上がる。大場は浮かない顔で、「はあ、了解です」と答えた。

そうは言ったものの吉沢はロシア陰謀説には懐疑的だった。あくまで最悪の場合だ。ロシアは日本にそこまで関心を持っていない。地理的に重要な位置にあるが、国力は落ちる一方だし、脅しがいくらでも効く上、防諜《ぼうちょう》が機能していない。いつでも自由にできるくらいに考えているに違いない。わざわざ女子高生に手を出す理由がない。

単純にクラウド・メイズがガーゴイルのシステムに侵入して悪用している可能性もあるが、そこまでガーゴイルは脆弱ではないし、長期間発見されていないのもおかしい。吉沢の見込みではガーゴイルはわかっていて放置しているか、自分自身で仕掛けているかのどちらかだ。

だが、ガーゴイルの目的がわからない。人材確保くらいしか思いつかないが、そのためにしては手が込んでいるしリスクが高すぎる。

拓人と別れて家に帰った沙穂梨が自分の部屋にいると、母親がやってきた。

「ちょっとネットのこと教えて」

扉をノックしながら声をかける。最近、よく母親が沙穂梨にネットのことを訊きに来る。ニュースでよくサイバー犯罪のことを取り上げるようになったせいだろう。ネットばかりやっている沙穂梨を心配しているのと、自分が安全なのか心配なのと両方あるようだ。

思い返すと、子供の頃はよく母親と話をしたり、一緒に出かけたりしていたが、中学校に入ってからは一切なくなった。軽い反抗期で親を避けていたのかもしれない。意味もなく両親のことをうとましく感じるようになり、一人暮らしをしたくてたまらなくなった。なぜそう感じたのか今となってはさっぱりわからない。

やがて高校に進学して両親に対する反発は消え、代わりに厨二病《ちゅうにびょう》っぽい社会への反抗心が芽生えてきて、それは今も継続している。

「また？　なにがわからないの？」

沙穂梨がそう言うと母親は扉を開けた。

「ダークウェブを見せてよ」

入ってくるなり、このセリフだ。

「また、変な知恵をつけた。どこでダークウェブなんて言葉を覚えたの？」

「使ってるんでしょ？　テレビで特集やっててておもしろそうだったよ」

「使ってるけど、おもしろいものなのかなあ。犯罪者のたまり場だよ」

犯罪者という言葉で母親の顔が曇る。

「やっぱりそうなんだ。クズだね」

「クズでないのもあるらしいんだけど、表では規制されてて表現できないことを投稿してるサイトとかね。ほら、国によってはネットを監視しているところも多いでしょ？　そういうとこではダークウェブを使ってたりするみたい。言葉がわからないからあたしは見ないけど。でもアクセスが多いのは児童ポルノと麻薬だってね」

「児童ポルノ？　やっぱりクズだね」

「だから見ない方がいいよ。ふつうのネットでだいたいの用は足りるでしょ」

「沙穂梨はなにに使ってるの？」

「技術的な調べものをする時とかかな。ハッキングツールやいろんな情報がダークウェブにはたくさん転がってる」

「危なくないの？」

「違法なものもあるから危ないけど、注意していれば大丈夫」

「ふーん」

それから母親はさらにいろいろ訊いてきたが、やがて飽きたらしく突然に、

「彼氏とはうまくいってるの？」

と言い出した。

「そういうこと訊くんだ？　珍しいね」

これまで母親に男子のことを訊かれたことはなかったし、沙穂梨から報告したこともない。

「お年頃だから気をつけないといけないでしょ」

「別にふつうだよ」

「ふつう？　彼氏いるんだ」

母親が少し驚いた顔をしたのを見て、言わない方がよかったかもしれないと悔やんだ。てっきり彼氏がいるのはばれていると思っていたが、どうやら知らなかったらしい。かまをかけられた。いろいろ訊かれると面倒だ。だいたいこれは誘導尋問じゃないか。

「いない方がおかしくない？　高校生だよ」

「そうかな？」

言われて沙穂梨は同級生の女子を思い浮かべる。

「いやー、男が嫌いとかでなければいると思うなあ。少なくともつきあったことはあるよ」

「他の人のことはどうでもいいんだけど気をつけてね。ちゃんと避妊してよ」

本気かどうかわからないが、母親はそう言うと立ち上がった。沙穂梨は唐突な「避妊」という言葉に驚いて目を丸くする。さすがにちょっとむっとする。

「そういうことしてないし、酒も呑《の》んでない」

母親が部屋を出る前にあわてて答えた。

「とにかくさ、ネットも男の子も注意してね」

母親はそう言うと出て行った。テレビを観ていて娘のことが心配になったのかもしれない。そんな危険なことはしないのにと思う。それにしても母親にそういうことをしかねないと思われていたらしいのはショックだった。沙穂梨の思想はラジカルだが、私生活は保守的なのだ。

とはいえ沙穂梨はダークウェブの利用をしている真っ最中だった。クラウド・メイズの情報がないか調べているのだ。表のインターネットには全く見つからなかったが、ダークウェブではいくつか見つかったし広告も出ていた。掲示板でクラウド・メイズについての話題も出ていた。

それらを見る限りでは怪しいことはなさそうだ。沙穂梨も名前を知っている著名なハッカーも参加している。サービスそのものはまっとうなものなのかもしれない。まっとうというのは詐欺や罠ではないという意味でだ。扱っているものは違法性の高いものだろう。そうでなければダークウェブでやる必要はない。

吉沢にクラウド・メイズの追加調査を命じられた翌日、大場はさっそく報告に理事室を訪れた。最近はヒマらしく吉沢が理事室にいることが多い。

「齋藤《さいとう》ウィリアム浩幸《ひろゆき》ってどこから出てきた人なのかなあ？」

部屋に入ったとたんに質問されたが、わかるわけはない。齋藤ウィリアム浩幸はアメリカでの華々しい経歴をひっさげて、サイバーセキュリティの専門家として日本の官公庁や企業に取り入ったが、その来歴がいまひとつはっきりしない。後日、経歴詐称が露見して役職を辞任することになる。

「日本とアメリカのウィキペディアの齋藤ウィリアム浩幸の項目を比べると、日本の方がめちゃくちゃ充実していて、恨んでる人がいるんだろうなあって気がしておもしろい」

「吉沢さん、ヒマなんですか?」

「情報収集も仕事だよ」

「それより、調べました。クラウド・メイズでマルウェアツールキットが出回ってますね。だいぶにぎわってきました」

大場は吉沢の机の前に立って資料を置く。

「そろそろ危険な領域に入ってきたねえ。なにかできないかなあ」

「でもサーバーは国外ですよ」

「日本人の利用者は?」

「何人かいますね。日本人のマルウェア開発者って意外といるんですよ。表だってやっていないだけで、昼はふつうに働いていて、プライベートの時間に開発して日本じゃなくて海外に売ってるんですね。海外ではマルウェアの開発者としてよく知られている日本人もいます。主にアジアやヨーロッパに売っているみたいです」

「日本国内のマルウェアマーケットは成熟していないから売りにくいし、ばれやすい。儲《もう》からないならやる意味がないからね」

「でもいくらダークウェブだからといって野放しすぎますね」

「そうねえ。ＦＢＩが目を付けていないはずはないからタイミングを計っているのかもね。やっぱりロシアじゃないのかもね。ロシア相手だったらもっと早く動きそうな気がする。どう考えてもとっくに気がついて監視しているはずだ」

「ＦＢＩから警察庁に情報が来てるんじゃないですか？」

「ないない。そういう情報は滅多に入ってこない。アメリカは日本が遅れたままの方が都合がいいと思ってるんじゃないかな」

「そういうものですか？」

「アメリカ自身が遅れているから、追い越されると困る。ロシアもそう思ってるから」

「トランプ大統領はいまどき核って言ってますね」

「核兵器は重要なことは確かだけど、トランプが核に力を入れるって言ったとたんにプーチンが新しい核兵器の発表をするとかってタイミングよすぎでしょ。それにプーチンが使った画像は実はかなり昔の使い回しだっていう指摘もあるし、順当に考えるとアメリカに見当違いの投資をさせるための茶番じゃないのかなあ」

　そこで吉沢は言葉を切り、大場の資料をパラパラとめくる。

「会員って最近急増してるんだ。あの広告のおかげかな」

「鈴木さんが異変に気づいた頃くらいから急激に会員が増えて活発になってます。他の連中も広告に釣られて集まったんだと思います。会員数とかは発表していないんですけど、投稿数で見当がつきます。少なく見積もっても二千人はいます。それも一定レベル以上の腕利きばかり。開発ツールを使わないとなにもできないようなのはいません。そういうのが集まると、今度はそれを目当てに人が集まるから加速度的に増加してます。でもって、そのレベルの連中だと愉快犯的なバカなことはやらないんで治安も悪くない」

「結構ヤバいね」

「未知のゼロデイ脆弱性、顧客リスト、某銀行のシステム仕様書、ロシア製マルウェアのソースコード。いろんなものが売りに出てます。さすがにシルクロードみたいに殺人請負まではないですけどね」

「まあ、あれはガセだったしね。そもそもシルクロードの運営者がそれに金払って殺人依頼して金だけ盗《と》られて詐欺られたでしょ」

　シルクロードはかつて大手ダークウェブサイトのひとつだったが、ＦＢＩによって主宰者が逮捕され、壊滅した。

「児童ポルノは？」

「ないですね」

「ドラッグは？」

「それもないです。ハッキングツール関係に特化しようとしてるみたいです」

「でも児童ポルノとドラッグはダークウェブで一番商売になる商材なんだけどなあ。目的は金じゃないのか。ハッカーとハッキングツールを集積してダークウェブの武器庫になろうとしているのかもしれない」

「カッコいいですけど、仲間にはなりたくないですね。ガチで殺されそう」

「日本人の参加者を見つけて、なにをやってるのかくわしく調べられる？」

「それはもう見つけてあるんで、なにをやってるか調べてみます」

「こうなってくると、鈴木さんから相談された広告の件もあれかもね」

「おおがかりな話になりますね。そこまでする目的って見当つきません」

「そこまでできる犯人は限定されるねえ。僕らが手を出せない相手の可能性が高い。日本の警察庁に情報が来ないで、この規模のサイバー犯罪っていうとだいたい察しがつく。困ったもんだ」

「海外のアプリメーカーの一部とガーゴイル、ガップルもからんでるんですか？」

「流れからすると少なくともガーゴイルはからんでる可能性が高いよね。それだと児童ポルノや麻薬を扱わない理由はわかる。ガーゴイルならばれた時に致命的だからね。児童ポルノと麻薬は社会的にかなり叩かれる。でも狙いがわからないし、リスクが大きすぎる」

「そもそもほとんど犯罪サイトを運営している時点でアウトでしょ」

「まあ、でも別会社にしていれば致命的なスキャンダルにはならないでしょ。児童ポルノは手を出してることがばれるとほんとにダメになる。でも目的は謎だね。やっぱり人材？　特殊な技能を持った人材を集めるための仕掛けってことなのかなあ。まあ、あくまで可能性のひとつだけどね」

「そんなことをしなくてもガーゴイルならいくらでもいい人材を集められそうですけどね」

　大場は首をひねった。

第五章　広告配信システムと脆弱性の罠　二〇一六年　初秋

沙穂梨が家で晩ご飯を食べながらテレビを観ていると、サイバー犯罪に関するコメンテーターとして河野が出てきた。かつてラスクの一員で裏切り者。世界的なハッカーチームのメンバーでかつ美貌の女性ということでマスコミにはウケがいいらしい。

化粧も服装も見る度にどんどん派手になっている。確かに整った顔をしているし、胸も大きく、男性に受けそうな感じではあるのだけど、沙穂梨はなんだか好きになれない。

「このきれいな人、よく見るわね」

母が画面に目を向ける。父親は残業でおらず、今はふたりだけだ。もし父親がいたら沙穂梨はさっさと食べ終えて部屋にこもっている。決して嫌いではないが、微妙に距離がある。彼が義理の父親になったのは沙穂梨が中学校の時だった。慣れてきたが、家族という感じはしない。

「知ってる？」

母親が沙穂梨に話を振る。母親も沙穂梨が父親を苦手なのはわかっているから、ふたりだけの時にしか話しかけてこない。

「うん。知り合いじゃないけど、よく名前を見る。あまりいいイメージない」

「そうなんだ。きれいな人なのに」

「裏切り者だから嫌い。あの人はラスクの仲間を裏切って密告した人だから」

自分でも思っていなかった固い声音になった。つくづく河野のことが嫌いみたいだ。

「へえ」

母親が不思議そうな顔をする。

「なに？」

「あんたが、はっきり嫌いとか言うの珍しいと思ってね」

そういえばそうだ。沙穂梨は素直に感情を出す方だが、人に対して「嫌い」とあからさまには言わないようにしている。でも、なぜか河野には敵意が湧いてきてしょうがない。ここまではっきり嫌いな相手は初めてかもしれない。まだ会ったこともないというのに。

「どうしたの？」

「いや、なんであの人を嫌いなのかなって考えてた。そんなに知ってるわけでもないのに、ラスクの裏切り者ってだけですごく嫌な人に思える。裏切った後も平気でテレビに出てくるのが信じられない」

「そりゃ、あんたがラスクを好きだからじゃない？　あんたは、こういう風になりたいって人がいなかったじゃない。ラスクが初めてじゃない？」

「確かにそうだ」

ラスクのリーダー安部響子は沙穂梨の憧れであり、目標だ。でも、それだけではないような気がする。

「娘が犯罪者に憧れるって親としては微妙だけどね。将来に夢を持てないよりはマシ」

「ラスクは犯罪者じゃないよ。だって捕まって判決を受けてない。それまでは容疑者でしかない」

日本では容疑者になった段階で犯罪者認定されてしまうが、判決が出るまでは犯罪者ではないのだ。その違いは大きいのに、ほとんどの人は容疑者と犯罪者を同じように扱う。

「厳密に言えばそうだけどね」

「それにあたしはあの人たちみたいになりたいわけじゃないから安心して」

安部響子になりたいというより、ああいう風に自由に世界を相手に戦って生きていきたいと思う。でもきっと自分はサイバー犯罪者にはならないだろう。自分の最終目標は革命だ。高校生の将来の夢が革命家というのは荒唐無稽だし、そもそも職業になるのかりしないの？」

どうかもわからないので拓人くらいにしか話していない。

「でも、この人、細かいことまで知りすぎてるんじゃない？　ラスクの人たち捕まった

テレビでは河野が各メンバーの特徴や特技を解説していたので、沙穂梨はあきれた。

「ラスクの人たちはもう日本にはいないから大丈夫」

そう言ったらとたんにさみしくなった。安部と話をしたくなる。いったい安部はどこにいるのだろう？

「ごちそうさま」

食事を終えて食器を片付け、自分の部屋に入ると、すぐさまネットの徘徊《はいかい》を始めた。なんとなく安部の足跡を見つけたくて適当なキーワードで検索してみる。〃主に私が〃で検索するとずらっと個人のブログやフェイスブックが出てくる。うんざりする。どんな連中がこの言葉を使っているのかと目についたページを閲覧すると、ラスクのファンのオタクっぽい男性から、安部響子に憧れている理系女子までさまざまな人が見つかった。

圧巻なのはラスク関連の河野の発言やニュースなどの情報をまとめていたwikiサイトだ。事細かくラスクの歴史からメンバーの情報、日本政府が作った対ラスク組織ＣＹＷＡＴの内容とそのメンバーにいたるまで情報満載で、あの有名な成田空港でのラスク

逮捕騒動の解説もあった。その場に居合わせた人が撮影したものも多く、沙穂梨も初めて見るものが結構あった。ここを起点にして、リンクをたどっていけばほぼ全てのネット上にあるラスクの情報を知ることができる。さすがにメンバーの動画や画像は河野しかなかった。

誰が運営しているのかわからないサイトは、いつも罠かもしれないと気になる。ラスクのことを知りたいと思った人はほぼ必ずこのサイトを訪れる。当然ラスクのメンバー自身も定期的にチェックしているだろうし、他のサイバー犯罪者や関係者も来るだろう。罠を張るには最高の場所だ。最初から警察がそのためにこのサイトを設置している可能性だってあるし、運営者が警察に協力している可能性もある。

沙穂梨はいわゆる匿名化ツールを使っているので追跡されにくいのだが、罠はいくらでも仕掛けられるから油断はできない。匿名化ツールは自分の正体を隠してサイトにアクセスできるツールだ。なにもしないでサイトにアクセスするとさまざまな情報をサイトに送ってしまう。その情報にはネット上の識別番号のＩＰアドレスや利用しているプロバイダなども含まれるので、相手がこちらを特定する材料を与えてしまう。

沙穂梨は広告や怪しいコンテンツをブロックするアプリをブラウザに入れていて、上の方にブロックしたコンテンツの数が赤字で表示される。このサイトにアクセスしている間、この赤字がめまぐるしく動く。ふつうの広告なのか、それともなにか他の仕掛けなのかはいちいち確認しないが、利用者にとってうれしくないものがあるのは間違いない。

このサイトの中に〝主に私が〟という言葉を使ったことのあるSNSアカウントの一覧があった。ツイッターからフェイスブック、インスタグラム、ブログまでたくさんのアカウントの一覧が並んでいる。合計で一千五百五十四件だそうだ。感覚的にはもっと多そうな気がしていたので意外だった。

知り合いがいないか、ざっとチェックする。拓人のブログがすぐに見つかった。あまりにも簡単に捕捉されているので笑う。

フェイスブックの一覧をながめて適当に数人のページをのぞいてみる。いたるところに、〝主に私が〟と書いてあるのが気に障る。むかむかしている自分に気がついて、まるで安部響子の親衛隊みたいだなと自分にあきれた。

ぼんやりと自分のパソコンの通信記録をながめていた沙穂梨は、ガーゴイルの広告を表示した際にパソコンから広告を配信しているサーバーに送られるコードが気になった。十六進数で見ていると意味不明のコードに人間が理解できる文字列が含まれていた。毎回広告が表示されるたびに、少しずつ異なるコードが送信されている。

試しにパソコン上でガーゴイルＯＳのシミュレーターを動かして広告を表示させても

似たようなものが送信された。ただ、少し違う。

広告を表示した時に、サーバーに利用者に関する情報を送ることはよくある。ない方が珍しい。最小限に留《とど》めているものもあれば、たくさんの情報を送ろうとするものもある。沙穂梨は自分のどんな情報を広告が抜き取っているのか知りたくて調べたことがある。そのどれとも今回のものは違っていた。単なる情報以外のものも送っているようだ。

どうやら広告の配信用のスクリプトを生成している。この端末にどれくらいの頻度で、いつまで配信するかを指示しているらしい。ふつうの広告はサーバー側でどこに配信するかを決めるが、これは端末側でどんな広告を受け取るかを決めてサーバーに指示している。発想がふつうと逆だった。

端末側でこうしたスクリプトを生成して送れば、サーバー側ではそれを実行するだけでいい。仮に広告配信サーバーがサイバー攻撃を受けたとしても、サーバー側には重要な個人情報は蓄積されていないから安全だし、サーバーが使用不能になったら端末側で接続するサーバーを変更するだけで広告の配信が可能だ。もしかすると、広告配信サーバーの負荷を分散させるために、端末側の属性によって接続するサーバーを動的に変更できる仕組みもあるかもしれない。あるいは個人情報をサーバー側で蓄えないようにしなければならない事情があるのかもしれない。

広告配信の機能を、広告登録管理、広告閲覧、広告配信に区分してそれぞれを独立させて安全に大量配信が可能なシステムなのだ。なるほどと沙穂梨はうなったが、同時に端末側でスクリプトを生成するのは危険なような気がした。そこにはつけいる脆弱性が潜んでいそうな気がする。もしかすると、誰かがその脆弱性を利用してクラウド・メイズの広告の配信を行ったのかもしれない。

どきどきしてきた。自分は世界的な広告配信ネットワークのハッキングの現場に立ち会っているのかもしれない。被害者のひとりという立場には納得いかないが、もしそうならトリックを暴いてやる。沙穂梨はコード解析にのめりこんだ。

そして数時間後になにが起きているのかを発見した。おそらく間違いない。沙穂梨はすぐに自分のパソコンでJSDEXという開発環境を立ち上げ、すぐにコードを書き始める。

すでに頭の中ではなにをすればよいかわかっている。やり方さえわかれば実際にコードを作るのは難しくない。なぜ誰も気がつかなかったのだろう？　と考え、三カ月前にガーゴイルが広告システムを変更したことを思い出した。新システムへの移行によって生まれた脆弱性だ。

コードそのものは一時間もしないでだいたい書けた。だが、必要な情報が不足している。この仮説を検証するにはガーゴイルの広告出稿方法についてのくわしい情報が必要だ。ネットで検索してみると、ガーゴイルや利用者のページでほとんどの情報はわかった。後は実際にやってみるだけだが、やったら犯罪者になってしまう。迷いながらも違法すれすれの状態でコードを走らせてみた。途中までは思った通りに動き、エラーが出た。途中まで動くということはやはり間違いない。

沙穂梨はガーゴイルの広告配信システムに脆弱性を見つけた。ガーゴイルは広告を配信すると同時に、それを閲覧した相手の情報を収集している。広告配信サービスとしては当然のことだ。受け取った情報はそのままクライアントが確認、利用できるようになっている。

広告を閲覧した際にガーゴイルに送られる情報を加工することによって、その広告の出稿者になりすまし、ガーゴイルの広告配信システムから「チェック済み」の広告として自分の作った広告を任意の範囲の利用者に表示することができる。通常なら広告配信の前にガーゴイルは広告の内容やリンク先を確認して問題があれば広告を配信しない。しかし、沙穂梨の発見した方法なら、「チェック済み」の広告になりすましてチェックをすり抜けることができる。

流せる広告は文字だけのいわゆるテキスト広告に限定されるが、それでもガーゴイルにチェックなしの広告を無料で出せるとはとんでもないことだ。その気になれば、特定の人物や企業への誹謗中傷だって世界中に配信できる。

広告出稿者になりすまし、チェック済み広告になりすますという二重のなりすましでガーゴイルを騙していたのだ。クラウド・メイズはこの脆弱性を利用して広告を配信していたに違いない。おそらくガーゴイル側もある程度はこの問題に気がついているだろう。修正されないことを考えると、まだ問題を特定できていないに違いない。

実際に広告出稿用のアカウントになりすまして配信したくなる。すでにコードは完成している。何度も実行させようとして躊躇する。デスクトップに表示されている完成したばかりのツールのアイコンをクリックするだけでいいのだ。

匿名化ツールとVPN（仮想プライベートネットワーク）を使って追跡されないようにしてある。やっても見つからないだろうという気はする。手が汗ばんできた。どうしてもやりたい。だって世界中でほとんどの人が気づいていないことだ。それを自分は見つけてしまった。この手で確認したい。世界のガーゴイルのシステムに侵入するなんて安部響子だってやっていないかもしれない。

そこまで考えて安部だったらどうするだろうと考えた。おそらく安部はやらない。なぜなら意味がないからだ。好奇心を満たすためにやるのはリスクがあるだけで実益がない。最後まで実行しなくてもクラウド・メイズのやっていることから考えれば間違っていないことはわかる。そのまま秘密兵器としてとっておいた方がいい。システムは常に見直し、改善されるので、どのみち使う時には再度テストが必要になる。

では、正解はなんだろう？　沙穂梨は安部響子と違って職業ハッカーではないから使う機会はないだろう。しかしこのまま埋もれさせるのは危険だ。被害が出る可能性もある。いや、すでにクラウド・メイズへアクセスした人に被害が発生している可能性もある。

沙穂梨はガーゴイルのサイトにアクセスして、バグに関する問合せフォームを見つけた。こういうのを送るのは初めてだ。殺人事件ではないけど、第一発見者が疑われたりしないだろうかと不安になるが、バグや脆弱性を見つけた人に報奨金を払っているくらいだから、そんなことにはならないだろう。

プライバシーや送られた情報の取り扱いに関する説明を確認すると、内容によってはバグ脆弱性報奨金プログラムの対象になることもあるらしい。それを望む場合は問合せフォームに対象にしてよいというチェックをすればいい。

ガーゴイルの翻訳ＷＥＢで日本語から英文に翻訳し、気になるところを修正し、英文から日本語に戻して不自然にならないか確認する。これを数回繰り返して安心できる英文に仕上げ、個人情報を登録して問合せフォームから送信した。

英文ということもあってひどく緊張したが、これでガーゴイル社に問題があるのかどうかを確認してもらえる。気がつくとびっしょり汗をかいていた。

沙穂梨がガーゴイルの問合せフォームから連絡して一週間後の高校の昼休み、沙穂梨がいつものようにメールを確認すると、英文のタイトルが目に入った。スパムだなと思ったが、もしかしてガーゴイルかもしれないと開いてみる。

来た！　英文は見慣れないスタイルで書いてあった。教科書やネットで見るものと違って、ひどく雑でカジュアルな感じだ。「！」や「？」がやたらと多い。ガーゴイルからの返信のくせにこんなにラフでいいのだろうか。とりあえず全文をガーゴイルの翻訳サービスで翻訳してみると、ひどく不自然な日本語になった。仕方がないので、不自然な日本語と英文の両方を読む。

どうやら自分が送った脆弱性は確かにあったと確認されたようで、それについて話をしたいので都合のよい時に電話が欲しい。電話という文字を二度見した。自分が電話で英語を話す？　それはハードルが高い。いや、その前にそもそもこの解釈で合っているか不安だ。食べかけのパンを無理矢理口に押し込み、ジュースで流し込むと男子数人と話をしていた拓人に近づく。

「おう。なに？」

近づいてくる沙穂梨を見て拓人が話しかけてくれた。

「英語得意だっけ？」

突然の質問に拓人と周りの男子はぽかんとした顔をする。

「いや、ふつう」

「これわかる？　ガーゴイルから来たんだけど」

拓人は沙穂梨のスマホをのぞき込んで、へえとわかった風にうなずく。周りにいた男子も興味津々でのぞいてくる。見られるとよくないかなと一瞬思ったが、たいした情報はないのでそのままにした。

「ああ？　あのバグのことを連絡した返事かよ？　すごいじゃん」

周囲の男子が、「マジかよ？」「ガーゴイルから？」と騒ぎ出したので、拓人が「お前ら、静かにしろ」と注意する。

「そうなんだけどさ。ちょっと怖い」

「怖い？　英語で電話しろだもんな。すごいな。できるの？」

どうやら拓人は自分よりも英語がわかるようだ。

「無理だよ。でも話はしたい。どうしようかな」

「英語の先生に……ってダメだろうなあ」

「英語得意な人って思いつかない」

「吉沢さんは？」

「え？」

「あの人、いちおうエリート官僚だったんだろ。東大かもしれないし、英語ぐらいできるんじゃね？　この件で相談もしたし、ガーゴイルのことにも興味ありそうだからやってくれそう」

「確かにそうだ。迷惑かけてばかりだよね」

吉沢なら英語も話せそうだが、そこまで甘えていいのだろうか？　という気持ちとめったにないことだから吉沢も興味を持ちそうだという想《おも》いが交錯する。

「知りたがってたから、いいんじゃね？　本当はなに考えてるかわからないけどな。ガーゴイルもなに考えてるかわからないからちょうどいいじゃん」

「訊いてみようかな」

吉沢にメッセージを送ると、すぐに返事が届いた。いつでも来ていいという。

「今日の放課後、大丈夫？」

「大丈夫」

拓人も一緒に行くのが前提だった。向こうもそのつもりらしく、すぐに答えた。

昼休み終了のチャイムが響き、「じゃあね」と沙穂梨は自分の席に戻る。周りにいた男子も、「鈴木、すげえじゃん」と言いながら解散する。

席に腰掛けようとした沙穂梨の耳に、「なにあれ？　ガーゴイルから連絡？」「いい気になってんじゃん」という冷たいささやきが聞こえてきた。聞こえないふりをしてやりすごした。

「日本人でガーゴイルのバグ脆弱性報奨金プログラムの対象になるなんてすごい。まだ高校生なのに世界的な快挙といっていいんじゃないかなあ」

吉沢はえらく喜んでいた。にこにこ笑いながら、ふたりにお茶をすすめる。いい香りの紅茶だ。

「シャンパンみたいな派手な香りがするでしょ。鈴木さんに飲んでもらおうと思って買ってきました」

吉沢の言葉に沙穂梨は、なんと返事してよいかわからず、「ありがとうございます」とだけ答える。

「買ってきたのは僕ですけどね。吉沢さんは高校生だからシャンパン飲めないんでシャンパンみたいな香りの紅茶を買ってきてって言っただけ」

吉沢の隣で首を揺らしながら大場が付け加えた。

「よけいなことは言わなくていいの。とにかく鈴木さんはもっと喜んでいいと思うなあ」

「吉沢さんに言われると、よけいに素直に喜んでいいのか迷います」

「ふだんは皮肉しか言わない弊害が出ていますよ」

大場が茶々を入れる。

「僕は素直な相手には素直に対応しているはずだけどねえ」

「吉沢さんの存在が相手を素直でなくさせるんですよ」

拓人が混ぜっ返した。吉沢は鷹揚《おうよう》に笑い、それから沙穂梨にメールを見せるよう促した。

「さっそく電話してみよう。ええと、担当の携帯番号とアカウントが書いてある。ふん、ここは携帯にかけてみよう」

沙穂梨がスマホにメールを表示して見せると、さっそく吉沢は卓上の電話機のボタンをプッシュしはじめた。とたんに沙穂梨の緊張が高まる。

「みんなに聞こえるようにスピーカーホンにしてあげる」

吉沢はそう言うと電話機のボタンを押す。

「ガーゴイルのバグ脆弱性報奨金プログラム担当のリーです」

数回のコールののちにじゃっかんクセのある英語が響いた。これくらいなら沙穂梨にもわかる。

「ハロー、こちらは鈴木沙穂梨の代理人、吉沢です」

「代理人？　本人と話せないの？」

「本人は横にいますし、話すことは可能です。ただし、日本語のみですが」

「そういうことか。メールが英語できたから英語でいいのかと思った。失礼。ちょっと待って日本語を話せるヤツに代わる」

バタバタと音がして、その後静かになった。

「日本語話せる人を探しに行った。こういうオチになると思ってたんだよね。あそこは日本人も結構いるし、日本語をしゃべれる人も多い」

吉沢が苦笑し、大場がうなずく。

「じゃ、もしかしてあたしが直接話すんですか？　心の準備をしてないんですけど」

沙穂梨は戸惑う。すっかり吉沢にまかせるつもりでいた。

「ハッキングのコードを書いた時点で準備はできてたはずだよ。相手は世界のガーゴイルなんだからね」

吉沢がにやりと笑う。

「人材開発担当のキャシーです。バグ脆弱性報奨金プログラムチームですぐ対応できる者の中に日本語を話せる人がいなかったので、あたしが代わりにお話しします」

凜《りん》とした女性の声が響いた。ほとんどクセのない日本語だ。吉沢にうながされて、沙穂梨は口を開く。

「鈴木沙穂梨です。よろしくお願いします」

「送っていただいたコードの検証はまだ終わっていませんが、現段階で動作することは確認できましたので、バグ脆弱性報奨金プログラムの対象になるのは確定しました」

「ほんとですか！　ありがとうございます」

「いま確認しているのは影響範囲や攻撃のバリエーションやその他関係することといろいろで、それがわかるとこの脆弱性の深刻さが決まります。深刻さが決まると、それに応じた報奨金が決定されるというわけ」

「お金がもらえるんですか？」

「バグ脆弱性報奨金プログラムはそういうもの。バグや脆弱性を発見した人にその内容に応じて謝礼を支払います。リーの話だとこれは深刻な脆弱性なので数万ドルは確実で十万ドルを超える可能性もあります。日本円で言うと数百万円から一千万円を超えるくらいまでの可能性がありますよ」

「信じられない」

「あなたの場合は学生なので、ガーゴイルに就職することもできます。あたしが呼ばれたのはそのためでもある」

「だって、あたし高校生ですよ。来年からは大学ですけど」

まだほとんど準備していないが、受験生なのだ。

「学生をしながらガーゴイルで働いている人もたくさんいいます。大学の場所は本社のあるサンフランシスコに限定されるけどね。勉強に支障が出ないようにフルタイムではないけど、ちゃんと給料も出る。雇用は大学卒業までの四年間は保証されている。その

後は保証なし。ただ、ガーゴイルの奨学生だったことはキャリアとしてかなり強いから
どこの企業でも喜んで雇ってくれるでしょう」
突然の提案に理解が追いつかない。とても現実の話とは思えない。
「あ、あの、おっしゃってることはわかるんですけど、なにを言われているのかまだよ
くわかってなくて」
「あなたの年齢を考えると、当然の反応だと思います。あとでバグ脆弱性報奨金プログ
ラムと奨学生プログラムについての資料をメールで送るから読んで。一週間であなたの
見つけた脆弱性のレビューが終わって報奨金が決定され、奨学生プログラムでのグレー
ドも決まる。それから二週間以内に決断してね」
二週間と聞いて、早すぎないかと身震いする。その間に自分の人生を決めなければな
らない。
「奨学生プログラムのグレードってなんですか?」
「奨学生のレベルによって扱いが違うの。エントリーレベル、つまり一番下の場合は住
居水道光熱費、食費、学費など生活に必要な全てをガーゴイルが負担する。あとはレベ
ルが上がるごとに報酬の額がアップする。最高で年間十万ドル、日本円で一千万円以
上」
「ええと、なんだかわかりません」

沙穂梨はかなり混乱してきた。言ってることはわかるのだが、あまりにも現実とかけ離れている。

その時、吉沢が英語でなにかをしゃべった。キャシーもすぐに応じ、しばらくふたりは英語で会話する。

「ごめん。ふだんは大学生以上を相手にしているので、あなたのように若い人はとてもまれなの。驚いて混乱しているでしょう。くわしいことを書いた資料をメールで送るからゆっくり考えてください」

「あ、ありがとうございます。ええと、メールアドレスは……」

「言わなくていい。代わりにパーミッションをちょうだい」

キャシーが言うと同時に沙穂梨のスマホから音がした。

「本人確認コードを送ったので、それを読み上げて」

「543098 です」

「フルネームと、生年月日、住所もお願い」

沙穂梨は戸惑いながらも答える。

「あなたのスマホに入っているガーゴイルメールと同等のアクセス権をあたしに許諾してもらっていい？　そうするとメールアドレスではなく、電話番号や住所、その他いろんなものを共有できる」

沙穂梨は一瞬断ろうと思った。いくらなんでも会ったこともない初めて話した相手にスマホのメールアプリと同じ権限を与えるのは危険だ。ガーゴイルメールではプライベートなやりとりはしていないから内容を見られても問題ないがそれでもちょっと怖い。

「わかった。じゃあ、ガーゴイルマップと同じ権限でどう？　それならメールの内容までは見られない」

沙穂梨が躊躇しているのを察したらしくキャシーが違うアプリを指定してきた。マップなら問題ない。

「大丈夫です」

「ありがとう。じゃああなたがガーゴイルに来るのを楽しみにしている」

「ありがとうございました」

電話が終わって沙穂梨が吉沢に礼を言うより前に、拓人が口を開いた。

「詐欺なんじゃね？」

「それはないでしょ。女子高生を罠にかけるにしては手が込みすぎてる」

吉沢が苦笑した。

「鈴木さんのとこに送られる資料にキャシーとリーの個人プロファイルと、資料がガーゴイル社の正式なものであることを証明する紙をつけてもらうようにした。もちろん全部日本語訳つき。僕がついていてて、オレオレ詐欺にかかったらとんだ失態だからね」

吉沢がにやにやしながら話す。

「吉沢さん、ほんとにありがとうございました。まさかこんな話になるとは思いませんでした」

「僕も参考になった。ガーゴイルが人をハンティングする現場に居合わせるなんてめったにないからね。なるほど、待遇がいいと聞いていたけど、予想以上だね」

そう言いながら横の大場を見る。大場は自分のスマホになにかを入力していた。

「転職のために情報を保存してるなら意味ないよ。前科があるだけで採用基準からはずれるんじゃないかなあ」

という吉沢の言葉で大場はあわてて手を止めた。「前科」という言葉に沙穂梨と拓人がぎょっとする。

「聞かなかったことにしてね」

吉沢がふたりに下手《へた》なウインクをしてみせた。

「でも、大学生に一千万円なんてウソすぎます。こんなことほんとにあるんですか?」

気を取り直して拓人は吉沢に質問した。

「青山くんがそう思うのはわかる。でもね。それはあくまで日本の常識で、世界は違う常識で動いている。世界的に見て日本の専門職はすごく安い給料で働いているからね。お金もらえなくても必死に働くのが尊いっていう、まるで奴隷制度みたいな価値観だもん。そのうち日本に残るのはなにをやってもハンパな素人だけになりそうだ」

「奨学生プログラムの件、吉沢さんはどう思います？」

沙穂梨は吉沢ならどうするか知りたかった。

「鈴木さんは素直でいい子だけど、今のは嫌味に聞こえるなあ。こんないい話を断るなんてないでしょ」

「そうですか？　アメリカの一人暮らしって怖くないですか？」

大場が横から訊ねる。

「ガーゴイル本社の巨大な敷地の中に住むんでしょ。当然、安全だし、衣食住の心配はないし、怖がることはなにもない。ガーゴイルの敷地を出たらどうなるかわからないけどね」

「ほんとに、あたしがガーゴイルに……信じられない」

「こんなに速く話が進むとは僕も驚きだね。相手は鈴木さんのことを事前にかなり調べていたのかもしれないね」

「え？」

「バグ脆弱性報奨金プログラムに応募した時点で、バックグラウンドチェックをかけた可能性はあるよね。鈴木沙穂梨という人物のプロフィールと家族関係、友人関係、そして過去の経歴をチェックしてガーゴイルにとって危険な人物ではないことを確認してからあの提案をしたのかもね」

「だってたった一週間ですよ。そこまでわかりますか？」

「ガーゴイルならわかるだろうね」

吉沢はにやりと笑った。それからおもむろに自分のスマホを取り出すと、何やら操作して沙穂梨に示した。

「ガーゴイル本社の中のガーゴイルビュー」

ガーゴイルビューは世界中の道路の多くを網羅した三百六十度の映像データだ。場所を指定すると、その位置に立っているかのような画像を見ることができ、視点を変えたり、そのまま進んだりできる。その場所に行ったかのような疑似体験ができるが、同時に家や部屋がはっきりとわかってしまうのでプライバシー上の問題もある。

「これがガーゴイル本社」

緑の多い美しい街並みだった。でもなぜ吉沢はこれを自分に見せたのだろう？　見るだけなら沙穂梨自身でもできる。なにか特別なものが映っているのかと思い、じっと見つめる。

「まさかこの画像がフェイクなんですか？」

拓人がうわずった声を出した。この画像がニセモノ？　沙穂梨はさらに目をこらして見たが、おかしなところは見つからない。

「関係者の間では有名な話なんだけど、青山くんが知ってるはずはないから推測したんだよね。ちょっと見直した。連中は本社の中をくわしく知られたくないから、３Ｄデータでニセの本社を作って表示してる。実際に本社に行ったことのある人間なら、ガーゴイルビューもマップも現実の本社とは違うことがわかる。ずるいよね。他人の家はそのまま載せるクセに自分はフェイクでごまかすとかさ」

沙穂梨は拓人の顔を見た。照れくさそうな、それでいて自慢げな表情だ。少し悔しくなる。

「なぜわかったの？」

「だって吉沢さんがなにもないのに見せるわけないじゃん。だったら、その画像になにかが映ってるか、画像そのものか、スマホが問題ってことだろ？　特に変わったものは映ってないし、スマホも特別なものじゃない……消去法で画像そのものになにかあると考えたらニセモノってのが一番簡単だったんだよな」

「そういうのは理由を聞くとたいしたことないように思うんだけど、実際にそこで気がつく人はほんとに少ないんだよね。青山くんもなかなかやるね。さっきの話の続きだけど、鈴木さんのことは完璧に調べた上で彼らはコンタクトしてきたんだと思った方がいい。僕のとこでバイトしてたことも知っているだろうし、僕のことも知っているだろう。もちろん高校の教師や家族のこともわかってる。青山くんなんか徹底的に調べられて、とっとと別れさせた方がいいとか言われてそうだね」

「吉沢さんは、よけいな一言を我慢すると人間関係が飛躍的に改善されると思います」

拓人が真面目な顔でつぶやき、吉沢と大場が笑った。

沙穂梨は、その日眠れなかった。あまりにも突然だ。全く予想していなかった。

ひとつ気になることがあった。いつの間にかクラウド・メイズの広告は表示されなくなっているのだ。昨日は確かに見た。もしかしたらガーゴイルが沙穂梨の発見した脆弱性に対処したのかもしれないが、キャシーはまだ検証が終わっていないと言っていた。

ではなぜ表示されなくなったのか？　簡単な答えは、広告を表示する必要がなくなったから。その意味するところを考えて、沙穂梨はぞくりとした。

第六章　ガーゴイル奨学生プログラム　二〇一六年　晩秋

朝の霞《かすみ》が関《せき》はスーツ姿の男女であふれている。降り注ぐ朝陽《あさひ》に顔を背け、決まったリズムで足を運び、うつむき加減でビルに向かう。その中に明らかに異質な存在がある。派手な白のパンツスーツに赤いパンプス、サングラスで落ち着きなく周囲を見回しながら列を離れて異なるリズムで歩き、延々と続く列をはずれ、古びたビルに入る。

そのままエレベータに乗るとサングラスをはずし、不似合いな大きなバッグに収める。はっきりした目鼻立ちに濃い化粧は、大きな胸と相まって存在感がある。エレベータを降りると正面の受付で、「吉沢理事に十時にアポ」と短く告げる。受付嬢は女をマジマジと見たあと、「お待ちです」と答えた。

慣れているのか場所を指示されることなく女はすたすたと歩いていき、壁に並んでいる扉のひとつを押す。中にはプロレスラーなみの巨漢の吉沢が応接セットに腰掛けて待っていた。

「河野さんは時間を守るから好きですよ」

にやにやした笑顔を浮かべる。この男はいつもこうだ。皮肉屋でどこまで本気かわからない。でもこの肉の圧力には逆らえない。

「ご用件はなんでしょうか？」

立ったまま質問する。そこに痩せて背の高い男が茶を持って現れ、吉沢の向かいの席に置いた。

「河野さんはいつもツンツンしてるなあ。もっとリラックスして生きればいいのに」

吉沢は河野に手で座るように指示する。

「貴重な人生のアドバイスありがとうございます」

河野は渋い顔で腰掛ける。「用がないなら帰ります」とこのまま出て行ってしまいたいが、そういうわけにはいかない。

「最近よくテレビに出て、しゃべってるけど、どういうことなのかなあ？」

それが本題じゃないだろうと思うが、あえてなにも言い返さないでおく。

「どういうことって、仕事ですよ。テレビに出演してギャラをいただいてます」

蓄えがあるからしばらく働く必要はないのだが、お金をもらえるなら引き受けるし、他にもやらなければならない理由がある。

「僕らに話していない情報もしゃべってるでしょう。約束が違う」

呼ばれた理由がわかった。

河野は以前ハッカーグループ・ラスクのメンバーだったが、当時警察にいた吉沢にひそかに情報提供していた。だが、最終的にラスクに裏をかかれて河野だけ逮捕されるはめになった。その失敗の責任を取って吉沢はこのインターネット安全安心協会に左遷された。言わばラスクに恨みを持つ同士だが、仲はよくない。

「後からマスコミ受けがいい情報を必死に思い出したんです。仕事のためですよ」

「口癖や仕草なんてすごく重要な情報だと思うんだけどなあ。捜査の時に思い出さないといけないでしょう」

吉沢が巨体に似合わぬねちねちとした口調で続ける。河野は無言で目をそらす。

「直接会ったことも通話したこともないのに口癖なんかわかるかなあ」

むかっとした。河野は、自分がラスクの安部響子と高野肇《たかのはじめ》と会ったことがあると信じている。二年前吉沢がラスク包囲網を敷いていた時のことだ。河野は逃走中の安部と高野をラブホテル街で見つけ、吉沢に報告したが、人違いだといってとりあってくれなかった。その行き違いは今でも続いている。

「でも」

と言いかけると、吉沢がにらんだ。面倒くさいと思いながらも、うつむいて肩をふるわせた。子供の頃から演技は得意だ。これで何度も危機を乗り越えてきた。

「すみません。マスコミにおだてられて話を盛ってました。どうせわかるはずがないので」

顔を赤くし、涙も出した。声も震わせた。これでいいだろう。

「しょうがないなあ。狼《おおかみ》少年の話を知らないのかなあ?」

吉沢も目の前で泣かれて、これ以上は無理と思ってくれたようだ。

「すみません」

ハンカチで涙を拭きながらぺこぺこ頭を下げた。

「まあ、河野さんは安部さんにころっと騙されて利用されちゃう人だからこんなもんなのかなあ。格が違うから仕方がないかな」

吉沢が河野のプライドを逆なでするようなことをつぶやいて、くすくす笑った。

「……あの!」

いけないと思ったが、かっとして思わず口をついて出た。

「今さら言い訳ですかあ?」

吉沢がうんざりした口調で言う。ますます頭に血が上る。

「言い訳じゃありません」

「うるさいことを言ってるとマスコミに、河野さんが勝手に話を盛ってたって教えちゃうよ」

「あのですね」

「言いたいことがあったら言っていいよ。秘密にしておくから」

そこでやっと落ち着きを取り戻した。これは吉沢の手だ。

「……いえ、なんでもありません」

そう言って、「もう用事がなければ帰ります」と立ち上がる。

「河野さんももうちょっと役に立つ人だと思ったんだけどなあ。いいですよ、帰っても」

素っ気なく言われて、ほんとうに腹が立った。ソファを蹴飛ばしてやりたいが、なんとかこらえて、「ありがとうございました」と心にもないことを言って部屋を出た。ほんとにいまいましい。

そもそも吉沢にはなんの権利もない。河野は呼び出されたからといって来る必要はないのだが、断れなくさせるなにかがある。はっきりと脅す言葉を口にすることはないが、じわじわと怖さが伝わってくる。あの男に逆らうととんでもないことになるという不安を抑えられなくなるのだ。

悔しい気持ちのまま河野は、足早に地下鉄に向かって歩いた。

「惜しいところでしたね」

大場がお茶を片付けながら苦笑した。

「わかった？」

吉沢も苦笑する。

「ええ、話を盛ったっていうのはウソですね、ってことは安部響子と会ったことがある。それもちゃんと話をしたことがある」

「なぜ、それを隠しているのかわからない。僕らにも話してなかったってことはかなり重要な秘密のはずなのに、テレビでぺらぺらしゃべるってのはおかしいよねえ」

「目的があるんですかね」

「河野はバカだけど、小心者だから警察にたてつくようなことはないと思うんだよね。だから理由がよくわからない」

「単に最近思い出しただけとか？」

「だったら最初にこっちに知らせるのが筋じゃないかなあ。貴重な捜査情報だもん。安部響子の特定につながる」

「もう特定には使えなくなりましたね」

「なんで？」

「だって一部女子の間で流行ってるじゃないですか、特にＩＴ系やサイバーセキュリティ系の女子やそれにあこがれる人の間で、〝主に私が〟ってよく使われてますよ」

「そうだ。確かに流行ってるね。それが目的？　だとすると安部響子は我々の手の届くところにいるか、近々現れる可能性があるってことじゃないかなあ？」

「なるほど口癖はすぐには直せませんもんね。つい街で話していてぽろっと出ることもある」

「いや、でもそんなことはないね。だって河野が言い出さなければ誰もあの口癖のことは知らなかった」

「堂々巡りですね」

「自分でわざと目立つような特徴を教えて、それで得することねえ。自分と同じ口癖を持つ誰かを陥れるためとか？」

「あんな口癖の人間はいないでしょう」

吉沢と大場は顔を見合わせてうなった。

河野がインターネット安全安心協会のビルを出てしばらく歩くとメッセージが来た。

——吉沢となにを話しました？

くそっと思う。行動を把握されている。おそらくこのスマホを追跡しているのだろうが、その方法がわからない。少なくとも乗っ取られている可能性はない。すでに二回スマホを変えたが、追跡は続いている。

――ストーカーはやめろ。クソが。

――相変わらず言葉使いが悪い。

――……あなたの予想通り吉沢に質問されましたよ。なぜ先に言わなかったんだってね。

――教えた通りに答えましたか？

――話を盛ったって言っときました。涙を流しましたよ。信用したんじゃないですかね。これでもういいですか？

――もういいですか、とは？

――テレビに出たくない。顔をさらしてしゃべることがどれほど危険なのかわかっているでしょ。

――だからあなたにお願いしたのです。裏切り者のあなたがラスクの情報を世間に広めるのは、とても都合がいい、主に私に。

――もうそれ、流行語になってます。マズくないんですか？

――私の口癖が広がった方がいいんです。たくさんの人がしゃべれば、逆に判別する決め手にならなくなるでしょう？

――……なるほど。ということはあなた自身がその口癖を人前で話すことがあるんですね。いや、うっかり出ちゃったのをそうやって誤魔化すための布石ってこと？

——好奇心は猫を殺す。そもそもあなたは私が誰か知らない。

——ジョンでしょ？

ジョンは安部がラスクの会議で使っていたハンドル名だ。

——さあどうでしょう？　あなたには知る必要のないことです。あなたが知っておかなければならないのは、こちらはあなたのサイバー犯罪の記録を持っており、命令に従わなければそれがネット上に晒されるということだけです。

——そんな脅しがいつまでも通用すると思うなよ。

——河野さんは臆病者のチキンだからいつまでも使えますよ。

そこでメッセージは終わった。ほんとうに腹が立つ。吉沢もいまいましいが、こいつはそれ以上だ。なにより悔しいのはこちらが手出しできない状態だということだ。相手の正体も目的もわからないまま操られている。

河野は地下鉄の車内で自分の不遇な現状を考えた。逮捕されて不起訴になったものの世間の見る目は完全にクロだ。テレビに呼ばれるのもそのせいだ。「ほんとはどうなんですか？」という質問はスルーしているが、どう見ても仲間としか思えないことをしゃべりまくっているからそう思われているだろう。おかげでまっとうな会社は自分をやとってくれない。

脅迫者の正体はジョン、安部響子に違いない。さもなければ過去の犯罪についてあんなにくわしく知っているはずがない。

それにしてもなにを考えているのかわからない。まさかジョンが再び日本にやってくるのか？　だったら裏をかいて捕まえてやりたい。今度こそ罠にはめてやる。

河野は復讐《ふくしゅう》の方法を必死に考えるが、ラスクのメンバーの居所についての手がかりは全くない。さっきのメッセージだって追跡は不可能だ。ラスクに関するwikiは充実していたが、こんな素人の作ったものは信頼できない。

いっそ片っ端から「主に私が」を使っている人間を調べてみようかと考えて、はっとした。SNS監視システムを使えば一発で見つけられる。

日本語に対応したSNS監視システムはまだなく、いくつかの会社が原始的なアルゴリズムの検索システムと手動での監視サービスを提供しているくらいだ。だから逆に言えば、ジョンは油断しているに違いない。日本語対応したものがないか調べよう。なんとしても見つけて、ジョンの動きをつかんでやる。

沙穂梨が学校から家に帰るとキャシーからメールが届いていた。バグ脆弱性報奨金プログラムと奨学生プログラムでのグレードの通知だ。報奨金は三百万円、奨学制度のグレードは六で学費や衣食住に関わる費用の提供の他に、年間五百万円をもらえることになっていた。大学を卒業してもらう給料と変わらない。下手したら多いくらいだ。しかもフルタイムで働くのではなく、大学に通いながらでこの待遇だ。くらくらした。金額だけで飛びついてしまいそうだ。自分が人とは違う特別な能力を持った人間だと思ってしまいそうになるのをいましめる。

その一方で信用してよいものなのか不安になる。あまりにも話ができすぎている。でも、沙穂梨をだます理由は思いつかないから本当と思ってもよいのかもしれない。それでも頭がついていけなくて本当のこととは思えない。

キッチンに行ってコーヒーを淹《い》れようとしていると母親がやってきた。

「あたしにもお願い」

母親はめざとく、沙穂梨がコーヒー豆の袋を持っているのを見つけて言った。

「はいはい」

「あんたが自分でコーヒー淹れるなんて珍しい」

「たまにはじっくり考えたい時もある」

「あの会社から連絡が来たんでしょ」

「よくわかるね」

「そりゃ母親だから。しかもかなりいい内容だったんでしょ」

「あたしってそんなに単純？　心を読まれすぎている」

「母親だって言ってるじゃない」

「それにしてもわかりすぎじゃない？」

「コーヒーは後でいいから、どんなメールが来たのか見せてちょうだい。あんたはまだ未成年だから、あたしにも見る権利あるでしょ」

「別にいいけど、お母さんが予想した内容を先に聞きたい」

「えー？　そうね。報奨金は百万円つまり一万ドル以上で、奨学制度では毎年二百万円、二万ドルくらいくれるんじゃない？」

当たってはいないが悪くはない予想だ。沙穂梨は無言でスマホの画面を見せる。

「なにこれ！　すごいじゃない。あたしも奨学生になりたい」

母親が大きな声を出した。

「これはきっとさ、相手の想像よりも多く出して、深く考えないようにさせる手なんじゃないかな。そうすると人材を獲得できる可能性が高まる。だから本来の評価はこのひとつ下くらいに考えておくといいんじゃない？　それでも充分魅力的だけどな」

母の言う通りなのだろう。うまく乗せられるみたいで嫌だが、ガーゴイル社に行きたくなっているのは確かだ。吉沢の言う通り、断る理由が見つからない。決断できないのは未知のものに対する恐れと、他の選択肢を捨てることの不安だ。ガーゴイル社に入社すれば沙穂梨はもうふつうの日本人の歩む道とはかけ離れた道を歩くことになる。もちろんその道にだってたくさん人はいるけど、少なくとも今の学校のクラスメイトはいないし、母も拓人もいない。

自分らしくない。気弱だ。そう自嘲する。こんなことで怖がるなんて、しょせん日本の中でいきがっているだけだったのか。

「行けばいいいんじゃない」

「シンプルなアドバイスありがとう。ちゃんと考えてくれたの？」

「だってこんなにいい条件を出してくれる企業はないよ。もらえるうちにもらっといた方がいいでしょ」

「心配じゃないの？」

「心配だね」

「じゃあなんで勧めるの？」

「このまま日本にいる方が心配だから。あたしたちは沈む船に乗ってるんだから、外に逃げられる可能性があるなら逃げた方がいいでしょ。そりゃ危ないかもしれないけど、このままだと沈んじゃうんだからさ」

母親はいつも日本の将来に対して悲観的だ。バブル崩壊の時に高校生で、そこから日本が衰退してゆくのをリアルタイムで見続けていたのだから仕方がない。沙穂梨が生まれた時から日本は終わっていた。

「お母さんは日本がダメになるってずっと言ってるもんね」

「実際、ダメになってるしね」

「お父さんはなんて言うかな？」

「心配はするると思うけど反対はしないでしょ。あたしから話しとく。あんたが話すとケンカになるかもしれないからね」

沙穂梨は父親と仲がよくない。いや、決して仲が悪いわけではないと沙穂梨自身は思っているのだが、なぜか口げんかになることが多い。没落国家日本を受け入れている母親に対して、父親は受け入れられていない。日本はまだまだ世界の先端を走っていると思いたがっている。だから将来の話になると、沙穂梨や母親と意見が合わない。

でも父親だけでなく多くの人がそうなのだろう。それに未来に関してはどちらが正しいのかはわからない。これからも同じことが続けば、これまでと同じように落ちてゆくし、逆転する動きが広がれば逆転するかもしれない。今のところ、これまでと同じかそれより悪いことしか起きていない。

「でもガーゴイルに行くとふつうの人じゃなくなるよね」

「ガーゴイルの社員だってふつうの人だよ」

「日本の大学や会社に勤める人とはだいぶ考え方が違ってくると思うよ。いまどき日本に残ろうって人は先を読めない人でしょ」

「またそんなこと言ってる。お母さんは日本オワコン派だから、子供に悪影響を与えてると思うな。あたしもそんな気がしているもん」

　自分が日本という国に悲観的で信用をおけないのは母親の影響も大きい。父親のように過去の栄光にすがりつくのはよくないが、かといって未来の希望も否定するのはどうかと思う。

「いや、実際そうだから言ってるんだからね。子供に現実の世界を教えるのは親の責任だよ」

　母親はそう言いながらキッチンに行き、コップふたつとビールを持ってきた。そして、ごく自然に沙穂梨の前にコップを置いてビールを注《つ》いだ。

「コーヒーよりも、とりあえず乾杯でしょ」

「マジ？　あたし呑んだことないって知ってた？」

「大学に入ったら新入生歓迎会で必ず呑まされるから、今から慣れておいた方がいいよ」

　母親は全く動じない。こんなに物わかりのいい母親だっただろうか？　と思いながら沙穂梨はビールの入ったコップを掲げる。

「いつかあんたが大人になったら酒を呑みたいと思ってた。もうそういう年齢になってたんだって最近気がついたのよ。おめでとう」

母親が沙穂梨のグラスに自分のグラスを当てる。沙穂梨は、いやまだ未成年なんだけどね、と頭の中で突っ込みを入れる。

「やりたいことはできるうちにやっておいた方がいいよ。後回しにすると後悔する」

母親は一気にビールを呑み干すと言った。

「わかった」

沙穂梨はうなずき、ひどく苦いと思いながらちびちびビールをなめた。


沙穂梨は吉沢にもガーゴイルからの連絡について報告しに行くことにした。以前相談したことでもあるし、吉沢の意見も聞きたかった。魅力的な誘いではあるが、戻れない人生の選択であることも確かだ。少しでもいろんな人の意見を参考にしたい。

翌日の夕方になって拓人と一緒にインターネット安全安心協会に向かう。ひとりで行ってもいいのだが、吉沢はなんとなく怖いし、緊張する。それに誘わなかったことがあとでわかると、拓人はふてくされるに違いない。

「何度もすみません」

恐縮しながら拓人と理事室に入り、勧められるままに応接セットのソファに腰掛ける。

「とんでもない。ガーゴイル社に目を付けられたからにはVIP待遇だから、なんでも連絡してほしいなあ。大場くん、お茶とケーキ」

吉沢は上機嫌だ。紅茶とケーキの載ったトレイを持った大場が現れたが、ケーキはひとつだ。沙穂梨の前に紅茶とケーキを置き、拓人の前には紅茶だけ置く。

「ほんとにケーキまで？　ありがとうございます！」

沙穂梨が礼を言うと、

「でもケーキは鈴木さんだけ」

吉沢が笑い、拓人がむすっとする。

「あたしだけ？」

沙穂梨はお礼を言いながらも首をひねる。

「青山くんはVIPじゃないからね」

「邪魔者ですみませんね」

「君のようなふつうの人がたくさんいるから鈴木さんのような逸材が生まれる。だから貴重な捨て石。そんなに卑下することないから安心していいよ」

「いつも思うんですけど、吉沢さんってほんと口が悪いですよね。警察の人ってみんなそうなんですか？」

拓人と吉沢はいつもこんな感じだ。最初はふたりが言い争いを始めるとはらはらしていたが、今では仲がいいからケンカするんじゃないかと思っている。

「どの職業でもいろんな人がいる。やさしくて素直なヤツから死んでいくのもどの職業でも同じ」

吉沢がさらっと不気味なことを言った。いつも一言多い。沙穂梨は嫌いではないが、人によっては苦手だろうなとも思う。

「あの……、それで相談なんですけど……」

沙穂梨はケーキを食べ終わると質問した。

「行くしかないでしょ。この条件で断る理由はどこにもない。もう説明されたかもしれないけど、ガーゴイル社の周辺の治安はすごくいい。日本語のわかる社員もある程度いる。日本と違ってちゃんと仕事するカウンセラーもいる。なにも心配ないでしょ」

みなまで聞かずに吉沢は答えた。いつもそうだが、吉沢の結論は早い。

「ついていけなくてドロップアウトすることもありますよね」

「それはちゃんとサポートしてくれると思うけどなあ。メンタルやられたらダメかもしれないけど、カウンセラーもいるし、マリファナもあるし、日本よりは精神の健康にもいいんじゃない?」

「マリファナ?　なに言ってるんですか!」

拓人が血相変えて立ち上がると、吉沢は楽しそうに笑った。

「青山くんは冗談にいちいち反応してくれるからうれしいなあ」

ほんとにこのふたりは仲が悪いように見えて仲がいい。

「おっしゃる通りなのはわかるんですけど、でもなんだか不安なんです」

「その理由は簡単。なにかを選ぶってことはなにかを捨てることでしょ。選んで手に入るものはガーゴイルに教えてもらったけど、失うものはわからない。失うものが選んだものよりも自分にとって大事だったら困るからだろうねえ。でも肉親と恋人以外大事なものなんてないでしょ。青山くんくらいだったら、なくなってもすぐに代わりが見つかる」

拓人がむっとする。

「失うもの……そうですね。日本で大学に行った時に得られるものや友達とかいろいろ自分でも考えました。でも実は大事なものって吉沢さんがおっしゃったことくらいしか思いつかない。家族と青山くんくらい」

とたんに拓人が真っ赤になり、吉沢はくすくす笑った。

「ところでクラウド・メイズのことはその後どう？」

吉沢は話を変えた。

「いえ、クラウド・メイズについては特に調べていません。最近はガーゴイル社のことで頭がいっぱいになってて、例の広告はもう出なくなりました」

そういえば全てのきっかけはクラウド・メイズだったと思い出す。最近の沙穂梨はガーゴイルの申し出のこと以外に頭が回らない。

「アクセスしない方がいい。かなり危険な連中が集まってるから、FBIやいろんなところが目を付けてるだろうね。あとはアメリカの司法機関にまかせた方がいいだろう。下手に手を出すと巻き添えを食うかもね」

「つまり……テイクダウン作戦がもう動き出しているってことですか？」

「テイクダウンねえ。まあ、一気に仕掛けてまるごと逮捕して、サイトは閉鎖ってことになるんだろうけど」

「潜入捜査とか？　売人になって囮捜査を仕掛けそう」

拓人が横から口を挟んだ。

「青山くんらしいなあ。僕はそういうシンプルな発想嫌いじゃないよ。現実はもっとずっと複雑だけどね」

「どういうことです？　吉沢さんにはわかってるんですか？」

「クラウド・メイズは児童ポルノもドラッグも扱っていないんだよね。まあ、いろんなサイトがあるから特別変わってるわけじゃないけど気になる。それにとても親切でていねいだ。ロシアのスパム商売やってた連中もきちんとしてたから、それも特別ってわけじゃない。いったいどういうからくりなんだろうねえ」

「吉沢さんっていつも肝心なことを言わないですけど、わざとですか？」

拓人が突っかかる。

「拓人！　ハウス！　失礼でしょ」

沙穂梨が拓人を制すると、吉沢と大場が笑った。

「ハウスはいいなあ。犬のしつけは大事だからね。やたらと人に吠《ほ》えるのはよくない犬」

「よくしつけときます」

拓人は唇をとがらせて黙る。

「鈴木さんの方が役者が上だ。くれぐれもさっきのこと忘れないでね。クラウド・メイズには近づかない方がいい」

「はい」

「ガーゴイルにも気をつけた方がいい。あれくらいの会社になると国だって造りかねない。最近はガーゴイルアーバニズムとか言って自治体を飲み込もうとしてるしね。なにをするかわからないからね」

吉沢はくすくす笑ったが、沙穂梨は笑えなかった。確かにガーゴイルならそれくらいやりそうだ。そういう会社に自分は入社するかもしれないのだ。

家に帰って自分の部屋でひとりになった時、キャシーからメッセージが届いた。ガーゴイル本社で表彰式をやるのでよかったら来てほしいという。就職するつもりがあればそこで面接も行う。渡航や滞在の費用は全部ガーゴイル持ちだ。運命が回り出しているのを感じる。

河野は狙ったものをドイツで発見した。エアランゲン＝ニュルンベルク大学の教授が日本語のツイッターの投稿を研究しており、言語解析を含めた統計分析を行っていた。この言語解析技術を使えば、日本語の解析も可能かもしれない。

河野はすぐに、自分はフリーライターだが、大変興味深い論文なのでぜひ日本の読者に紹介したいと書いたメールをその教授に送った。返事がすぐに来た。とても喜んでいるようで全く疑いを持たれていない。そこから詳しい内容を知りたいといい、言語解析の内容についてコードレベルまで確認した。コーパス言語解析という技術を使っているそうで、詳しい内容は専門外の河野にはよくわからないが、コードさえ手に入ればどうやって使えばいいかだいたいわかる。

正直、想像したよりもやっかいだったが、〝主に私が〟のバリエーションが自然な流れで一定頻度現れる文章を探すくらいなら問題なさそうだった。あと、「私」を主語に使っている文章が多く、文脈から書き手が女性であることも条件に入れた。これでだいぶ絞られるはずだ。

ＳＮＳ監視ツールはオープンソースで性能のいいものがあった。アメリカのサイバー軍需企業が、開発者からライセンスを受けて、機能を付加した「マイン」という名の商用バージョンを開発したという。オープンソースのバージョンでも河野の用途には充分だ。これに言語解析機能を組み込めばいい。

一気に日本語で書かれたＳＮＳを調査した。用心深い安部がこんな口癖を残しているとは思えないが、わざわざ流行させるからにはなにか理由があるはずだ。言葉を残していないにしてもなにか見つかるかもしれない。

この調査で引っかかった連中をおびき寄せるための新しいブログやフェイスブックページを作り、さらにツイッターアカウントも用意してそこを訪問するとマルウェアをダウンロードさせる罠を張る。今度捕まったら間違いなく起訴され、実刑判決を受けるだろう。だが、そんなことはかまわない。

これは意地の問題だ。河野は他の連中と違って生活のためにマルウェアを作ったり、犯罪に加担したりしていたのではない。相手をだまし、陥れ、蔑む快感が欲しくてやっていた。ラスクでもそれは変わらなかった。河野の仕掛けたマルウェアにかかった連中から情報を吸い上げ、たたきのめす。相手が悪党だったから結果的に正義の味方になったが、そんなことはほんとうはどうでもよかった。

だから最後にラスクの連中を裏切るはずだった。それが裏の裏をかかれた。安部は自分の予想の上を行った。今度はそうはいかない。なめきって油断しているところで足下をすくってやる。

それに河野はひとりではない。マルウェア業界ではしばらく前にマルウェア産業革命とでも呼ぶべき構造変化が起きた。表でも裏でも脆弱性の発見から開発ツールまで業界としての構造と流通が整った。表ではサイバー軍需企業となり、各国政府や軍、公安を相手に脆弱性情報、マルウェア開発キット、あるいはマルウェアそのものを売りさばき、裏ではダークウェブや個人間取引で売買する。

河野もその業界に身を置いて脆弱性を売ったり、開発キットを売ったりしていた。そこでネットの上とはいえ人間関係ができ、なにかにつけて情報やコードをやりとりしている。当初は意識していなかったが、この人間関係は貴重だ。特に河野のように長くいる者には信頼が置かれ、情報が集まりやすく協力も得やすい。

もちろん逮捕されてからもその関係は変わらない。ラスクを裏切ったということで離れてゆく者もいたが、この業界ではだましあいは当たり前のことだ。そんなことくらいで驚くヤツの方が珍しい。

自分の使える全ての武器を使って安部を追い詰めてやる。

一週間ほどで調査のためのシステムは完成し調査にはさらに数日を要したが、おかげで引っかかったサイトは数千あった。そこに自動でメールを送信あるいはコメントをつけて片っ端から罠に誘導する。罠にかかるとマルウェアがターゲットの端末にインストールされ、個人情報や端末に保存してあるデータを抜き取って送信してくる。

瞬く間にリストは千を超えた。集まったデータを目でざっとチェックし、明らかに関係ないものをはずしてゆく。その一方で引っかからなかったリストもチェックする。河野は引っかかった連中の中に安部がいる可能性は低いと考えていた。安部はこんな罠にかかるわけがない。引っかからなかったリストは八十だった。

ひどく根気のいる仕事だったが、世界のどこにいるかわからない安部を追い詰めるためのかすかな手がかりだ。必死に気力を振り絞ってやり遂げた。

罠に引っかかったリストで最後に残った十二名はデータを盗むだけでなく、スマホも乗っ取って画像や音声まで収集した。囮のページを作り、ニセのプロフィールを公開するくらい安部ならやりそうだが、さすがにスマホでリアルタイムの音声や映像まで捏造《ねつぞう》するのは無理だろう。河野は十二名を三日間にわたり二十四時間監視し、音声と映像を確認した。その結果、十二名全員が他の方法で入手した個人情報と一致する行動パターンを取っていたことが確認できた。全員無関係だった。

罠にかからなかった八十名については河野自身がじっくりページを確認した。フェイスブックやブログに書いてある情報から知人や職場、学校を特定し、さらに彼らの端末をマルウェアに感染させて、間接的に情報を収集する。職場まるごと、あるいは学校のクラスまるごとマルウェアに感染させる乱暴な方法も躊躇《ためら》わずに使った。

そこまでやって怪しい相手を三名に絞り込んだ。周辺から攻めてもほとんど情報をとれなかった相手だ。

野木早苗《のぎさなえ》、佐々木緑《ささききみどり》、佐野良子……こいつらいったい何者だ？

この中から活動停止しているらしいアカウントを除外しようと思い、ふと思いついた。活動停止しているように見えて、実は訪問者などを逐一確認している可能性もある。この三名とも持っていたのはフェイスブックのアカウントだったので、河野はまずそれぞれの友達のフェイスブックをチェックし、そこで友達申請し、数人と友達になった。その後で狙う三人に友達申請する。こうすれば友達の友達と思ってくれる。

ほんとうに利用していなければ友達申請は許可されないはずだ。たったひとりだけすぐに河野の友達申請を許可したアカウントがあった。

佐野良子だ。活動停止していると見せかけて、実はちゃんとチェックしている。ぞくりとした。本物だ。

だが、これは総合的に見て安部とは思えない。これでは簡単過ぎる。だが、安部につながるなにかがあるかもしれない。追跡しよう。

第三部　交差路

第七章　ガーゴイルは世界を変える　二〇一六年　冬

各人が進路を決めなければならない十一月、沙穂梨はガーゴイル本社に向けて旅立った。羽田空港まで両親がついてきてくれた。拓人や学校の友達も来たいと言っていたが、授業があるのでさぼらないようにと断った。

母親は忘れ物はないかとか、こまごまと話しかけてきたが、父親はむすっとして一言もしゃべらない。母親の話では反対はしていなかったということだが、ほんとうは嫌なのかもしれない。でも、もうここまで来たら引き返すわけにはいかない。

国際線ターミナルは思ったよりも小さかった。以前、拓人と一緒に成田に行った時の巨大な印象が強かったせいかもしれない。それでもチェックインカウンターを見つけるのは少し手間取った。

初海外旅行が一人旅で、しかもガーゴイル本社の表彰式というのは我ながらぶっ飛んでる気がする。でも、これからは当たり前のように年に何回か日本とアメリカを行ったたり来たりすることになるはずだ。自分の人生じゃないみたい。期待と緊張と好奇心で爆発しそうだ。

「気をつけろよ」

父親が初めて声をかけた。

「うん」

胸が詰まってそれ以上、言葉が出なかった。

キャリーケースを引いて飛行機に向かう。たった数日のことなのに、今生の別れのように胸が痛くなった。

機内に入り、キャリーケースを頭上の物入れに押し込んで窓際の席に腰掛けた。隣にやってきた中年女性は沙穂梨を見て、「こんにちは」と挨拶してきた。

「あなた、ひとりなの？」

女子高生が海外にひとりで出かけるのはやはり珍しいようだ。

「はい」

「勇気あるのね。留学かなにか？」

女性は話し好きのようで沙穂梨に質問を繰り返した。おかげで感傷に浸っている余裕はなかった。あっという間に離陸の時間になり、飛行機は飛び立った。

「電車と違って終点まで寝てても大丈夫だから気が楽よね」

女性はそう言うと、持参してきた枕やスリッパを出して使い始める。

「旅慣れてるんですね」

「商売柄しかたなくね。できれば家で寝ていたいけど」

そう言うと女性は笑った。自分もこの女性のようになるのだろうかと沙穂梨はふと思った。


機内では寝た方がいいとキャシーに言われ、隣の女性からも寝ないとダメよとアドバイスされたのだが、沙穂梨はなかなか寝付けなかった。機内食を食べ、何度かうとうとしていたらサンフランシスコに着いていた。

空港に降り立つと当たり前だが、全て英語だった。部分的に中国語や他の言語も見えるが、日本語は少ない。心細くなりながらも無事に入国審査を終えて扉を抜ける。

到着ロビーに出ると、長身の金髪の女性が手を振りながら近づいてきた。事前に互いの写真を確認していたから、すぐにキャシーだとわかった。

「ようこそ！　ガーゴイルへ。あたしがキャシー。とりあえずホテルに行って荷物を置きましょう」

英語で挨拶しようと考えていた沙穂梨に流暢《りゅうちょう》な日本語で話しかける。拍子抜けしたが、安心もした。

「日本語おじょうずですね」

通話の時よりも滑らかなような気がする。まったくよどみなくすらすら話している。

「日本は好きだし、日本語はそれほど難しくない。話せる人は多い。漢字はあまり書けないけどね」

キャシーは少し自慢げに微笑《ほほえ》んだ。

「そうなんですか？　日本語は難しいのかと思っていました」

「理由はわからないけど、そう思っている日本人は多い。でも、そうじゃない。日本語の文法は韓国語に近いけど、韓国語の方がずっと難しい」

キャシーに案内されて、そのまま駐車場に行く。外に出た時、空気が違うと感じた。同じ地球でも空気の色や湿度がこんなに違うものかと驚く。

そのままキャシーの運転する車で空港を出た。よく眠れなかったこともあり、頭が少しぼんやりしていて、それでいて興奮しているから夢の中みたいだ。

「本社はここから三十分くらい走った山の上にある」

「本社に行くんですか？」

「そう。ホテルは本社の敷地の中にある」

「えっ、会社の中にホテル？　ディズニーシーみたい」

「なんでもあるわよ。ジムもプールも図書館も美術館もある。ああ、放送局もあった。

レストランなんか十軒もあるし、コーヒーショップはそれ以上。事前に地図を送っておけばよかったわね。あとでメールしておく」

「街ですね」

「日本と同じ。日本は企業城下町っていうのがあるんでしょう？」

「なんですか、それ？」

「知らない？　トヨタの本社は周りが全部トヨタ関係の会社や施設で住民も社員や関係会社の人だって聞いた。企業の城下町だから企業城下町」

「あたしより日本のことにくわしいですね」

「でも、あなたはあたしよりガーゴイルのシステムにくわしい。あたしはあの脆弱性なんか全然わからなかったもん」

キャシーは笑って両手を広げた。沙穂梨はぎょっとしてキャシーを見つめる。

「自動運転をセットしたから手放しでも大丈夫」

北米では電気自動車を自動運転するのは当たり前になっているのだという。ここはガーゴイルのお膝元だ。空港を出て高速に乗ったら後は自動的に本社に着くようにセットされているという。


やがて車は上り坂に入り、緑の多い斜面を走る。眼下に西海岸の街並みが広がる。木立を抜けると、山頂の広場に出た。広場の周りにはたくさんの美しいビルが並んでいる。キャシーは広場を突っ切った先にある白いホテルの駐車場に車を止めた。

「着いたわよ」

キャシーはそう言うと車を降り、トランクを開けて、沙穂梨の荷物を下ろしてくれた。車から降りた沙穂梨はあまりの景色に足がすくんだ。美しい建物と見渡す限りに広がるサンフランシスコの街並み。ほんとうにここで自分が暮らして、働くのか？　もしかして飛行機の中で夢を見ているんじゃないのか？

「慣れると忘れちゃうけど、ここはほんとにいい環境よね」

キャシーに言われて我に返った。

「ありがとうございます」

お礼を言ってボストンバッグとキャリーケースを持つ。

「入りましょう」

キャシーが先に立ってホテルの入り口に歩いて行く。あらためて正面から見てずいぶんきれいなホテルだなと思った。建てられて間もないのかもしれない。真っ白で汚れがなく、壁には大きくガーゴイルのロゴマークが描かれている。

中に入るとロビーだった。すぐにホテルの制服を着た女性と男性がやってきて、

「お待ちしておりました。鈴木沙穂梨さんですね」

と日本語で挨拶されたので驚く、沙穂梨が答えるよりも早くキャシーが早口の英語で答える。

「ちょっとここで待っていて。手続きしてくる」

キャシーは沙穂梨にそう言うと、そばのソファに腰掛けるよう言って、制服の男性と一緒にカウンターに向かった。残った女性は沙穂梨の荷物を確認する。

その時、メッセージの着信音が響いた。誰だろう？　と思って見ると拓人だった。

「無事に着いた？　そっちの様子はどう？」と書いてある。さっきまで未知の異世界にいたのに突然、日本の現実に引き戻された感じがする。心配してくれるのはありがたいが、まだしばらく異世界に浸っていたかったから返信せずに放置した。

「荷物はこちらのボストンバッグとキャリーケースのふたつでよろしいですか？」

女性に訊かれて沙穂梨は異世界に戻る。

「はい。日本語話せる人が多いんですね」

「いいえ、少ないですよ。今日も少ない中から鈴木沙穂梨さんのためにやってきました。ここでは日本人はマイノリティですから」

「ありがとうございます」

沙穂梨が女性と話をしていると、キャシーがロボットを連れて戻ってきた。一瞬、なにかのアトラクションか仮装かと思ったが、人間が入っている感じではない。緑色のスーツを着て、蝶《ちょう》ネクタイを締め、白い手袋をはめている。顔は人間っぽいデザインだが、金属丸出しのメタリックカラーだ。おそらくなまじっか人間の肌の色だと生々しくて怖くなるからかもしれない。

「これはアンドロイドのボブ。メタリックは彼の肌の色」

沙穂梨は一瞬、なんのことかわからなかった。

「人種によって肌の色は違う。あたしは白、沙穂梨はクリーム色、黒やブラウンの人もいる。アンドロイドのボブの肌の色はメタリックってわけ」

それは全く考えなかった。ちょっとしたカルチャーショックだ。

「こんにちは。沙穂梨。あなたのことは知っていますよ」

ボブはそう言うと若い男性の声で沙穂梨がよく使うサイトや通販のことをしゃべった。人工音声に違いないのだが、とても自然な日本語だ。

「彼はスマホやパソコンに入っているガーゴイルIDと連動しているの。さっきガーゴイルIDでチェックインしたから、ボブはあなたの情報を持っている」

なぜキャシーが自分のガーゴイルIDでチェックインできたのか訊こうとして、以前電話で許可を与えたことを思い出した。

「なんだか気持ち悪いですね」

さっきの拓人からメッセージが来たことも把握されていそうだ。

「最初はそう思うけど、便利だからすぐに慣れてしまう」

そうだろうと思ったし、だからよけいに怖いとも思った。ガーゴイルのアプリを使ったら、世界のどこにいたとしても瞬時に世界中のガーゴイル端末で共有可能な状態になってしまうのだ。パーミッションさえ与えれば、すぐに自分のデータがそこにロードされる、目の前のボブに沙穂梨のデータがロードされているように。

「あたしの身長を知ってる？」

試しに訊いてみる。

「百六十五センチメートルですね」

「正解」

これだと体重からスリーサイズまでばれていそうだ。気をつけないといけない。

「あとは彼についていけばわかるようになってる。あたしよりもホテルのことはくわしい」

キャシーはそう言うとボブの肩をたたいた。

「お部屋までご案内します」

ボブはそう言うと沙穂梨の荷物を持って前進しはじめた。ぎこちない感じはない。沙穂梨は思わずボブの足下を見る。安定した二足歩行だ。

「なんで肌を金属むきだしのままにしてるんですか？」

これで肌が人間と同じ色だったら本物の人間と間違える人も多そうだ。

「ロボットだとわかるようにしています。ガーゴイルのホテルで人間が出てきてもおもしろくないでしょう？」

「なるほど」

確かにもっともだ。わざわざロボットを設置しているのに誰にも気づかれなかったらもったいない。それにロボットだとわかっていれば、少しくらい失敗しても人目に見てもらえるだろう。

「それではお部屋までご案内する時間を利用して、このホテルについてご説明いたします」

ボブは歩きながらホテルの説明を始めた。レストランの場所など基本的なことから歴史まで手際よくすらすらと話す。このへんの説明は毎回同じだろうから、人間がやるよりもロボットの方が間違いなくできそうだ。

ホテルの内装は未来的なものではなく、むしろ古風な感じだった。ボブのシックな緑色のスーツも内装にしっくり合う。ボブもロボットというより、魔法で動いているブリキの人形のようだ。ファンタジーの世界に入り込んだような気分になる。

案内された部屋には、〝フォートラン〟という札がかかっていた。昔よく使われていたプログラミング言語で今でも科学技術計算で使われている。

「全ての部屋にコンピュータやネットにちなんだ名前がつけてあります」

「そういえばラウンジはスモールトークで、レストランはアグナス・デニス・ポーラだった」

アグナス、デニス、ポーラはいずれもアミガに搭載されたチップの名称だ。

「アミガをご存じでしたか。それは素晴らしい」

アミガはコモドール社が開発、販売した当時最先端の技術を詰め込んだマルチメディアパソコンだった。その斬新さに熱狂した者は少なくなく、世界中にファンを生んだ。日本でもテレビ番組でアミガを使ったCGが使われたこともある。一九八〇年代に個人が買えるパソコンで放送に耐えうるCGを作れたのはアミガのみだった。

もちろん沙穂梨が生まれたのはアミガが姿を消してからだが、その伝説はネットのテックコミュニティで何度も目にした。

「レストランではアミガが音楽を演奏しています」

「本物のアミガがまだ動いてるの？」

沙穂梨は驚いた。写真や動画は見たことがあったが、実物にはまだお目にかかったことがない。

「はい」

沙穂梨はたまらなくわくわくしてきた。このホテルを見て回るだけでもめったに見られないものに触れられそうだ。

「どうぞ」

ボブが部屋の扉を開けてくれた。入ると中はリビングルームになっていた。大きなテーブルがあり、その向こうの窓際にはソファとローテーブルが置いてある。自分の家全部と同じくらいの広さがあるなと沙穂梨は目測してため息をつく。でも、ベッドがない。どこで寝るんだろう？

「お荷物はベッドルームに置いてよろしいですか？」

ボブが部屋の壁にある扉を開きながら確認した。

「はい」

ベッドルームということは部屋が他にあるのだ。ボブは扉の向こうに荷物を持って入り、沙穂梨はその後を追う。そこには巨大なベッドと書き物机、パソコン、テレビなどがそろっていた。さきほどの部屋ほどではないがこの部屋もかなり広い。

沙穂梨は楽しくなって思わず、ベッドに腰掛けて弾力を楽しむ。

「荷物はこちらに置きました。なにかご不明な点がありましたら、いつでもフロントに問合せてください」

ボブはベッドの脇にある白くて丸いスピーカーのようなものを指さす。去年売り出された、ガーゴイルホームという音声で操作できる端末だ。

「そのまま音声でフロントにつながるの？」

「はい。他の部屋にも置いてありますので、もし装置が見えなくても声を出せば反応します」

まるで二十四時間盗聴されているみたいで怖いと思うが、利便性と裏腹なのだろう。

「このホテルはガーゴイル関係者向けの施設ですので全部無料でご利用いただけます。レストランでもラウンジでもご自由にお使いください。キャシーからの伝言です。十六時に表彰式があるので、その三十分前、つまり十五時三十分にお迎えにいらっしゃるそうです。それまでお休みください」

「はい」

沙穂梨が返事すると、ボブはうやうやしく頭を下げて出て行った。

沙穂梨はカルチャーショックを受けていた。イメージしていた会社と全然違う。もっと役所のように堅苦しくて、いかめしいところだと思っていた。でも、ここは自由で遊び心に満ちている。働いている人も親切とは違うけど、わかりやすい。日本の人はなにを考えているのかよくわからないことが多いし、はっきり主張してくれないこともある。それに比べるとキャシーの話すことは全てがクリアだ。

ガーゴイルは自分の雇い主になるかもしれない会社だが、ある面では敵かもしれない。だから正直不安でもあったが、それはほとんどなくなった。

リビングに移動してソファに腰掛け、外をながめる。中央の広場を見渡せるようになっていた。たくさんの人が集まって、ステージに注目している。ホテルの防音がちゃんとしているらしく、音は聞こえない。今日はずっとイベントをやっている日なのだろう。自分もあそこで話すのだと思うと緊張する。

それにしてもこのホテルといい、広場といい、現実のものとは思えない。一番信じられないのは、その中に自分がいることだ。

沙穂梨はしばらく部屋の中を探索し、シャワーを浴びると、クローゼット（ウォークインクローゼットだった）にかかっていた三種類のバスローブのひとつを着てベッドに横になった。寝過ごさないようスマホで目覚ましをかけておく。ほんとうはホテルの中を探索したかったのだが、表彰式の前に迷子になっても困る。

スマホを取り出し、拓人に「ありがとう。無事に着いたよ。すごいとこだ」と短く返事しておく。ずっと待っていたのか速攻で「なんだよ、それ。もっとくわしく教えろよ」と返事が来たが、「帰ってからね」と答えてスマホを放り出す。拓人には悪いが、今はここでの体験に集中したい。すぐに拓人からのメッセージが来たが、面倒なのでサイレントモードにした。

ベッドに横になってはみたものの、緊張して眠れない。眠い感じはあるのだけど頭は覚醒している。こういう感覚は初めてだ。そもそも時差ぼけも初めてだ。しばらく眠気と覚醒との葛藤を味わった。

結局、十五時には起きて支度を始めた。ふだんはリップを塗るくらいしかしないが、日本を発つ前の晩には母親に眉を整えてもらったり、化粧の仕方を教わったりした。化粧道具も母親から借りてきていたが、やはりふだんと同じくリップを塗るだけにした。まだ高校生なのだ。化粧っ気のない方がいいだろう。服はこのために新しく買ったビジネススーツだ。

何度も用意したスピーチのメモを読み返す。拓人にメッセージを送ろうとして、日本は早朝だということに気がついて止めた。それから海外にいるのにネットが使えていることに驚く。おそらくガーゴイルにパーミッションを与えたせいだ。自動的にホテルのＷｉ－Ｆｉに接続してくれたのだろう。

十五時二十分にはホテルのロビーに降りて待っていた。すぐにボブが、「いかがいたしました？　まだ待ち合わせの時間には早いと思います」と近づいてきた。いたれりつくせりだ。

「遅れないように早めに来たんですよ」

沙穂梨が答えると、ボブは納得したようだった。

「なにか必要なものがございましたら、おっしゃってください」

ボブはそう言うとレセプションのカウンターに戻る。

キャシーは三十分ちょうどに現れた。

「あら？　えっ？　見違えた。すごく大人っぽくてきれい」

沙穂梨を見ると驚いてみせ、握手してきた。突然ほめられて沙穂梨はどぎまぎした。

「そんなに変わりました？」

「うん、それにおおげさでもわかりやすくほめることは大事なの」

なるほどと思った。

キャシーは沙穂梨に日本語の式次第を手渡した。これによると式そのものはすでに始まっており、沙穂梨の登壇予定時間は十六時になっている。部屋の窓から見えたのも表彰式だったようだ。思ったよりも人がたくさんいたのが気になる。

「じゃあ、行きましょう」

ざっと説明した後でキャシーはすぐに歩き出した。後を追おうとして足下がふわふわしていることに気がついた。立ちくらみとかではなく、なんとなく重力を感じない状態だ。お風呂でのぼせた時みたい。

ホテルから外に出ると、来た時にはあまり人のいなかった広場がぎっしりと人で埋まっていた。部屋から見たのよりも多い。うちの学校の全生徒よりも多そうだ、と沙穂梨は怖《お》じ気《け》づく。正面にステージがあり、キャシーは脇の通路からそこに向かって歩いている。

「あそこで表彰式をやるんですか?」

口の中がからからになって、うまく声が出ない。

「正解」

「この人たちはみんな表彰式を見に来たんですか?」

「正解。わかってると思うけど、あなた以外にもいろんな人が表彰されるから、あなただけを見に来たわけじゃない。安心して」

そうは言われても安心できない。せいぜい数十人だと思っていた。だんだん怖くなってくる。

「多くありませんか?」

「本社の従業員はおよそ三千人。それに関係者も含めると常時ここにいるのは六千人くらい。この広場に集まっているのは二千人くらいだから、そんなに多くはない。大きなイベントだと外部からも人が来て一万人以上集まることもある」

二千人と聞いて破裂しそうなほど心臓の動悸《どうき》が激しくなった。そんなにたくさんの人の前に立って話をするのは初めてだ。

「めっちゃ緊張しています」

「あなたは表彰を受けてメダルをもらい、話をするだけ。やることは観客の人数には関係ないでしょ」

「で、でも」

「緊張するのはしょうがない。でも、やることは同じだし、ここに来ている人はあなたを祝福するために来ているのだと考えれば少し楽にならない？　あなたに悪意を持っている人間はひとりもいないし、失敗をとがめる人もいない。だからリラックスしてね」

「そうか……そうですよね」

確かにキャシーの言う通りだ。これはめでたいイベントなのだから、少しくらい失敗しても怒る人はいないだろう。

「スピーチは原則リアルタイムでＡＩによって翻訳されるけど、すぐには流さずいったん人間の翻訳者が確認してから流れるようになっている。時々、時間がかかることもあるので、彼が手をあげたらいったん話を止めてあげて」

キャシーはそう言うと、ステージのはじでタブレット片手に立っている男性を手で示した。見ていると、確かに時々手をあげている。

「気がつかないで、しゃべり続けてしまっても大丈夫。彼は慣れているからなんとかしてくれる」

キャシーはそう言うと、沙穂梨の肩をたたいた。

「リラックス！」

それが合図だったかのようにステージ上から沙穂梨を呼ぶ声が響いた。

「じゃあ、行ってきます」

沙穂梨はステージの脇の階段から壇上に上がる。気のせいかひときわ拍手が多くなり、そのまま降りてしまいたくなったが、必死にこらえて中央に進む。

中央には男性がいて拍手しながら立っている。マイクがないが、どこかで音声を拾って放送してくれるようだ。スーツを来た白髪の紳士だ。そこに向かって歩く。

「鈴木沙穂梨！　君のことはよく知っている。極東からやってきた偉大な魔法使いのたまご。僕はジョナサン」

沙穂梨が立ち止まると、紳士はそう言って握手を求めてきた。偉大な魔法使い＝ウィザードは天才ハッカーの呼び名でもある。少し照れながら差し出された手を握る。ふたりが握手している間に、舞台の脇から誰かが黄金の鷲《わし》を象《かたど》ったトロフィーを持ってきた。

ジョナサンは握手を終えると、トロフィーを受け取り、両手で沙穂梨に手渡す。

「おめでとう！　そしてガーゴイルを代表してお礼を申し上げたい。脆弱性を見つけてくれてありがとう」

トロフィーを受け取ると、膝が震えていることに気づいた。

「さあ、みんなが君の言葉を待っている」

そう言うとジョナサンは沙穂梨に正面を向くようながし、「話している間は僕が持っていよう」と渡したばかりのトロフィーを受け取る。

正面を向いた沙穂梨は、無数の人の視線と拍手の嵐をもろに受け止めて気絶しそうになった。諳記してきたはずのセリフが全部頭から消えた。

ジョナサンは沙穂梨から少し離れて沙穂梨を見守っている。沙穂梨は覚悟を決め、手に握ってきたメモを開いてちらっと見る。頭に内容が蘇《よみがえ》る。

「マイネームイズ　サオリスズキ」

自分の名前くらいは英語で言おうと決めていた。緊張したが、ちゃんとしゃべれた。

「今日はお招きいただきありがとうございます。今回発見した脆弱性の詳細は社内のネットワークで見ることができますので、興味ある方はぜひご覧ください。あたしがサイバーセキュリティに関心を持つようになったのは、日本でラスクというハッカーグループが活動を開始してからです。それまでもプログラムの勉強はしていましたが……」

そこで同時通訳の人が片手をあげているのに気がつき、言葉を切った。すぐに翻訳された沙穂梨のスピーチが会場に放送される。音声合成らしく若い女性の声だ。

「ラスク」という言葉が出ると会場のあちこちから声があがった。やはりここでもラスクは有名らしい。なんとなく誇らしい気持ちになる。

通訳者が沙穂梨を見たので、また話を続ける。

「プログラムの勉強はパズルのようでとても楽しかったです。サイバーセキュリティもパズルですが、技術と感情と社会を含めた大規模なパズルなのでより興味を引かれました」

そこで区切り、通訳者を見ると、そのまましゃべっていいというようにうなずかれた。

「あたしは脆弱性というパズルを解きました。そのパズルには次のパズルが隠されていました。ガーゴイルという名の巨大なパズルです。あたしはそれを解くためにここに来ました。ありがとうございました」

沙穂梨はぺこりと頭を下げる。翻訳された沙穂梨のスピーチが流れると会場は割れんばかりの拍手と口笛であふれた。

スピーチが終わると、足が震えだした。ふらついてうまく歩けない。一歩一歩ゆっくりと元来た階段まで歩き、降りる。待っていたキャシーが抱きついてきた。気が抜けてそのまま座り込みそうになる。

「すごくよかった。立派。あなたの年齢でこれだけの人を前にして話すなんてすごい」

キャシーは沙穂梨を抱きしめた手を緩めて笑顔で話しかけた。

「ありがとうございます。すごく緊張しました。死ぬかと思うくらい」

「死ななくてよかった」

「あの、もしかして翻訳されたスピーチの音声合成はあたしの声をサンプリングしたんですか?」

「よく気がついたわね。自分の声だって気がつかない人が意外と多いの」

「終わってから気がつきました。すごいですけど、自分がコピーされたみたいで怖い」

「そんなことを言ったら、あなたはネット上に自分の分身をたくさん置いてるんだから怖くて生きてられなくなるわよ」

　全くその通りだ。でもあんな風に現実に自分の複製が現れるとかなり驚く。

　沙穂梨はそれからキャシーとともに広場に面したカフェ〝リスプ〟に移動した。店の中から表彰式が見えるし、店内の数カ所に設置されているモニターにも映っている。沙穂梨がなんとなくモニターをながめながらコーヒーを飲んでいると、ひとりのひげ面の男性が近づいてきた。最初はキャシーの知り合いかと思ったが、そうではなく沙穂梨の前にやってきた。早口の英語で話しかけられて沙穂梨は戸惑う。

「さっきの表彰式のスピーチはよかったって言ってる」

　キャシーは沙穂梨にそう言うと、話しかけてきた男性に英語でなにか話した。どうやら沙穂梨が英語はまだ苦手だと説明したようだ。

「実は僕も英語が苦手だ」

ゆっくりと英語でそう言った。今度は沙穂梨にも理解できた。なまりがあることがおぼろげにわかる。

「あんなに早口でしゃべれるなんて、英語うまいじゃないですか」

「早口と英語の能力は関係ないわよ」

キャシーが笑った。

「え？　英語がわからないと早口でしゃべれないですよね？」

「よくある誤解だから気をつけた方がいい。よくわからなくても自信たっぷりに早口で話す人はたくさんいる。特にラテン系の人に多いような気がする。彼も母国語はスペイン語ね。とりあえずしゃべっちゃうの」

「でもそれだと意味が通じないんじゃないですか？」

「あたしも時々、相手がなにを言ってるのかわからなくなることがある。アジア系の人は早口でまくし立てられると、話せなくなることがあるけど、多少意味不明な英語でも気にせずにどんどん話した方がいい。お堅い会議ではダメだけど、日常生活なら全然大丈夫よ。むしろあまり気にせず、どんどん話した方が英語の上達は早い」

「ここに座っていい？」

男性はキャシーの横の席を指さす。

「彼が同席してもかまわないかな？　きっと話したいんでしょう」

「いいですけど、あたしそんなに話題豊富じゃないですよ」

「気にしないで大丈夫。向こうからどんどん質問してくると思う」

キャシーの言う通り、沙穂梨は脆弱性のことや日本の高校生活のことなど質問されまくった。

それからさらに数人が沙穂梨の周りにやってきた。

みんな気さくでやさしい人ばかりだと思った。仕事では厳しいのかもしれないが、プライベートでは居心地よさそうだ。

一時間ほど経ってキャシーが英語でなにかを話すと、沙穂梨への質問がやんだ。どうやら、そろそろ質問攻めは終わりにしてと伝えたらしい。沙穂梨も疲れてきていたので助かった。

「最初にスピーチしたのは、このためだったんですね」

こんなに自分がいろいろな人の関心を集めるのはさきほどの表彰式があったからだ。

「このため？」

「いろんな人に鈴木沙穂梨という人物が来ているってことを知らせて、関心ある人に話しかけさせるため。いろんな人と話すとガーゴイルのことがよくわかるから」

「そうね。それもある。特に明後日の面接ではあなたに興味を持つ事業部の人間がやってくるから、先にあなたをみんなの前で紹介しておくことはとても大事だった。ただし私が考えたことではなくて、このプログラムが始まってからずっとこうなの。ガーゴイルは人材で成り立っている会社だから人材には気を遣う」

いろいろ合理的でよく考えられていると沙穂梨は感心した。日本の企業もこんな感じなのだろうか？　いや、もっとお堅いだろう。少なくとも高校生の段階で採用して大学に通わせるなんて日本では聞いたことがない。

しばらくすると数人が席を立って去って行った。

「彼らはワークショップに出席するんだって。人工知能の倫理問題に関するワークショップ」

キャシーが教えてくれた。

「倫理問題？」

「うちは人工知能を使って最適の広告を表示するようにしているでしょ。でも、倫理規範なしでそれをやると、収入や人種によって表示されない広告が出てくる。それは差別に当たるので、倫理的な視点を人工知能に与えないといけないってわけ」

「なるほど……」

「人工知能はまだまだ未知の分野だからね。あそこの彼は〝悪魔〟って呼ばれてる」

まだ残っていたひげ面の男性が、少し離れた通路を歩いている小柄な男性を手で指した。

「彼はプログラムを組める人工知能を育てた。ガーゴイルにある大量のソースコードと実行環境を与えて試行錯誤させて目的を与えるとそのために必要なプログラムを開発できるようにした。もちろん限定された範囲だけどね。対応できる範囲が広がればとんでもないことになる。マイクロソフトやオクスフォード大学でもやってるけど、彼はその先を進んでいる」

なにがとんでもないのかイメージできなかったが、なんとなくすごいということはわかった。

「これは外部には秘密だけどね」

最後にそう付け加えて笑った。

河野はネットで見つけた佐野良子を始めとする数人を徹底的に調べたが、なかなかラスクにはつながらなかった。もっとも怪しいと考えていた佐野良子は所在がわからない。フェイスブックでつながっている数人に昔の友達のふりをして近づき、それとなく様子を探ってみたが、誰も行方を知らなかったし、そもそも本当に佐野良子の友達かどうかも怪しい。自分のように他の目的で近づいたり、単なる営業目的だったりということも考えられる。

それでも諦めず毎日、調査を続け、並行して自分が開発したプログラムで世界のどこかで新しく〝主に私が〟と発言した人間を追い求める。ネット上をクロールしつつ、世界各地にある盗聴装置や監視カメラをハッキングしてモニターしている連中に協力を求めた。河野がテレビに出演すると、百人以上が書いたりつぶやいたりするので、チェックが大変だが、そうでない日はせいぜい二十か三十程度なので簡単だ。

河野は以前一度だけ、安部の姿を見、肉声を聞いたことがある。ほんの数分のことだったので、会ったとも言えないのだが、顔を見ればわかる。

二週間もするとさすがに疲れが出てきた。身体的な疲れよりも、精神的に消耗する。こんなことをやっていて、意味があるのかという問いが常に襲ってくる。毎日のように、「もう今日で止めよう」と思うようになった。世間も「元ラスク」という肩書きに飽きてきたので、ふつうに働くことを考えなければならない。もうラスクのことは忘れるべきだ。

そんな矢先、北米西海岸の空港で、それらしい音声を見つけた。はっきりしない画像だったが、おそらく間違いない。隣に高野肇がいるのがなによりの証拠。場所はサンフランシスコだ。日本ではなかった。サンフランシスコ在住のハッカーの知人に協力を頼んだが、全部断られた。人捜しならいいが、警察に協力してラスクメンバーを逮捕させるのは彼らはやりたくないらしい。

自分が行くしかないのか……だが、たったひとりで見つけられるのか？　吉沢に頼んで現地警察あるいはＦＢＩの協力を要請してもらうことも考えたが、そもそも彼は河野が安部と会っていないと信じているから無理だ。やはり自分が行くしかない。いや、ひとりではたとえ見つけても捕まえられない。河野は頭を抱えた。


ガーゴイル本社を訪れた沙穂梨は、初日の表彰式ですっかり疲れ切った。翌日は休みで、その次の日に面接がある。

拓人には短いメッセージを返したが、そのたびに何通もメッセージが送られてくる。面倒になってすっかり放置している。少し怒っているかもしれない。もしかしたら自分は冷たい人間なのかもしれないと反省する。日本に帰ったらちやほやして挽回《ばんかい》しよう。

休みの日、沙穂梨はキャシーに連れられてサンフランシスコの街を散策することにした。

石畳の通りにある坂の途中のコーヒーショップで休んでいると、キャシーのスマホが鳴り、「ちょっと待ってて」と沙穂梨を残して席を離れた。

その時、うしろから声がした。

「あなたとお話しするのは三度目です。この意味がわかりますね」

すぐに誰かわかった。まさかこんなところで会うとは思わなかった。思わず振り向きかけて、あわててこらえた。ふつうにしていなければいけない。

「わかります」

「振り向かないでそのまま聞いてください。私はクラウド・メイズについて調べています。詳しくは申し上げられませんが、あれは私たちのような人間にとって大変危険な存在です。あなたが発見した脆弱性の詳細を教えてください。代わりにあなたの知りたいことを教えましょう」

間違いない。安部響子だ。世界的なハッカーグループ・ラスクのリーダー。沙穂梨は振り向きたいのを必死にこらえる。

「簡単に言うとガーゴイル社の広告を閲覧している第三者が、広告からガーゴイルに送信される情報を書き換えてコードを埋め込むことで広告出稿者になりすまし、広告配信システムに任意の配信命令を実行させることができます。くわしく説明すると……」

「いえ、それでわかりました。見落としとは思えないし、これまで誰も気がつかなかったとも思えない脆弱性ですね。どうやら私の考えた通りのようです。では、あなたの質問をどうぞ」

たったひとつの質問……クラウド・メイズを裏で操っている犯人の正体を知りたい、いや、それよりもガーゴイルが手伝っているかどうかを知りたいような気もする。

「キャシーが戻ってきます。早く質問をどうぞ」

「あたしがガーゴイルに入社するのは正解なんでしょうか？」

結局、自分の進路を質問した。今一番安部の意見を聞きたいのはこれだ。

「以前お目にかかった時と同じことを、あなたがまだ考えているなら正解です。これ以上ない学習の場を自分の力で手にしたと思います。ほんとうに素晴らしい」

以前安部に会った時、自分は革命を起こしたいと言った。革命でないにしても社会を変えたいと強く思っている。その気持ちは変わらない。だが、ガーゴイル社で働くことが役に立つのだろうか？　逆に制約になりはしないだろうか？　それが気になっていた。

「ガーゴイル社は最近国防総省と契約したばかりです。これから軍事とも関係が深くなるでしょう。もっとひどいことを始めるかもしれません」

「その懸念は当然のことです。戦争について学ぶよい機会です。そうすれば自分がすでに戦場に立っていることがわかります。国も企業もテロ集団もそしてたったひとりの個人も同じように戦わなければならない戦争が始まっています。ガーゴイルにいれば戦争の実態と戦い方を学ぶことができます。その後で自分の戦争を始めればいいのですよ。〝ハイブリッド戦〟と〝超限戦〟という言葉を調べてご覧なさい」

「自分の戦争……」

「戦いの場にあってはふたつにひとつを選ばなければなりません。無垢《むく》をつらぬいて孤高に野垂れ死ぬか、したたかに生き延びて反撃するか。どちらも楽しいものではありません。絶望を感じる感受性を捨てないものはその宿命から逃れられません」

沙穂梨は安部の言葉を噛みしめる。

「あなたは私と同じように、生き方を選べない人間なのでしょう。自分を変えられないなら世の中を変えるしかない」

沙穂梨はほっとした。ガーゴイルに来てからの緊張がやっととけたような気がする。

「ありがとうございます」

「いえ、約束を果たしたまでです」

安部はそう言うと、少し口調を変えた。

「またあなたのカンが当たりました。直感は重要ですが、真面目に調査しているのが徒労に思えることがあるのが難点です」

安部の言葉に沙穂梨がスマホのカメラを使ってうしろの席を見ると、安部の向かいに男性が腰掛けていた。ラスクのメンバーのひとり、『図書室の手品師』こと高野肇だと沙穂梨は見抜く。

その時、こちらに向かって小走りにやってくるキャシーの姿が見えた。立ち上がり、手を振る。そして、何事もなかったように席を離れてキャシーを迎える。

「行きたいお店があるんです」

そう言ってキャシーに道案内を頼んだ。それから安部が自分やキャシーの行動を把握した方法を考えた。安部はガーゴイルのシステムに侵入したのかもしれない、そうすれば沙穂梨とキャシーの情報は筒抜けだ。本体に侵入しなくても、たとえばボブのような端末に侵入して乗っ取る方法もある。一般人でもガーゴイル本社を見学することができるから、その時に比較的セキュリティのゆるい実験的なシステムをハッキングすることもできる。考え始めると止まらなくなった。


安部は、去って行く沙穂梨の後ろ姿をじっと見つめていた。安部は長身、長い黒髪、国際手配されている犯罪者には見えない美貌の持ち主だ。魔女のような黒いワンピースを纏《まと》っている。サンフランシスコのカフェにいるだけで絵になる。その向かいの席に執事のように控えているのは高野肇。整ってはいるが、特徴のない容姿。ジーンズに灰色のシャツを着て、穏やかな笑顔を浮かべている。

感慨深そうに黙っている安部を見て、高野肇は声をかける。

「どうしました？」

「……昔のことを思い出しました。私があの子と同じくらいの歳になにをしていたか考えました。私も進路について迷っていました」

「珍しいですね。安部さんが過去のことを口にするなんて」

「最近はそうでもありません。時々、日本でラスクをしていた時のことを思い出すと楽しい」

「僕もですよ。あの時はまさかこんなことになるとは思ってませんでした」

「後悔していませんか？」

「全然」

肇は即答し、安部は頬を赤らめてコーヒーカップに目を落とした。

「驚くかもしれませんが、私はいつも感情のおもむくままに生きたいと思い、そのようにしてきたつもりです。でも、あの子は違う。私よりもバランスがとれています。それがとてもうれしい」

「安部さんがバトンを渡す相手としてふさわしいんですね」

「彼女がガーゴイルを選んだ時、すでにバトンは移っていたと思います。新しい時代が始まっているのでしょう」

安部は遠くを見る目をし、それから一口コーヒーを飲んだ。

「時々思い出すことが他にもありました」

「聞いてもいいですか？」

「いえ、でも、いつかお話ししたいと思います。あなたに知っておいてもらいたい」

「なぜです？」

「それは私という人間を作ったかけがえのない人たちのことだからです。十年以上お目にかかっていませんが、また話をしてみたいです」

「会えばいいじゃないですか。安部さんは自由です」

「会います。その時はあなたにも手伝ってもらいます」

「いいですね」

「そのためにいささか無茶も必要です」

「危険なら僕も手伝いますから教えてください」

「危険なフェーズは終わりました。あとは佐野良子にうまく動いてもらうだけです」

安部は即答し、さすがに肇は驚いた。いつの間にそんなことをしていたのだろう。ほとんど二十四時間一緒にいたはずなのに気がつかなかった。それに佐野良子というのは初めて聞く名前だ。

「それよりもこれでクラウド・メイズの正体がはっきりしましたね。ラスクを始動しましょう」

「久しぶりにやりますか。ちゃんと収支の合う計算をしているんですね」

「正義の味方もタダ働きでは厳しいです。参りましょう」

安部が立ち上がると、肇も立ち上がった。

空港までタクシーで移動する。

サンフランシスコからバンクーバーまでのフライトはおよそ二時間半だ。余裕で日帰りできる。空港内を移動している時、肇は違和感を覚えた。

「ひとつ訊いてもいいですか？」

飛行機の座席に座ってから肇は違和感の正体を確認することにした。

「はい。なんでしょう？」

「安部さんはカフェでは、〝主に私が〟と言わなかったのに、空港では連発していましたね。なぜでしょう？」

「左様ですか？」

「とぼけてもダメですよ。盗聴、監視している誰かを罠にかけようとしているのでしょう？　その罠が確実に働くために、わざと〝主に私が〟を流行らせたんでしょう、僕に河野さんを脅迫させて」

そして、そのために派手なサングラスと帽子をかぶっていたのだ。

「そうですね。あなたのカンには毎回驚きます」

安部は微笑んだ。

「その笑いは、まだ仕掛けがあるってことですね」

「ほんとにカンがいい。あなたが敵でなくてよかった」

翌日の朝、沙穂梨はキャシーに連れられて、ホテルから離れたビルの一室にいた。これから隣の部屋で面接が行われるのだ。さすがに緊張する。昨晩、拓人からしつこくメッセージが送られてくるので、「ごめん。悪いけど、もうすぐ面接だから集中させて」と送った。それからメッセージが来なくなったことも気になるが、後回しだ。目の前の面接を成功させたい。

「面接といっても緊張しなくていい。思っていることをそのまま話せばいい」

そうは言われても緊張しないわけがない。日本でだって就職の面接なんかしたことがない。

「あなたに関心を持つ部署の役員やマネージャーが来ている。ガーゴイルは誰が面接するかって決まっていなくて、マネージャー以上の役職者は人事から送られたプロフィールを見て関心のある人物の面接に参加でき、欲しいと思ったらオファーを人事部に出す」

「もし誰もオファーしなかったらどうなるんですか？」

「それはない。この間メールを送ったでしょう？　奨学生プログラムは引き受け先の部署がなければ実施されない。つまり奨学生プログラムの対象になった時点で少なくともひとつの部署からオファーが出ているということ」

「よかった」

「もうひとついいことを教えましょう。最初にオファーした部署は優先権を持つけど、面接で他にもあなたを欲しい部署があれば部署間で調整することになるのね。そこには人事部も立ち会うのだけど、よりよいオファーを提示した方が人材を獲得することが多い。複数の部署から欲しいと言われれば競い合ってそれぞれがよりよい給与や待遇を提示してくる」

「あれよりもよくなることがあるんですか⁉」

「よくあることだけど、あなたの場合はまだ年齢も若いし、大学に通いながらだからあまり期待しない方がいいわよ」

「まあ、そうですよね」

「あたしが今朝チェックした段階では三人が面接への参加を申し込んでいた」

「あまり人数が多くない方がいいな。初めてなんで怖いんです」

「逆に考えた方がいい。面接者が多いということは関心を持たれ、期待されてるってこと。自分に自信を持っていい」

「あの脆弱性レポートと一昨日のスピーチだけでそんなに評価できるものですか？」

「商談では短時間に相手の狙いや本質を見抜かなければならないことも多い。マネージャー以上の役職者には短時間で人となりを把握する能力が求められる」

なるほどと納得するが、気を抜いてはいられないってことだとさらに緊張する。

「そういえば昨日ラスクが現れたらしい。ニュース見た？」

沙穂梨の緊張をほぐすためか、キャシーが話題を変えた。

「空港にいたメンバーの画像がネットに流れたらしい。粗いし、サングラスに帽子だったからよくわからなかったけど、みんなは勝手に噂通りの美人のボスって騒いでた。知ってた？」

「いいえ。知りませんでした。そうですか、ラスクが……」

安部のことだ。危険を冒して自分に会いに来てくれたのだ。自分が見つけた脆弱性にはそこまでの意味があったのだろうか？

「さあ、行きましょう」

キャシーに肩をたたかれた。はっとして立ち上がると、見知らぬ男性が扉の前に立っている。いよいよ面接だ。

「あたしも一緒だからリラックスして」

キャシーはそう言うと、沙穂梨をエスコートするように腕を組む。ちょっとしたことだが、少し落ち着いた。

さきほど扉の前にいた男性がふたりを先導し、廊下の突き当たりにある部屋まで案内した。無言で扉を開け、ふたりに入るように促し、クロスフィンガーをして見せた。中指と人差し指をからませると、「幸運を祈る」というジェスチャーになる。

「サンキュー」

沙穂梨は男性に礼を言い、キャシーに連れられて中に入った。

思ったよりも広い部屋だった。百人くらい入れそうだ。中央にあるドーナッツ形のテーブルの向こう側半分にたくさんの人が座っている。

「あの……人数多くありませんか？」

キャシーの話よりもだいぶ多い。数えようとしたが、混乱してダメだ。少なくとも十人以上はいる。さまざまな年齢、さまざまな人種、服装の人間が当たり前に並んでこちらを見つめている。なんとなくこれが世界なんだと思う。

「十六人いる」

キャシーはそう耳打ちし、沙穂梨に座るよう促す。

「どういうこと？　あたしの沙穂梨はすごい人気ね。こんなの滅多にない。でもありがとうございます、感謝します」

キャシーが立ったままおおげさに驚いて見せると、みんなが苦笑を浮かべた。数人は真面目な顔のままだ。

「みんな、時間がないんだ。始めていいかな？」

笑わなかったひとりが手をあげた。スキンヘッドの男性でグレーのセーターが似合っていた。

「どうぞ。始めましょう！」

「第三ラボのグレッグだ」

沙穂梨になんとかわかったのはそこまでだった。その後は早口でとても理解できなかった。

「あなたのテーマを聞いている」

キャシーが翻訳してくれたが、グレッグはかなり長く話していた。そんな一言で済む質問ではなかったと思うのだが。それに質問が大雑把すぎる。

「それとね。やりたいこと、あるいは人生の目標みたいなもの」

沙穂梨が迷っているとキャシーが言葉を足した。

「哲学的な質問をするんですね。社会を変えること、革命を起こすことです。もっと世の中をあたしの好きなように変えたい」

「革命？」

キャシーは笑顔を浮かべて翻訳してくれた。早口でわからないが、明らかに自分が話したのよりも長くなっている。勝手な解釈を付け加えていないといいんだけど。

すぐにグレッグが再質問してきた。

「君にとってガーゴイルは社会を変えるための足がかりというわけですね？　って訊いてる」

「そうです。ガーゴイルにいながら社会を変えるか、それができないなら外に出て社会を変えます」

キャシーが沙穂梨の回答を英語で話すと数人が口笛を吹いた。そんなに派手なことを言ったつもりはないんだけど。なんだかキャシーがおおげさにしているような気がする。

その時、扉が開き、白髪頭の男性が入ってきた。

「遅れてすまない」

年齢はかなり上みたいだが、ラフなポロシャツとジーンズだ。

「シュミット!?　あなたが来るなんて」

キャシーが声をあげた。

「まずかったかな？　あの脆弱性は気になったんでね」

シュミットと呼ばれたおじさんは、そう言いながら空いている席に腰掛けた。

「今入ってきたシュミットは創業者で会長。あたしも久しぶりに見た」

キャシーが沙穂梨に耳打ちした。創業者で会長？　頭がくらくらした。その後は夢見心地でなにを訊かれ、なんと答えたのか断片的にしか覚えていない。気がつくと面接は終わってキャシーと廊下に立っていた。そしてなぜかボブがいる。

「私はすぐに次の会議に行かないといけないので、ここからホテルに戻る案内はボブにまかせる。安心して、こんなにたくさんの人に関心を持ってもらえたんだからきっといい条件で就職できる。あなたはほんとによくやった」

キャシーはそう言うと沙穂梨を抱きしめた。感情の表現がストレートだなと思うが、ハグされるとほっとした。

キャシーは足早に去って行き、沙穂梨とボブだけが残された。ホテルの中だけならともかく、他のビルからホテルまで案内できるんだろうか？　不安を覚えつつ後をついてゆく。

「おつかれさまでした」

ボブが流暢な日本語で話しかけてきた。

「ありがとう」

「どういたしまして。その顔だと面接はうまくいったようですね」

「あたしの面接のことを知ってるの？」

「私はあなたのガーゴイルカレンダーを把握しています」

ガーゴイルは千の目を持つ天網《てんもう》の巨人だ。ボブはロボットの形をしているガーゴイルの端末のひとつなのだから情報が共有されていて当たり前だ。わかっていてもびっくりするし、気持ちが悪い。

「なぜうまくいったと言ったの？　社交辞令で言っただけ？　それともなにか根拠があるの？」

「ひとつはあなたの表情からの判断です。大変落ち着いている。失敗した人間特有の特徴がない。あとは面接参加者の数と反応もよかった」

「もしかしてあなたはさっき面接に来ていた人のこともわかるの？」

「私はガーゴイルそのものでもあるので、わかります。それを口に出せるかどうかは別ですが。現段階であなたへの採用のオファーが複数あることはお伝えしても問題ありません。このあとさらに増える可能性もあります。おめでとうございます」

「さっき面接したばかりなのに、もうオファーが来ているなんて早い」

「ここでは人材がほんとうに重要なのです。だからよい人材を逃したくないのでしょう」

自分のどこが評価されたのかわからない。あの脆弱性くらいはちょっとスキルのある人ならわかるだろう。将来性？　なにを見て判断したのか知りたい。

ボブと歩いていると時折、挨拶された。一昨日、スピーチの後のカフェで話した人たちだ。

「もう友達ができたんですね」

「友達……そうね。友達ね」

なにもかもが迅速で明解だ。ここで自分はやっていけるのだろうか？

沙穂梨のスマホが揺れて、メッセージが表示された。キャシーからだ。

——今晩一緒にディナーすることになっていたでしょ？　他の人を呼んでいいかな？

——いいけど、どんな人ですか？

——セキュリティラボの所長とシュミット。

絶句した。会長が自分と食事する？　なぜ？

——シュミットは残念ながらディナーを一緒にとる時間はなくて、最初に乾杯してすぐに移動するそう。マークは最後までいる。わかるかな？　マークは面接の時にいた若いけど白髪の男性。

——わかります。あの人がセキュリティラボの所長なんですね。

——そう。そして最初にあなたの奨学生プログラムをオファーした人物で、今回あなたを獲得した人物。

——もしかして彼らがディナーに来る目的は、あたしにセキュリティラボに所属することを決めさせるためですか？

さきほどのボブとの会話を思い出しながら答える。

――さあ、それは会った時に直接訊いてみましょう。じゃあ、いいのね？

――はい。喜んで。

早い。もう部署がほぼ決まっている。さっきの面接から一時間も経っていない。あとは自分が返事するだけだ。


事の発端は三カ月前の安部のひとことだった。バンクーバーのビーチに面したレストラン「カクタス・クラブ・カフェ」で食事を終え、海に沈む夕陽をながめていた時、安部が唐突に口を開いた。

「佐藤《さとう》から連絡がありました。クラウド・メイズというダークウェブのサービスを調べているそうです」

ついさきほどまでバンクーバーの人間は海で泳がず、海辺のプールで泳ぐという話をしていたので肇は戸惑った。佐藤はラスクのメンバーで肇の親友でもある。肇と同じように今は世界のどこかに潜伏している。

「全く別に太田《おおた》からクラウド・メイズがマインというSNS監視ツールを使っているという情報も来ました。彼はマインの開発に関係していたらしいので、そこからの情報のようです」

太田もラスクのメンバーだ。以前、連絡が来た時は南米にいた。今はどこかわからない。

「クラウド・メイズ？」

「ハッキングツールを扱うサイトで、上級ハッカーに特化した品揃《しなぞろ》えで数は少ないものの優良顧客を得て拡大しているようです。私ものぞいてみましたが、何人か著名なハッカーもいますし、ツールもそろっています」

「ゼロデイもあるんですか？」

「あります。会員の中にはサイバー軍需企業の人間も参加していると佐藤は言っていました」

サイバー軍需企業は軍需企業の中でもサイバー兵器に特化した企業だ。イギリスのガンマグループ、イタリアのハッキングチームなどが知られている。特に秘密にせず、堂々と政府や軍に監視、防御、攻撃のためのツールを提供しているとＷＥＢリイトには書いてある。

「そこから仕入れて転売してるってことですか？」

「その可能性もありますが、主には情報収集だと思います。ハッキングツールに関してはあそこから入手してカスタマイズした上で転売している可能性は高いと思います。実際にサイバー軍需企業の商品の中身が東南アジアで安価に売られているアプリということもあります」

　ガンマグループの監視ツールのアンドロイド版はタイの安価な監視アプリをカスタマイズしたものだと聞いたことがある。サイバー軍需企業は、世界中のさまざまなツールを入手しては評価しているようだ。クラウド・メイズを利用するのもその一環なのだろう。

「その話は聞いたことがあります」

「アメリカの大きな不幸は軍産複合体が肥大化して、実力や性能よりも売上を優先するようになってしまったことです。スペックや理論はご立派でも戦闘では劣るものが増えてしまいました。同族経営の悪弊が出ています」

　アメリカは軍産複合体の影響力が大きくなり、官公庁との人事交流も頻繁に行われている。「勝つための兵器」よりも「売るための兵器」、それも特に「効率よく売れる兵器」を開発するようになったのは自然の流れだ。実戦での効果に疑問のある兵器ばかりが増加している。

「同族経営……政府や官僚と軍需企業の人事交流は頻繁に行われていますね。そのせいですか」

　日本ではアメリカのサイバー技術は進んでいると思われているが、少なくとも戦闘能力という点ではかなり怪しい。過去に何度も攻撃を受け、軍も民間も甚大な被害を受けている。その原因のひとつはネットワークが社会インフラになっているのにもかかわらず、防御態勢を確立できていないことだ。

「佐藤はネットの知り合いからクラウド・メイズに高度な追跡システムがあるらしいと聞いて見に行ったそうです」

「ダークウェブで追跡ですか？　ということはマルウェアですか？」

　ダークウェブは匿名化されたネットワークの中にあるので、ふつうの方法ではどこからアクセスしているかわからない。しかしその匿名性を突破する方法はいくつかある。FBIなどがよく使うのはマルウェアを使う方法だ。アクセスしてきた利用者の端末にマルウェアを感染させて情報を盗み出す。NITと呼ばれるツールだ。匿名化されたネットワークを利用していても、勝手に自分の情報を送信されてしまったら正体はわかってしまう。

　ダークウェブにあった「プレイペン」という児童ポルノサイトをFBIが捜査した際に用いられ、ひとつのケースをのぞいて捜査のためにマルウェアを使用することは合法と認められた。

「NITをもう少し進化させてSNSの監視を行うマインを含めた網羅的な追跡システムと連動させているそうです。感染した本人とさまざまな形で繋がっている人々もターゲットにされます。危険です」

「誰がなんのためにそんなことをしているんでしょう？　ロシアや中国でしょうか？　でもそれにしては回りくどい」

「気になるのは気づいて騒ぐ人間がいないことです。サイバー軍需企業も利用しているのですから誰かが気がつくでしょう。佐藤が気づいた以上、他の参加者も気づくと考えるのが妥当でしょう」

「クラウド・メイズの参加者は、ただ単にそこに来ただけですか？　それとも誘導するなにかがあったんですか？」

「広告です。ガーゴイルから広告がハッキングやサイバーセキュリティ系に関係している非常に限られた人々に対して配信されたようです。かなり絞られたターゲットのようでまだ話題にはなっていません」

「広告……ダークウェブが広告を出すなんてあまり聞かないですね。他にはなにか特徴ありますか？」

「ハッキングツールに特化している点が最大の特徴です。つまり児童ポルノや麻薬などは扱っていませんし、個人情報などの売買も禁止されています」

「不思議ですね。コーヒーとデザートをもらいますか？」

　肇はそう言うと、店内を見回す。

「お願いします」

安部も周囲に目を走らす。

「あの人だと思います」

安部は窓際の席の客に話しかけていた年配のサーバーを見つけた。カナダではサーバーを呼ぶ時に声や手をあげるのはマナー違反とされている。どうするかというと相手が気がつくまで待つ。そのためサーバーを呼びたい時は、相手を見つけてこちらに気づくまでじっと見ていなければならないのだ。

肇がしばらく見つめていると、相手も気がついてうなずき、近づいてくる。

「デザートメニューをください」

肇の言葉に、「すぐにお持ちします」と返事して細長いメニューを持ってきた。

「僕はエスプレッソのダブルにします」

そう言うと安部にメニューを渡す。安部は受け取り、吟味をはじめる。肇は腕組みをし、頭の中を整理しはじめた。
・クラウド・メイズはダークウェブにあるハッキングツール専門のサイト。
・児童ポルノ、麻薬、個人情報など明らかに違法性のあるものは扱っていない。
・ガーゴイルに広告を出している。違法性がないから可能なのか？
・ただし大々的にたくさんの参加者を集めるのではなく、非常に限定された相手だけを集めている。サイバーセキュリティ系、ハッカー系でおそらく一定のスキル水準の相手。
・アクセスするとマルウェアに感染させられ、個人情報を盗まれる他、SNSで繋がっている相手に感染しようとする。
・情報を盗まれる以外の実害は出ていないらしい。
・ロシアや中国が仕掛けている可能性は低い。
つながりそうでつながらない。肇は目を閉じて集中する。

「エスプレッソ来ましたよ」

安部の言葉で目を開けると目の前になみなみとエスプレッソを満たした小さいカップがあった。安部の前にはコーヒーとティラミスがある。

エスプレッソを一口飲むと、ぐるんと頭の中が回転したような気がした。全部のつじつまが合う説明があった。それを元にわかっていることを並べ直すと全てがぴったりはまる。いくつか情報の足りないところもあるが、それを確認できればパズルは解ける。

「わかったような気がします。児童ポルノやドラッグの売買をしない理由があったんです。あれはハッカー技術に特化することが理由ではなかった。非難されないためだったんです」

「誰に非難されるのですか？」

そこで肇はさきほど閃《ひらめ》いたことを説明した。

「なるほど……かなりおおがかりな話ですね。確かにつじつまが合う」

安部はティラミスを食べる手を止めてうなずく。それから、「これ、美味しいですよ」と肇にティラミスの皿を差し出す。

「クラウド・メイズの広告はこの仕掛けのための罠だったわけです」

肇はティラミスをエスプレッソの小さなスプーンですくって口に運んだ。濃厚でクリーミーな味が口の中に広がる。

「なるほど、つじつまは合います」

「確証をつかんで、どこかにリークしますか？」

「そうですね。しかしまだ説得力が足りません。クラウド・メイズの広告をガーゴイルが配信している仕組みと理由がわかると具体的な両者の関係を明らかにできますね。内部文書を入手してリークしましょう。それからすぐにクラウド・メイズを攻撃します。いいえ、逆ですね。クラウド・メイズを攻撃している最中にリーク情報が出た方がインパクトが大きい」

安部が微笑んだ。

「ラスクが再始動してクラウド・メイズを攻撃したらニュースになるでしょう。その後でリーク情報が出れば世界中に知れ渡る」

肇もわくわくしてきた。

「ラスクのメンバーには準備するよう伝えます。少し時間をください。この作戦の成功は内部文書の入手にかかっていますから、それが可能なのかを調べます。あとその前にクラウド・メイズの関係者を洗い出します」

「どうやるんですか？」

「私と太田と佐藤の三人が囮になって、クラウド・メイズに複数のアカウントを作って参加して様子を見ます。手当たり次第にツールを購入して内部をチェックします」

「追跡されますよ」

「乗っ取ったパソコンを使うので大丈夫。追跡方法がわかれば相手も特定できます。それにおそらく中心的役割を果たしているのはＤＩＴＵでしょう。彼らのことは調べてあります」

「ＤＩＴＵ……なるほど」

安部はさらっと言ったがＤＩＴＵは世界最強の盗聴組織と呼ばれることがあるくらいの危険な相手だ。肇は掌《てのひら》に汗がにじむのを感じた。


それから三カ月の間、安部と肇はラスク再始動のための作戦を練った。

サンフランシスコに旅立つ二週間前の夜、ふたりはスイートルームのリビングにパソコンを広げ、部屋に備え付けのディスプレイに表示させて内容を詰めていた。安部は黒いガウン、肇はスウェットというリラックスした格好だ。

夜の八時だが、外はすでに真っ暗だ。

「すでにフェーズ一はスタートしています。まあ、ネットのあちこちで噂を流しているだけですけど」

肇は意図的にラスク再始動の噂をネットに流し始めていた。あらかじめラスクへの注目を集めておき、攻撃開始とともに世界中の注目を集め、そこでクラウド・メイズの正体を暴露する情報を公開するのだ。

ディスプレイにはネットニュースや掲示板に書き込まれたラスク再始動の噂が表示されている。

「フェーズ一で噂を流し、フェーズ二で限定したメディアに暴露する予定の情報を先行リークします。そしてフェーズ三で攻撃直前にラスク再始動を大々的に流します」

「フェーズ二で情報をオープンにしないでメディアを限定するのは珍しいですね。やはり邪魔が入ることを危惧したのですね」

ラスクは原則として情報を誰にでもアクセスできる形で公開することが多かった。しがらみなしに最初に情報を見つけた者が一番に報道できるスタイルだった。

「邪魔は入るでしょうから、それをはねのけられるメディアにあらかじめ協力要請しておきます。問題は相手も情報源を確認したいでしょうから、どうやって信用してもらうかです」

「信頼関係のできている相手とは電子署名も交換してありますよね」

「そうでした。うっかりしていました」

肇は自分のメールの設定を確認した。確かにセットしてある。電子署名があればこちらが確かに本物だと信用してくれるだろう。

ふたりはしばらくメディアの絞り込みと、告知文章の推敲《すいこう》を続けた。

それにしてもふたりの逃避行はもう二年近くにおよぶが、いまだに互いに「高野さん」「安部さん」と呼び合い、「ですます」で話している。すっかり慣れてしまって今さら変えるのも照れくさいが、ふつうに考えて不自然だ。肇は安部の横顔をながめる。したたかなハッカーとは思えないあどけない少女の顔をしている。


ひととおり計画ができあがった頃には夜十一時を過ぎていた。肇は冷蔵庫からアイスワインを出し、小さなグラスに注いで安部に渡す。

「サンフランシスコに参りましょう」

安部はひとくち呑むとノートパソコンを操作しながら言った。唐突なサンフランシスコ行きに肇は戸惑う。

「作戦の前はあまり動かない方がいいと思いますが」

安部は呑みかけのグラスを肇に差し出す。肇は受け取り、残りを呑み干した。

「最後に本当にあなたの考えた通りだったのかを確認したいのです。そのためにガーゴイルの広告のトリックの謎を解いた人に会います」

「サンフランシスコ……まさかガーゴイル本社に乗り込んで確認するんですか？」

「いえ、ちょうどガーゴイル本社に答えを知っている知り合いがやってくるので、そこで質問します」

「誰ですか？」

「鈴木沙穂梨という女の子です。高校三年生でガーゴイルのバグ脆弱性報奨金プログラムの対象になり、奨学生の打診も受けています」

「なるほど、了解です。例の『闇の五本指』のときの最年少メンバーだった彼女でしたか。じゃあ、腕も信用も問題ない」

『闇の五本指』はラスクが叩き潰した某国の秘密サイバー作戦だ。

安部は満足そうにうなずき、席を立つと冷蔵庫から再びアイスワインのボトルを持ってきた。

「サンフランシスコに行く理由はもうひとつあります。ラスク復活のよい演出を思いつきましたので、それも試してみたいのです」

いたずらっぽい笑みを浮かべ、グラスにアイスワインを注ぐ。

「詳しく聞かせてください」

「それは内緒。あとで教えますよ」

そう言うとアイスワインをなめた。

第八章　旅立ち　二〇〇四年　春

希美はあまり将来のことを考えたことはなかった。まるで考えていなかったわけではないが、なんとなくこのまま推薦で大学に行き、そこそこの会社に就職し、結婚して家庭を持つのだろうと漠然と考えていた。今でもそう思っているし、それに不満や問題があるわけではない。でも良子を見ていると他の選択肢があるような気がしてくる。

自分は良子のような特殊な能力は持っていないし、持つ気もない。でも、「他の生き方を選べる」人間だ。あえて楽な生き方以外を選ぶ必要はないはずなのだが、きちんと考えなければいけないような気がしてきてしまう。

その良子はここ数日泊まり込みで（今回はちゃんと着替えとパジャマを持参してきた）、希美の部屋でオルカの追跡とガーゴイルを始めとするＩＴ企業の人材獲得の動きを追っていた。しかも仲間ができたらしい。特にＩＴ企業の人材獲得の動きについては英語で数人とチャットしながら調べている。どんどん知らない世界に深く入り込んでいるのは心配だが、冒険ＳＦを見ているようで興奮もする。その一方で良子が自分とは違う世界に行ってしまうような不安を覚えていた。もし良子がいなくなったら、自分は以前のような生活に戻れるのだろうか？　つまらなくて退屈で死んでしまうんじゃないかと思うくらいだ。

「良子は自分の人生の主役って感じがするよね」

ディスプレイを見ていてなんとなくつぶやいた。

「人は誰でも自分の人生の主役ではないのですか？」

良子は画面から目を離さずに答える。

「そうは思えないんだよね。あたしなんか主人公が登場する前にもうエンディングまで決まっているような気がする」

「そういう舞台に立たなければよいのではないでしょうか？」

「そうもいかないんだよねえ。だってみんなが舞台を用意して待ってるわけじゃん」

「みんなにもそれぞれ舞台があるのだから、気にしなくていいと思います」

「なるほど。確かにそうだよな。良子、なんだか大人になったな」

「……そういえばオルカはあちこちで見かけているのですが、正体に繋がるようなものはありません。罠も仕掛けていますが、ひっかかりません」

希美はもっと将来のことについて良子の意見を聞きたかったが、良子は話題を変えた。

「ガーゴイルの方は？」

「かなり情報は集まりました。ガーゴイルを含めハッカーに強い関心を持って獲得に動いているＩＴ企業が数社あります。だいたいはサイバーセキュリティ関係のイベントにスポンサーとして協賛するくらいで個別に追跡しているような話は見つかっていませんん」

「ふーん」

良子が仲間を集めてもわからないなら、相手はかなり腕利きなのだろう。

「高校を退学しようと考えています」

あまりに突然だったので希美はすぐには反応できなかった。

「そして家を出て一人で暮らします」

良子はさらに続けた。

「えっ」

驚いたが、いつかこういうことになるような気がしていた。覚悟していたのであまりショックはなかった。でも一人暮らしなんて無理だ。

「でも、大丈夫なの？」

「心配ですか？」

「いや、だって一人で暮らすには収入も必要だし、家事もやらないといけないし、学校以上にいろんな人や物事に関わり合わないといけなくなるよ」

「存じております。自分なりに研究しました。結論として可能だと判断したのです」

「やめろよ。家にいたくないならここで暮らせばいいじゃん。いつまでいてもいいよ」

「あの……ありがとうございます」

「あたしは良子が学校を辞めるって言った時、自分の家とあたしの家を往復する生活をするのかと思った」

「それは今と同じです。おかげさまでいろいろ試して一人で暮らせるという結論にいたりました」

「なんだよ。勝手に一人でそんなこと考えて決めるなよ」

なんで相談してくれなかったんだ。友達じゃなかったのかよ。いろんな言葉が口から飛び出しそうになる。でも、良子の一言で希美はなにも言えなくなった。

「あなたに最初にお話ししました。おそらくあなたが今の私にとって一番大事な人なので」

「くそっ、こんな時にそんなこと言うな」

頭は混乱しているが、勝手に両眼《りょうめ》から涙があふれてきた。良子にしがみついて、声を出して泣く。

「私のために泣いてくれるのですか？　でもなぜ？」

「だってどっか行っちゃうんだろ」

「必ずまた会えます。信じてください」

それから良子はてきぱきとこの部屋のワークステーションやパソコンをどうするか説明してくれた。ワークステーションは義兄の達樹が引き取りに来て廃棄し、パソコンはデータを消してまっさらな状態にしておいてくれるのだという。希美は全部そのままでもよかった。むしろそのままの方が良子の思い出になっていい、と言ったが、そうはいきませんとあっさり断られた。

良子は自分の生きる道を決めてどんどん前に進んでいる。ずっと社会に適応できないヤツと思っていたけど、いつの間にか自分なりに生きていく方法を見つけていた。いつまでも今のような関係ではいられないとはわかっていたが、それにしても急だ。希美も自分の生きる道を決めなければいけない。今までのように流されるだけでもなんとかなるのだろうけど、良子のように自分で決めたいと思う。

翌日、良子は希美の家には行かず、義母と父親の帰りを待っていた。できれば話したくない。メールで済ませたいのだが、そうもいかない。肉親には礼を尽くさなければならない。

自分の部屋で少し緊張した状態でネットをながめていた。義母は七時頃に帰宅し、義兄と良子の三人で食事をとった。

「良子がいるなんて珍しい」

義母はそう言うと、「なにかあるの？」と訊ねてきた。

「父が帰ってきたらおふたりにお話があります」

そう言うと義母はかすかに笑みを浮かべてため息をついた。義兄は、「あんまり心配させるなよ」と言ったが、スルーした。

食事を終えると自分の部屋に戻って父親を待った。十時を回った頃に父親が帰ってきた声がしたので、リビングに向かうと、義母と父親がソファに座ってなにか話していた。

「なにか相談かい？」

父親は不安そうに訊ねてきた。動悸が激しくなり、声がうまく出なくなった。

「高校を退学しようと考えています」

かすれる声で良子は話した。

「突然、なにを言い出すんだ。なにかあったのか？　まさかいじめとか」

父親が驚いて大きな声を出し、義母があわてて落ち着くようにとささやく。

「いえ、私自身の問題です。大勢の人間と同じ空間にいることに耐えられません」

「我慢できないのか？　社会に出たらそうはいかないぞ。まさかずっと家に引きこもるわけじゃないだろう？」

「家を出て自活します」

「どうやって？」

「収入を得る方法であれば心当たりがありますのでご心配なく。身の回りのことはじゃっかん不慣れではありますが、ひととおりはできます」

「あとちょっとで卒業だぞ。待てないのか？　大学に行けば気分も変わる」

「待てません。自分のことはある程度自分でわかります。私はこれ以上は無理です」

「いったいどうやって金を稼ぐつもりだ？」

「申し上げられません。あなたの同意がなくても高校は退学しますし、家を出るつもりです。できることなら穏便に済ませたいのでお話ししたまでです」

良子はきっぱりと言った。なにも言わずに家を出ようと何度も考えたが、決して家族を嫌いなわけではないことを伝えておかなければならないと思ったのだ。反対されるのはわかっていたが、ちゃんと説明したかった。

「私はお前の父親だ。責任がある」

「あなたが私の父親であることは以前から存じ上げています。しかしすでに私は十八歳です。これまでのご苦労には感謝しておりますが、もう肩の荷をおろして結構です。ほんとうにありがとうございました。あなたの娘でよかったと思います」

「いい加減にしないか。それで、はいと言う父親がいると思っているのか？」

「しかし止めることができないのもまた事実です」

父親はため息をついた。

「ご期待に添えず申し訳ありませんが、ご理解いただければ幸いです」

良子が頭を下げ、リビングを離れようとすると、

「ちょっといい？」

義母が呼び止めた。おだやかな表情をしている。

「お義母さん、そしてお義兄さんにも短い間でしたが、感謝しております。不出来な娘で申し訳なかったとほんとうに反省しています」

良子は義母と義兄に頭を下げる。

「そうじゃないの。話をしない？」

義母は相変わらず落ち着いている。青い顔の父親とは対照的だ。

「どのようなことでしょう？」

「あなたが家を出ることについて」

「もう、特にお話しすることはないと思います」

「いえ、あなたには知っておくべきことがある」

「どのようなことでしょう？」

「一人で生きてゆくための実務的な知識と必要な能力について。たとえばあなたは東京

二十三区の区ごとの家賃の相場や保証人を不要とした際の手続きと費用増加について知らないでしょう。ネットで検索することはできるけど、個人の体験談が多く、あなたのケースに当てはまるとは限らない」

義母が突然実務的な話を始めたので、父親と義兄はあっけにとられた。

「失礼しました。誤解していたようです」

「あなたの部屋に行きましょう」

唖然《あぜん》としたままの父親と義兄をリビングに残し、義母と良子は部屋に入った。

引っ越し準備の最中だったので、良子の部屋は散らかっていた。

「足の踏み場がないわね」

義母は笑い、良子は柔らかい笑顔をする人だと思った。

「こちらへどうぞ」

良子と義母はベッドに並んで腰掛けた。

「じゃあ、簡単に話をするわね」

義母はてきぱきと良子の準備の状況を確認し、注意事項ややるべきことを説明し始めた。本当に実務的な話だったので良子はいささか驚いた。義母とはほとんど話をしたことがなかった。主に良子が家におらず、いてもあまり話をしなかったせいだ。なんとなく感情的な人間のような気がしていたが、それは全く違っていた。ひどく事務的で実務的だ。希美が、「もしかしてお義母さんっておもしろい人？」と言っていたのを思い出した。

引っ越しや水道、電気、ガスなどの手続きから役所の手続きなど裏技を含めて細かく説明してくれた。なにより役に立ったのは家を出る前に銀行口座やクレジットカードを作っておいた方がいいということだ。引っ越してから作るよりも格段に楽だという。

「お見それしました。私はあなたのことをここまで実務的な方とは考えていませんでした」

「お礼はいいの。後悔しないように伝えておきたかっただけ」

「ありがとうございます。でも私は後悔しません」

「あなたになにも伝えずにいたらあたしが後悔するの。あなたのためじゃない」

「左様ですか。その説明は非常に納得できます」

「あなたには日常の些事《さじ》で躓《つまず》かないでほしいしね」

「おっしゃる意味がわかりません」

「日常をおろそかにしてそれが躓きの元になることは多い。仕事とは関係なくね。だから日常のつまらないことにも注意を払ってね」

「はい」

「あたしから話すことはこれくらいだけど、訊きたいことはある？」

　良子は義母ともっと話をしておくべきだったと後悔した。身近にこれほど自分に近い人間がいるとは思わなかった。そう思わなかった大きな原因のひとつを訊ねることにした。

「あなたはなぜ結婚したのですか？」

　結婚は論理的な結論ではないと良子は考えていた。

「あなたのお父さんとということ？　それともなぜ結婚を許容する思考をできたかってこと？」

　しばし良子は考えた。

「なぜ結婚を許容できたのですか？　子供を産んでいるのも理解できません。どちらも論理的な結論ではありません、主に私にとって」

「おもしろそうだったから」

　予想外の答えだった。おもしろそうだから？　父親のことも自分の息子のこともおもしろいからという理由なのか？

「今、あたしはとても楽しんでいるの。わかる？　あなたに会えたのも予想外の偶然でおもしろい。あたしが会ったことのないタイプの人間。結婚しなければ会えなかったでしょう。最初は単に気難しいだけの小娘と思っていたけど、そうじゃなかった。あなたは自分の意思と感情を持っている。それにあたしに少し似ている」

「それは光栄です。私もあなたに似ていると思っていました」

「お互いにね。あなたが家を出る前に知ることができてよかった」

もっと早く義母とこういう話ができるようになっていたら、自分は家を出なかっただろうか？　と良子は考えた。

「あなたは家族に囲まれて幸福を感じる人じゃない」

良子の考えを察したように義母が言った。

「私にはあなたもそのように見えます。だからさきほど結婚の理由を質問しました。あなたはもう結婚というものに飽きているのではないですか？」

言ってからひどく失礼なことを言ったと思ったが、後の祭りだ。

「義理とはいえ自分の娘にそんなことを言われるなんて、まだまだ人生には意外なことがある。すごくおもしろいと思わない？　おそらく若いあなたにはまだわからないと思うけど、人生をおもしろくするためなら結婚も子供も平気な人間もいるの」

義母にとってこの家庭は意外な出来事が起きる人生のアトラクションのようなものだと知って良子は混乱した。良子にとって家庭は特別な場所であり、家族もまた特殊だった。しかし義母にはそういった意識はないようだ。それをどのように受け止めればよいのかわからない。

「なるほど愚問でした」

ようやく出た言葉がこれだった。それ以上なにも言えない。完敗した気分になった。これほど自分の人生を割り切って生きている人は初めてだ。

「困ったことがあったら、いつでもなんでも訊いてちょうだい。あなたはあたしの娘なんだから」

義母は満面に笑みを浮かべて立ち上がった。そして部屋から出る間際に振り向かずに、

「飽きてないわよ」

と言い、くすくす笑った。やはり、ただ者ではない。


退学と一人暮らし宣言以降、良子は希美の家にはあまり行かず、準備をしていた。ほとんどは今ある荷物を捨てることと新居選びだ。

その作業の最中にオルカからメッセージが届いた。最近はわざと時間を空けてから返事をしてあまり会話しないようにしていた。しかし、正体探しも膠着《こうちゃく》しているし、このままだとつきあいがなくなってしまうかもしれない。一人暮らしについて意見も訊いてみたかったので、すぐに返事した。

【オルカ】　あなたは私を避けていた。なぜかしら?

すぐに質問された。訊かれるかもしれないとは思っていたが、思ったよりも早かった。
[レフティ]　率直に申し上げると、あなたがデスク氏を罠にかけたことと、私の利用しているパソコンにマルウェアを発見したことが原因です。
[オルカ]　よく見つけたわね。
[レフティ]　たまたまでした。そこから送り込んで来たメールを特定し、さらに遡《さかのぼ》って高校のクラスメイト全員を狙った水飲み場型攻撃を発見しました。
[オルカ]　上出来だわ。
[レフティ]　あなたの狙いはクラスの特定の人物もしくはクラス全体なのでしょう。動機と狙いはわかりませんでした。またあなた自身を調べようとしたのですが、そちらも無理でした。
[オルカ]　私がマルウェアを仕込んできたと思うなら、あなたの対応はおかしくない。ただ、効果的でもない。
[レフティ]　どういう意味ですか？
[オルカ]　今までと同じように会話して、こっそり私を罠にはめた方が効果的でしょう。あるいはより多くの情報をとるだけでも意味はある。
[レフティ]　その発想はありませんでした。
[オルカ]　今日は疑いがなくなったから話に乗ってくれたの？

【レフティ】　いえ、高校を退学して自活することにしましたので、せめてご挨拶をしておこうと思いました。ネットでやっていることで生計を立ててゆくつもりです。
【オルカ】　よく話してくれた。ありがとう。もっと早く教えてくれればよかったのに。アドバイスをしてもいい？
【レフティ】　お願いします。
【オルカ】　まず、いろんなことをもっと効率的に、かつ安全にやった方がいい。まず、効率的にやる方法。複数の踏み台やプロキシを利用しなさい。できれば五つは必要。ヨーロッパに二つ、北米にひとつ、南米にひとつ、アジアにひとつくらいを目安にするといいでしょう。リスクヘッジと情報収集のためにね。これからは警察の国際協力が進む。特にEU内ではそれが顕著になるでしょう。掲示板やチャット、メーリングリストで彼らの動きについて情報収集しなさい。そのためには英語は必須。

そう言うとオルカは具体的なサイト名をあげた。良子の全く知らない世界だ。

【オルカ】　次に安全にやる方法。偽名で海外に口座を作りなさい。ものすごい勢いで日本の銀行の再編、統合が進んでいるけど、私たちにとっての状況はほとんど変わらない。脆弱なシステムと国際的に利用価値のない不便なサービス。電子マネーやペイパルもいいけど、それはあなたも自分でできるわよね。使い勝手のいい銀行口座もあった方がいい。ルクセンブルクかベルギーあたりがいいでしょう。資金移動をするための別口座もあった方がいい。リフティングサービスをやってくれるところを教えてあげる。
海外の金融機関についての知識は良子にはなかった。必要だとは感じていたが、そこまで手が回らなかったのと、良子の英語力ではわからないことが多かったのだ。
［レフティ］　ありがとうございます。
［オルカ］　これからアメリカは弱体化し、日本はもっと弱くなるでしょう。9・11の悲劇は新しい戦争時代の幕開けだった。これまでの兵器ではなくサイバー兵器と世論操作が主流になる。アメリカと日本はそれに逆行して、有事関連三法なんか作っている。日本は過去の栄光にしがみつくガラクタの王国になる。
［レフティ］　世界情勢も勉強します。
［オルカ］　あなたは私の商売敵《がたき》になるかもしれないのね。
［レフティ］　まだまだ未熟で、そんなことにはならないと思います。あなたはガーゴイルとは関係ないのですか？
［オルカ］　ガーゴイル？　ハッキングしたことがあるかっていう意味？
［レフティ］　いいえ、私の仮説のひとつです。あなたはガーゴイルのハッカーリクルート活動の一環として私に目を付けたのではないかと考えました。いくつかある仮説のひとつです。
［オルカ］　おもしろい。ガーゴイルならやりかねない。でも違う。私は誰にも雇われ

ていない。
［レフティ］　では、なぜ私にコンタクトしてきたのですか？
［オルカ］　あなたは伸び盛りで、すぐに追いついてきそうだった。敵になるにしろ、味方になるにしろ注意して見ておこうと思っただけ。ちょうどよかった。あなたに餞別《せんべつ》のキーホルダーをあげる。遠い昔、サンフランシスコで死んだハッカーの遺品。
なぜ、そんなものを持っているのだろうと質問する前に、オルカは消えていた。

良子が一人で暮らせるのか、希美は半信半疑だったが、家を出る前日の夕方にやってきた良子は、いつもの調子で、「万事無事に整いました」と希美に告げた。

「他人名義の戸籍と住民票を入手し、それを元に部屋を借りました。大学生ということにしておいたので、時間が不規則でも怪しまれないでしょう。引っ越しに先立ってネット通販で家具や家電を購入して設置し、水道、ガス、電気、そしてネットも開通させました。思ったよりは簡単でした」

部屋でコーヒーを飲みながら良子は淡々と説明してくれた。

「どこに住むの？　遊びに行っていいだろ？」

良子に頼むとあっさり断られた。

「落ち着くまではどなたともお目にかかることができません。ご存じのように私の仕事は人には言えないものですから迷惑をかけることになりかねません。まだ私たちを狙った犯人もわかっていないのです」

そうだ。良子はマルウェアを仕込んできた犯人を追っていたのだ。

「迷惑くらい全然いいのに。泣きそう」

良子に、あたしたちは友達だろ、と言っても意味がないのはわかっていたけど、それでも言いたくなる。

「あなたには会いたいので必ずまた連絡します」

「あたしだって引っ越すかもしれないし、携帯やメアドも変えるかもしれないよ。そしたら連絡できないじゃん」

「私の仕事を忘れたんですか？　世界のどこにいても見つけ出します」

その言葉を聞いて良子に抱きついて泣き出してしまった。絶対に泣かない。笑ってバイバイと言うつもりだったのに全然ダメだ。

「ほんとにほんとに引っ越すの？」

子供みたいだと思いながら抱きついたまま良子に訊ねる。

「はい。もう決めたことです」

「すごいな。良子は自分で自分の人生を切り開いてる」

「すごくはありません。一人暮らしをしている人はたくさんいます」

「引きこもりの良子にできるなんて思わなかった」

絶対途中で相談してくるだろうと期待していたのに、結局全部ひとりでやりきってしまった。

「正直、不動産屋は大変でした」

「あー、すごく悲しいんだけどさ。どうすんの、この気持ち？」

だんだん落ち着いてくると、自分が恥ずかしくなる。最初から落ち着いている良子に比べると自分は単なるだだっ子だ。

「私も大変つらいです」

良子が自分の感情を口にすることは滅多にない。希美は驚いて顔を上げる。

「じゃあ、連絡先を教えてよ」

「そうはいきません。待っていてください」

「明日、見送りにいってもいい？」

「学校がありますよ」

「そんなのサボる」

せめて見送りくらいさせてほしい。希美は食い下がって、良子は折れた。

ふたりはそれからコンビニで食べ物を買い、希美の部屋で食べた。そういえばいつもコンビニ飯だったと希美は懐かしく思う。いつも良子は食べる物を選ぶのに迷い、それを見るのは希美の楽しみだった。

翌朝、良子の家に行くと、良子と響子がもうマンションの一階に出ていた。響子は希美を見ると微笑んだ。

良子の傍らに少し大きめのスーツケースがひとつだけある。まさかあれだけなのだろうか？　てっきり引っ越し業者が荷物を運びに来るのだろうと思っていた。手伝うこともあると思って、ジーンズにパーカーというラフな格好で来てしまった。

「岩倉さん、おはようございます」

母親がいるせいか、良子が名字で希美に挨拶した。希美もそれに合わせて、「佐野さん、おはよう」と答えてふたりの前に立つ。

「ごぶさたしてます」

響子に頭を下げる。

「知らない同士じゃないから、挨拶なんていいのよ。でも、今日はありがとう」

相手も頭を下げてきた。

「いいえ、あたしが無理言って見送らせてもらったんです。むしろすみません。業者の人が来て家具を運んだりするのかと思って、こんな格好で来ちゃった」

「ご期待に添えず申し訳ありません。スーツケースひとつにまとめました」

良子はそう言うとスーツケースの取っ手をつかむ。

「では、行きましょう」

そして唐突に歩き出そうとした。

「え？」

あまりに急だったので希美は驚いた。

「なにか？」

「あっさりしすぎてない。お義母さんと語り合ったりしないの？」

「もう話はしました」

「……ならいいんだけど」

「わかってるでしょ。こういう子なのよ」

響子が笑った。この人の笑顔は素敵だなと希美は思う。

「あたしはここで失礼するので、気をつけてね」

響子は良子と視線を交わす。

「そうだ。これを渡さないといけないわね。あたしからの餞別よ」

希美と良子が会釈して歩き出そうとすると、うしろから呼び止められた。振り返ると義母が良子に片手を差し出していた。

「キーホルダー……」

良子はその手からキーホルダーを受け取った。銀でできた不気味なドクロのデザイン。良子は無言でまじまじとそれを見つめる。

「あげるって約束したでしょ」

良子が固まって、目を見開いた。なにをそんなに驚いたのだろう。

「私はあなたに最大限の感謝とお詫びをしなければなりません」

良子はキーホルダーを握り締め、深々と頭を下げた。希美はわけがわからず、ふたりの顔を交互に見る。前に会った時も思ったが、ここの家族はどうもよくわからない。ただ良子がひどく動揺しているのだけはわかった。こんなに感情を表に出すことは珍しい。

「感謝はわかるけど、お詫びはどういうこと？」

「あなたを疑いました」

「当然のことでしょ。簡単に人間を信じてはいけない」

「質問してもよいですか？」

「なにかしら？　どうぞ？」

「私はこれでよかったのですか？」

良子が迷いを言葉にするのは初めて聞いた。それだけで響子を信頼していることがわかる。良子にそこまで信頼されている響子がうらやましくなる。

「あなたでも迷うことがあるのね。人生に正解なんてない。もしあるという人がいたら、その人の正解を壊してやる」

義母は笑った。言ってることはよくわからないが、相変わらず思い切りのいい人だ。

「じゃあ、私も正解ではなく自分だけの解答を求めるようにします」

「それがいい。いたずらみたいなことをしてごめんなさいね」

「みたいではなく、いたずらです」

「そうね。あるいはかくれんぼ」

「最後まで私には見つけられませんでした」

「ふふふ。あなたは笑うことを覚えた方がいい」

「確かに私はほとんど笑うことはありません。笑うことは必要ですか？」

「ええ、笑える余裕がないと自滅する」

「肝に銘じます。いつかあなたを見つけます」

「楽しみにしている。簡単にはつかまらない。再会した時にまた仲間になれるといいわね」

「目標ができました」

そう言うと良子は響子に背を向け、歩き出した。希美も並んで歩く。

「お義母さんと仲良くなったんだ。よかったじゃん」

「私もさっき知りました」

良子の言葉に希美は戸惑い、思わず顔を見る。すがすがしい笑顔だった。

「えっ？　どういう意味？」

「言葉通りの意味です。まさか自分が義母と親しいとは想像していませんでした」

「えっ？　だって自分のことでしょ？　うわー、またわけわからないこと言ってる」

相変わらず理解できないと何度もつぶやくと良子はいつか教えますとぎこちなく笑った。


佐野良子は調布《ちょうふ》に移り住んだ。どんな場所でもできる仕事なので東京にこだわる必要はなかったのだが、利便性を考えて東京に留まることにした。

都心だと人が多すぎて外出もままならないし、郊外すぎると近隣の目がうるさくなる。調布は適度に人が少なく、かといって近所の人間のことをいちいち覚えていられるほど少なくはない。駅周辺にはたいていの店があるし、市役所や郵便局もある。手頃な人口密度と利便性を兼ね備えていた。

少し歩くと多摩《たま》川に出られることも良子は気に入っていた。意図して外に出ないと何日でも平気で家に閉じこもってしまうから、外出するきっかけが必要だった。多摩川の散歩はそのひとつになった。

汚れた金を持つ企業を狙って犯行を繰り返していた。勧善懲悪というわけではなく、気が楽というだけのことだ。

その一方でこっそりと希美や家族の様子をネットから観察していた。直接連絡を取ることは追跡される可能性もあるので我慢した。ただじっと彼らの様子を見ているだけだ。

義母のオルカとはネット上でかくれんぼのようなことをしていた。どちらも正体を隠し、互いを追跡し合う。掲示板や乗っ取られたサイトなどに、オルカらしき痕跡を見つけ、そこから次の行動を予想して後を追う。まるで山の中で動物の足跡を見つけて後を追う猟師みたいだと良子は思った。

たまに同じ掲示板やチャットルームで出くわすこともある。互いに名乗ることはないので、おそらくオルカだと思うだけだが、良子にはオルカを見分けられるという確信があった。ネットにいるとオルカや他の人間を感じることができ、ひとりではない安心感に浸れた。

ある日、目覚めてネットにアクセスするといつも感じる「圧」のようなものがなくなっていた。言葉にはしにくいが、誰かがいるという感覚がない。悪い予感がして、ネットから父親と義母の様子を確認して原因がわかった。

義母が亡くなった。交通事故だった。通夜と葬儀に行きたかったが、大勢の人がいる場に行ける気がしなかった。行ってどうなる？　という気持ちと最後にもう一度会いたいという気持ちが交錯する。その時、オルカがどう考えるかが頭の中にひらめいた。オルカは自分が来ると予想するだろう。そしてそのためのなにかを用意している。

良子は実家のある隣の駅近くのビジネスホテルを予約し、そこに向かう。荷物を置くと、駅前のスーツ専門販売店で礼服を購入し、それを着て斎場に向かった。

通夜の会場を開始時刻よりも早く訪れた。まるで映画を観ているように現実味のないがらんとした場所に祭壇がしつらえられ、父と義兄、それから黒服の数名が立っていた。全てが重くぼんやりして見える。良子の姿を見ると、父親と義兄が無言で近づいてきた。

「このたびはご愁傷様でした」

その言葉を口にした時、言葉が震え涙がこぼれそうになった。突然生々しい感情があふれ出してきた。自分がこれほど義母に愛着を持っていたことに驚く。

「よく来てくれた。さあ、義母さんに挨拶してあげてくれ」

父親は良子の手を取ると棺《ひつぎ》に連れてゆく。棺の横では義兄が泣きはらした目で立っていた。彼もまた大きなものを失ったのだ。

「義母さんは自分になにかあったらお前は必ず来ると言っていたが、ほんとうに来てくれるとは思わなかった」

父親に案内され、棺に横たわる義母を見た。寝ているようにしか見えない。さきほどのほとばしるような感情は落ち着き、「終わった」という諦めとも悲しみともつかない不思議な感覚にとらわれる。その場で倒れたり泣き出したりしてしまうことを恐れていたから安心した。

良子は義母の顔をしばらくの間じっと見つめ、それから父親に声をかけられて振り向いた。

「自分になにかあったらこれを渡すように頼まれた」

父親は良子にUSBメモリとノートパソコンを差し出した。手が震える。オルカはやはり最後までオルカだった。胸の奥が切り裂かれたような痛みを覚える。

「このUSBメモリはいつも持ち歩いていたものだ。自分にもしものことがあったら、これとパソコンを良子に渡してくれと言っていた」

実感がない。オルカがもういないということが認識できない。死は無でしかない。考えても無駄だし、感情的になってもなにも変わらない。頭ではわかっている。ただ痛く苦しい。

「ありがとうございます。そろそろおいとまします」

良子は頭を下げる。

「通夜には出ないのか?」

「申し訳ありません。ここまで来るのが精一杯でした」

そう言ってから意味が通じただろうかと心配になる。

「良子は人がたくさんいると貧血になるみたいだよ。人が苦手なんだよ」

義兄が横から説明してくれた。こんな時でも相変わらず如才ない。

「ありがとうございます」

良子が礼を言うと、義兄はため息をついた。

「母さんはお前のことをずっと心配していたよ。ほとんど話したことなんかなかったのにな」

そうだ。話すようになったのは良子が家を出ることになってからだ。義母と交わした言葉は頭の中に刻みつけられている。かけがえのない家族だった。


ホテルに戻り、USBメモリをながめる。オルカがどのような気持ちでこれを自分に託したのかわからない。ノートパソコンは電源を入れても起動しなかった。おそらくこのUSBメモリを挿さなければ起動しないのだろう。

自分のパソコンにUSBメモリを接続し、中身を確認する。その時、勝手になにかが動き出した。あわててそれを停止する。

全く初めての経験だった。こんな動きをするのは聞いたこともなかった。おそらく未知の方法を使っているのだろう。沈んでぼんやりしていた状態から我に返った。油断していた。相手はオルカなのだ。

中のコードを確認すると、挿された装置が正しければログインを求める。そこで失敗すると装置の内容を消去する。コードを書き換えて、ログインを省くようにできないか調べたが、暗号化された領域があり、そこにログインパスワードやコード自身の複製があるようだった。時間をかければ解読できるが、できれば早く見てみたかった。

託されたノートパソコンにUSBメモリを挿して電源を入れると、画面にログインメッセージが表示された。

——ログインパスワードもしくは名前を入力
義母が良子がこれを手に入れることを想定していたなら「名前」は、「佐野良子」でしかありえない。当たった。

次に生年月日を訊ねられ、自分の年月日を入力する。そして、「あなたが私から受け取ったものは？」と表示された。

間違いない。これは自分のためだけに用意されたログイン画面だ。震える手で、「キーホルダー」と打つ。

するとシステムが起動し、画面に「このパソコンの内容について」という但し書きが表示された。自分のために用意されたであろう、その内容を確認する。

良子はオルカの持っていた全てを手にした。ニセの戸籍、ハッカー仲間、コミュニティ……良子はオルカになりすましてそれら全てを利用することができる。そもそも一定の関係性と機能さえ維持できれば本物もニセモノもない。オルカはもういないのだから、良子がオルカになっても不都合はない。だが、果たしてそんなことをしてよいのだろうか？　オルカはなにを望んでいたのだろう？

良子はオルカが自分にＵＳＢメモリを託した意味を考え、遺産を受け取ることにした。今、この時から良子はオルカになったのだ。良子はオルカからバトンを渡された。小さなさざ波のようなバトンだ。

良子がブラウザを立ち上げると、オルカが最後に見ていたタブが表示された。それはここの地元の高校生のブログだった。その高校の図書室で暮らしている少年のことが紹介されている。それが妙に気になった。図書室で暮らすなんて、とても素敵だ。良子にしては珍しく会いたいと思った。「感情がなければ生きている意味はない」と言ったオルカの言葉が脳裏をよぎる。おそらくオルカも単なる好奇心でこの少年のことを調べていたのだろう。良子はその図書室に行ってみようと思った。

春とはいえ、夜気はひんやりと冷たかった。でも今はそれが心地よい。途中でコンビニによって適当に飲み物とお菓子を買う。駅前でガトーフェスタハラダのラスクを売っていたので、それも買った。

校門は閉ざされていたが、横の通用口を押すと簡単に開いた。視界を遮るもののない校庭を横切って無事に校舎までたどりつくと、一階のはじに灯《あか》りが見えた。あそこだろうと見当をつけて歩いて行くとだんだん緊張してきた。

目指す部屋の窓のところに着いた時に、その緊張は頂点に達していた。今さらなんと言って声をかけよう、自分は何者だと言えばいいのだろうと迷う。何事でも事前に準備してからでないと行動しない自分にしては珍しい。

良子が迷いながら窓から中をのぞくと、頼りない灯りに照らされた図書室が見えた。たくさんの書架が並んでいる。

前触れなくがらりと窓が開いた。はっとして良子はあとずさる。窓から男の子が顔をのぞかせる。童顔であどけない表情をしている。

「やあ」

やあ、なんて言われたことがない。アニメ以外でそんな挨拶をする人間はいないだろう。首を伸ばしてこちらを見ている。暗くて良子の姿がよく見えないのだろう。

「こんばんは」

とはいえ、ちゃんと挨拶を返す。

「誰？」

「通りすがりの者です。図書室に住んでいる男子生徒がいると聞いてやってきました」

「あ、そう。そんな珍しいものでもないけどね」

そう言ったが、男の子は少し誇らしげだ。噂になっているのがうれしいのかもしれない。

「図書室で暮らせるなんて素敵です。うらやましい」

考えるよりも前に言葉が出る。自分にしては珍しい。ふだんは考えても言葉にできないことの方が多いくらいなのに。

「君もここに住む？　広いから充分住めるよ」

どきっとした。素敵過ぎる提案だが、今の自分には自分の部屋と生活がある。

「可能ですけど、今は止めておきます。いずれあなたのそばに住みたいと思いますけど」

自分でもなぜそんなことを言ったのかわからなかった。思わず口から出ていた。

「僕のそば？　どういう意味？」

「深い意味はありません。なんとなく言っただけ。これは差し入れです。駅前で売っていたので買ってみました」

さきほど買った飲み物とお菓子の詰まったコンビニ袋とラスクを差し出す。

「ありがとう！　君も食べたい？」

男の子はうれしそうに受け取る。

「実は私はそのラスクを食べたことがないのです。さきほどから関心を持って見ておりました。味見できれば幸甚です」

男の子はラスクの袋を開けると、ひとつを良子に差し出し、自分でもひとつ取ってすぐにかじる。

「うん。これいいな。また食べたい」

「美味しい」

良子も一口食べて驚いた。甘さ控えめで香ばしい。いくらでも食べられそうだ。

「もうちょっと背伸びしてくれない？　暗くて君の顔がよく見えない」

「私からはあなたの姿はよく見えます」

「そりゃ、こっちは図書室の中にいるからね」

「それでいいじゃないですか」

我ながら全く理屈になっていない。良子は自分で言って自分でくすりと笑った。男の子も苦笑する。

「あのさ。ギリシャ神話って知ってる？」

それから男の子は最近読んだ本の話をしはじめた。良子はうなずきながら、それに聞き入る。

「あなたは大変心地のよい人ですね、主に私にとってですが」

「そうかな？　僕も話してて楽しい。そういえば君に似た感じの大人の人が来たことがある。ネットで見たとか言ってて」

オルカだと良子は直感する。

「似た感じとは？」

「その人も姿を見せてくれなかったけど、話した感じがなんだか似ていた」

良子は胸が痛くなった。

「私もその人を知っています」

それからふたりはだいぶ長い間話し込んでいた。のちに思い返してもなにを話していたのか、少年が本の話をしていた以外あまり記憶にない。ただ、楽しかったことだけ印象に残っている。

「また会えるかな？　差し入れありがとう」

「会えますよ、必ず」

そう言うと良子は校舎から離れた。

「またね！　必ず来てよ」

少年は何度も手を振った。

良子は歩きながら時計を確認した。三十分以上経っていた。こんなに長く人と話せるなんて最近では珍しいことだ。それ以上に珍しいのは、あの子にもう一度会いたいと思ったことだ。良子は好き嫌いに関わりなく、人に会いたいと思うことはほとんどない。たまに希美に会いたくなるくらいだ。

希美は長い時間を一緒に過ごしたのだから、思い入れが深いのはわかるが、高野肇はさきほど会ったばかりだし、彼のことはまだなにも知らない。それでも会いたい。いっそ図書室に戻ってしまおうかと思うくらいだ。

第九章　卒業　二〇一七年　春

沙穂梨は夢のような三日間を終えて日本に戻ってきた。飛行機に乗る前に拓人に就職が決まったことを伝えようと思ったが、なんとなくできなかった。ふだんならすぐに、「就職決まった！」と送るのだが、今回は最初に謝らなければいけない。しばらく返信しなかった上、「集中させて」とメッセージを送ったきり放置してしまった。なんと謝ろうか考えているうちに搭乗時間になってしまった。

羽田空港まで母が車で迎えに来てくれた。いろいろ質問されるかと思ったが、そうでもなかった。晩ご飯はなにがいい？　と訊かれたくらいだ。

「どこから話していいかわからないくらいいろんなことがあった」

沙穂梨が興奮のさめない口調で話すと、母は「よかったじゃん」と答えた。いつもなら、もっと食いついてくるはずだ。なにかあったのだろうか？

「それで就職も決まったの？　面接もあったんでしょ？」

ややあって母が訊ねてきた。それが気になっていたのかと合点がいった。ガーゴイルへの就職を勧めていたけど、実際にアメリカに行ってしまうとなると寂しくなったのかもしれない。

「そうするつもり。セキュリティラボっていう研究所みたいなとこでアシスタントをすることになりそう」

「まだ決まったわけじゃないの？」

「あたしは決めてもよかったけど、向こうの人事の人が家族と相談した方がいいって」

母はしばらく黙っていた。車窓の風景が開け、レインボーブリッジが見える。

「いいなあ！　アメリカ、あたしも行こうかな」

母が突然大きな声を出した。

「本気？」

「冗談。お父さんはひとりにはできないもん」

「びっくりした」

沙穂梨は笑い、母も笑い出した。

スマホが揺れたので見ると、拓人からメッセージが入っていた。

――もう日本に着いた？　表彰式がネット中継されたからオレも見た。すごくよかった。ガーゴイルの本社ってバカでかいな。

どうやら怒っていないらしい。沙穂梨はほっとした。

――着いた。今、羽田から家に帰るとこ。見てくれたんだ。恥ずかしい。

――言いにくいんだけど、言っておいた方がいいと思うんで先に言っとく。

拓人が不穏なメッセージを送ってきた。やっぱり怒っているのかもしれない。なんのことだろう？

――なに？　なにかあった？

――うーん。誰が言い出したかわからないけど、お前がラスクのメンバーじゃないかっていう噂が広がってて、みんなが騒いでる。

――ラスクのメンバー？　光栄じゃん。

――違うんだよ。最初はオレもそう思ったけど、お前はハッカーだから退学させろって言ってるんだ。

――はあ？　意味わからない。だってあたしは悪いことしてないよ。

――きっとあいつらもそれはわかってる。わかってて、でもお前がうらやましかったり、ねたましかったりしてそういうことをしてるんだと思う。先生の話だと生徒の保護者からもそういうクレームが来たんだって。

なにを言ってるんだろう？　根も葉もない噂で生徒の保護者からクレーム？　わけがわからない。学校を休んでガーゴイルに行って目立ち過ぎたせい？　ガーゴイルへの入社と並行して、大学への推薦もお願いしていた。あの話はどうなるのだろう？

「もしかして学校のことで連絡あったの？　担任の高槻《たかつき》先生が来たのよね」

ショックで返信できないでいると母が沈んだ声で言った。

「え、それってまさか」

「あんたがラスクのメンバーだっていう噂が広がっているから配慮をお願いしたいとかってね」

「配慮ってなに？」

嫌な言葉だ。なにか忖度《そんたく》しろと言っているのだ。でもなにも悪いことはしていない。

「わからないわよね。だから具体的にはどういうことですか？　って訊いたら、受験という時期でもあるし、他の生徒に影響を与えないように接触を控えていただきたい、とかよくわからないことばっか言ってた。だから、休学とか退学ということですか？　なにも悪いことはしていないのに？　って訊いた」

戸惑いと不安と怒りが渦巻く。

「ウソでしょ。なんでそんなことになるの？」

「とりあえずいいとか悪いとか関係なく、目立つ子を追い出すことしか考えてないんでしょ。まあ、そういうことですって言うので、きちんと自分の口で説明してください、そうでなければ理解できませんって言ったら、他の生徒への影響を考えてご自身で登校を遠慮するなどの配慮をお願いできればありがたい、って。もう出席日数は足りてるから卒業には問題ないんだって。しかも卒業式も出ないでほしい、とか言ってた」

「ウソ……」

「でも大丈夫。そんなことできない。だってこれがあるもん」

母はそう言ってスマホを取り出した。高槻の声が再生される。

「会話を全部録音しといて、先生が帰る時に聞かせてやった。真っ青になって、全てなかったことにしてください、って逃げてったよ」

「ナイス！　だけど、そんなに深刻なことになってるんだ」

「うるさい保護者がいるんでしょ」

「ごめんね」

「あんたが謝ることない。悪いのは向こうなんだから。とっとと卒業してアメリカに行った方がいいよ。今回のことでほんとにそう思った。日本にいたら、ろくなことにならない」

その通りだ。ガーゴイルが全社あげて人材を最優先しようとしているのに比べると天国と地獄くらいの差がある。こんなことじゃ日本の大学に行って日本の企業に勤務しても同じことが起こりそうで怖い。

家に帰って自分の部屋に入ると、スマホにメッセージが届いた。拓人かと思ったが、キャシーからだった。着替えながら確認する。

――ちょっと通話しない？

――はい。大丈夫です。

なんだろうと思いながら、部屋着に着替えて着信を待った。

「もう家に戻った？　体調はどう？」

キャシーの声を聞くとガーゴイル本社の明るく熱気にあふれた雰囲気を思い出して少し気分が晴れた。

「無事に着きました。ありがとうございます。ちょっと時差ぼけで眠いくらいです」

「そう。よかった。なにかトラブルが起きているようね」

どきりとした。

「え？」

「あなたがラスクのメンバーだという無責任な噂が学校に広がっているんでしょ？」

なんでそこまで知っているのだろう？　もしかして監視している？

「なぜ知っているんです？」

「あなたはバグ脆弱性報奨金プログラムの対象者で、奨学生プログラムのオファーも受けている。そういう人はガーゴイルとしても大事にしなければならないから。危害がおよぶ兆候があるとわかるようになっているの」

「どうやって？」

声が震えた。

「あなたやあなたの友達、家族、それから近所の状況はニュースやＳＮＳで把握できる」

「ＳＮＳ……ツイッターやグループＬＩＮＥも見てるんですね」

なるほど、それならクラスで話題になっていればわかるだろう。

「誤解しないで。あたしではなく保護システムが安全確認をしていて、問題を見つけるとアラートをあげる。そこであたしが直接確認するわけ。いつもあたしが見ているわけじゃない」

「保護システム？」

「正確に言うと、Comprehensive Protection System for the Stake Holders on the Social Media。ＣＰＳって社内では呼んでいる。インスタグラム、フェイスブック、リンクトイン、ツイッターなど十数種類のソーシャルメディアとネットニュースや掲示板をチェックして、社員や関係者に関するネガティブな表現が一定の頻度で現れるとアラートを出す仕組み。内容によって本人に知らせる場合と知らせない場合がある。今回は知らせた方がいいと思ってね」

「それって社員を守るための専用システムなんですか？　わざわざそんなものまで作るなんてすごい」

「うちは良くも悪くも注目されやすいからね」

「もしかして社員が会社の情報を漏らしたり、悪口を言ったりするのもばれるんですか？」

「ほんとにカンがいいわね。その通り、それも対象にしている。ソーシャルメディア上の情報漏洩もチェックしている」

「それって社員の持ってるアカウントを全部把握しているってことですか？」

「機密保持契約は結んでいたよね？　入社の際にいくつか確認事項があって、そこで保護システムの利用にOKするとガーゴイルのアプリが自動的に使用しているアカウントを検出する」

「どうやって？　だって完全に個人で勝手に作ってるだけですよね？」

「ガーゴイルの社員がパソコンやスマホにガーゴイルのアプリをなにもいれないなんてことはないでしょう。パソコンやガーゴイルOSのスマホなら自動検出可能。ほとんどの社員はガーゴイルのアプリと人事情報の連携にパーミッションを与えている」

「ちょっと怖くありませんか？」

「そう考える社員もいるから全員が加入しているわけじゃない。沙穂梨は以前あたしにアカウント利用の許可をくれたからそこで保護システムに接続した。沙穂梨の場合は、マップのアプリから把握できる範囲だけど、それでもだいぶわかる」

そうだったのかと沙穂梨はショックを受けた。あの許諾は想像以上の効果をもっていたらしい。

「………」

「誤解しないでね。これはとてもあなたにとって利益のある安全なことなんだから」

そう言ってキャシーはソーシャルメディアの監視について説明を始めた。噂がいつはじまってどんなふうに拡散し、保護者がクレームを入れるようになったかが詳しくわかる。

「誰が噂を広めている人かもわかっているけど、知りたい？」

ここにいるあたしより、海の向こうのキャシーの方が正確な情報を持っているなんて皮肉だ。

「お願いします」

「山中、川崎、土田が中心。学校にクレームを入れたのは山中の母親と川崎の母親ね」

「その三人ならやりそうです」

「あなたがガーゴイルに入社する意思を決めたら、ほとんどのＳＮＳから書き込みを削除できるし、必要があれば彼らのアカウントを停止できる。これは明白な規約違反行為だからね。彼らが書き込んでいるＳＮＳの運営会社にうちの弁護士から削除要請を出すだけなので簡単。お互いに慣れてる」

ほんとにいたれりつくせりだ。

「ありがとうございます」

「ガーゴイルはいつでもあなたを見守っているし、待っている。サンフランシスコには仲間がいる。そのことを忘れないで」

キャシーの言葉に胸がつまった。


帰国翌日、不安に襲われながらも沙穂梨は拓人とともに登校した。たった二日間、前後の飛行機での移動日数を入れても四日間ほどいなかっただけなのに、日本の高校に通っていたことがひどく昔のように感じられる。

教室に入ると始業前なのに、なぜか担任の高槻が来ていた。沙穂梨を見ると、すぐに手招きする。

「ちょっと話をしよう」

急に心と身体が重くなった。

「はい」

沙穂梨が返事すると、高槻は無言で先に立って歩き出した。仕方なくついてゆく。クラス中の視線が集まっているようでつらい。数人のささやきが聞こえて来る。なにも悪いことはしていないのに。

「オレらも行っていいですか？」

廊下に出ると、拓人と数人が高槻の前に立ち塞がった。

「ダメに決まってるだろ」

高槻はにべもなく断る。

「なんでです？　やましいことでもあるんですか？」

拓人は重ねて食い下がる。

「お前らは授業を受けてろ」

「鈴木だって授業を受ける権利あるでしょ。矛盾してますよ」

「本気でそんなこと言ってるのか？」

高槻のこめかみに血管が浮き出し、顔が赤くなっている。これ以上怒らせると危ない。

「あたしなら大丈夫だから、授業受けてて」

そう言って拓人たちに笑ってみせる。ほんとうは一緒についてきてほしいが、そこまで無理は頼めない。それに高槻は絶対ダメだと言うだろう。拓人たちが言うことを聞かなければ他の教師を呼んで騒ぎが大きくなる。

沙穂梨の言葉で、拓人たちは道を空け、高槻と沙穂梨は廊下を進み、「生徒指導室」と書かれた部屋に入った。これまで一度も入ったことのない部屋だ。まさか自分がここに来るとは思わなかった。

「スマホを出せ」

部屋に入り、扉を閉めると高槻はいらいらした口調で沙穂梨に命じた。

「え？　あたしが録音すると思ってるんですね。別に正しいことしてるなら録音されても問題ないですよね」

さすがに沙穂梨も頭にきた。なぜこんな風に理不尽な命令を受けなければならないのだろう。

「いいから出しなさい」

「はいはい」

沙穂梨はポケットからスマホを出したが、高槻には渡さないで画面を見えるようにかざし、ロックを解除した。

「なんだこれは？」

画面ではマイクのデザインのアプリが動いている。

「録音アプリです。現在録音中です」

「なにしてる。やめろ」

高槻の顔が真っ赤になり、両手で沙穂梨のスマホをつかもうとする。

「あっ」

高槻がスマホをつかむより一瞬早く沙穂梨がうしろによけた。

「渡しなさい」

沙穂梨の腕を高槻がつかむ。

沙穂梨は身の危険を感じた。こんなふうにつかみかかられたことなんかない。高槻はパニックを起こしている。

「助けて！」

思わず叫んでいた。

「うるさい。黙れ」

高槻がさらに怒鳴る。

その時、扉が開いて拓人たちが飛び込んできた。その場の様子を見るなり、スマホで撮影を始めた。

「高槻先生、動画撮ってますけどいいですか？　これって立派な暴行罪ですよ。強盗致傷とかにもなるんじゃないかなあ」

拓人の言葉に高槻はあわてて沙穂梨から離れた。

「もうユーチューブにアップして、ツイッターにも流しました」

拓人の横にいた松坂由梨香がスマホを操作しながら叫ぶ。

「なんだと！　消せ！　すぐに消せ！」

高槻は半狂乱になった。

「先生は教師として正しいと思ってやったんでしょ。じゃあ、世間のみんなに判断してもらいましょうよ。ほんとに正しいのかどうか」

拓人の言葉に高槻は青くなる。

「……頼むから消してくれ。お前らだって受験があるだろ。内申書が心配じゃないのか？」

少しは落ち着いたのか低い声でそう言い、自分を取り囲んでいる生徒たちを見回す。

「ありがとうございます。今のセリフいただきました」

由梨香が笑顔でスマホからユーチューブに動画をアップロードする。

「なあなあ、ツイキャスで生放送してもいいよな？」

後からやってきた男子がスマホを高槻に向ける。

「バカ！　やめろ！　お前ら退学にするぞ！」

高槻は完全にパニックになっていた。怒鳴ると、一番近くにいた拓人につかみかかろうとする。

「やべえ」

拓人はあとずさってかわすが、高槻は追ってくる。生徒全員が高槻に押されるようにして生徒指導室から出た。

「教室に戻りなさい」

廊下には教頭と数名の教師がいた。高槻の動きがぴたりと止まる。

「高槻先生はちょっとこちらに」

教頭に手招きされて、高槻は死にそうな顔になった。

その日は教師に呼ばれることもなく、表向きには平和に終わった。


翌日、教室に行くと教頭がやってきて、高槻は休職したのでその代わりに自分が担任になると告げて出て行った。理由についてはなにも言わなかったが、昨日の騒ぎが原因に決まっている。教頭が教室から出るとクラスは騒然となった。

拓人が沙穂梨の席までやってきた。

「教頭が担任ってやだな」

相変わらず拓人は気楽だ。

「そんなつもりはないのに騒ぎがどんどん大きくなる」

沙穂梨は責任を感じていた。

「しょうがないよ。お前のせいじゃない」

「わかってる。わかってるんだけどさ」

考えあぐねた沙穂梨は、思い切ってキャシーに相談のメールを送った。キャシーからはすぐに返事が来た。

――今日、あなたの学校が終わった頃に電話する。

短く素っ気ないメールだが、沙穂梨はなぜかあたたかいものを感じた。

放課後、沙穂梨は拓人にドトールに誘われた。キャシーから電話が来るかもしれないのが気になったが、その場で出ればいいと割り切って拓人と話すことにした。とにかくひとりで抱え込んでいるのはつらい。ふたりで歩いていると、由梨香と数人の同級生も一緒に行くとついてきた。

「気にするなよ。元はと言えば高槻が悪いんだからさ」

拓人はひたすら沙穂梨を擁護してくれた。

「それはわかってる。でも、あたしが素直に言うことを聞いてれば誰も困らなかったでしょ」

「お前はなにも悪くない。悪いのはおかしな噂を立てたヤツとそれを信じたヤツだ」

「わかってる。わかってるんだけどね」

「じゃあ、もうそんなこと言うなよ」

「わかってるんだけど、正しいとか間違ってるとかを抜きにして、手っ取り早い解決方法を考えるとやっぱり……」

「ダメダメ」

拓人は絶対に休学や退学なんて考えない方がいいと言ってくれた。他の同級生たちも沙穂梨が悪いわけじゃないと何度も言ってくれた。それでも沙穂梨は悩んでいた。

拓人と別れ、家に向かって移動を始めるとすぐにキャシーから電話が来た。その時、違和感を覚えた。なにもおかしな点はない。キャシーから電話は来る予定だった。タイミングよく拓人と別れた直後だっただけのことだ。

「状況は把握しているので説明しなくて大丈夫よ。先にこちらから話をさせて。まず、最悪のケースは高校を卒業できないことだろうけど、ガーゴイルは高校卒業の資格にこだわらない。こちらの大学も所定の試験と手続きをすれば入学できるから日本の高校を卒業していなくても心配はいらない。つまり沙穂梨が今の高校を卒業しないことによって不利益が生じることはない。でも、あなたの出席日数と成績から考えて、この後学校に行かなくても卒業できるはず。だから安心して」

「ありがとうございます」

「他に気になっていることはある？」

「どう考えてもガーゴイル社に入った方がいいってのは頭ではわかっているんだけど、まだ決められないんです」

自分でもなんで躊躇しているかわからない。おそらくはこれまで日本で過ごしてきたのと全く違う人生になることが怖いだけなんだろう。

「沙穂梨にはごくふつうの日本の女の子のように大学に進学する選択肢もある。でも、そうしたらガーゴイル社との縁は切れるでしょう。逆に、ガーゴイル社を選べば日本のふつうの人生とは縁が切れる。どちらかを選ぶことになる」

「キャシーだったらどうする？」

「迷わずガーゴイルに行く。このチャンスを捨てるのはバカ」

そう言うとキャシーは笑った。

「そう言われるともう学校辞めてそっちに行った方がいいとしか思えない」

「あたしだったらそうする。でも強制はしない。沙穂梨の人生だから沙穂梨が決めるしかない。まだ時間はあるからじっくり考えて。それじゃあね」

キャシーはそう言って通話を終えようとしたので、沙穂梨はあわてて止めた。ガーゴイルに行く前に確認したいことがある。

「あの、言うべきかどうか迷ったんですけど、ＣＰＳ以外でもあたしのことを監視してますよね？」

「どういう意味？」

「あなたはあたしが友達と一緒にいないタイミングを見計らって電話してきたと思うんです。日本に帰ってきた時も自宅に戻ってからメッセージが届きました。つまりあたしの位置情報をスマホから読み取り、あたしの近しい人の位置情報も読み取って一緒かどうかを判断していたんじゃないかと思いました。マップアプリの情報を入手できるならできますよね」

「あなたは最高だわ。やっぱりあの脆弱性を見つけただけのことはある。ふつうの人にはそういうカンはない」

「ありがとうございます。では当たってるんですね」

「正確には違うけど、だいたいそんなところ」

「正確にはどういうことなんでしょう？」

「ビーコンを使ったの。ＣＰＳも使えるけどそれでは不充分だった。あなたが、ひとりでいる時に通話したかったからね」

その発想はなかった。確かにひとりでいる時に連絡があった。しかしそれをするためには、沙穂梨と一緒にいる可能性のある人物の位置まで把握していなければならない。

「ビーコン？」

「ガーゴイルがスマホのＯＳやアプリを提供していることは知っているでしょう？　特

にマップやブラウザ、メールはかなり広く使われている。あとモバイル広告もたくさん配信している」

「あたしも使ってます」

「ガーゴイルのそれらのプロダクトは人間の耳には聞こえない音を発信し、聞いている。その音はそれぞれのスマホ固有のものだから、ビーコンを聞けばどのスマホか特定でき、ビーコンが聞こえるということは近距離にいることを意味する」

一瞬、なんの話かイメージがつかめなかったが、すぐにわかって愕然《がくぜん》とした。ガーゴイルのプロダクトはほとんどのスマホに入っている。メール、マップ、ブラウザ、スケジューラ、アドレス帳……ガーゴイル社の製品をなにも使っていない人は滅多にいない。つまり世界中のほとんどの人が誰の近くにいるかをガーゴイルは把握しているのだ。

「どこで誰と会っているかわかってしまうんですね」

「そう。便利でしょ。それだけでなくサンフランシスコの本社のホテルにあったガーゴイルホームという家庭用人工知能音声アシスタントとも連動しているから、ほんとにその気になればどこで誰といてなんの話をしているかわかっちゃう」

ガーゴイルホームは音声で命令すると、ネットを検索したり、パソコンを操作したり、連動する家電製品を動かしたりと、いろいろなことができる人工知能搭載の便利ツールだ。円形スピーカーのような外観をしている。家電量販店やネットでさかんに宣伝している新製品だ。それと連動しているのか……便利以上だ。安部響子がガーゴイルに行けと言った意味がよくわかる。ここまでできるのは国家を含めても世界で数えるほどしかないだろう。

「便利ですけどそこまでやっていいんですか？　だって誰といつどこで会っているなんてのは位置情報というより、プライベートな情報ですよね」

「その意見にはあたしも同意する。でも現実にはやっている。念のために言っておくと一般には知られていないので、誰にも話してはダメよ。守秘義務契約書にサインしたでしょ」

「なるほど。だからキャシーは教えてくれたんだ」

「それもある。でも一番の理由は友達だから」

「友達？」

「あたしはあなたと友達だと思ってる。あなたはそうじゃないの？　だったら悲しいな」

「そんなことない。あたしもそう思ってます。ただ、大人の女性で外国の人と知り合ったのは初めてだから驚いただけ」

　高槻や他の教師たちとは全然違う。いいことも悪いことも洗いざらい話してくれる。隠していることもあるだろうけど、それだって訊けば教えてくれるだろう。これまでの大人とは全然違う。

　理由もなく噂を広めていじめてくるような連中は大学に行ってもいるだろう。会社に入ってもいるだろう。自分はガーゴイルに行った方がいいのかもしれない。

　こんな時、安部だったらどうするだろう？　サンフランシスコのコーヒーショップで安部と話した時のことを思い出す。あたしにガーゴイルを勧めた。でも用心しなければならない。ガーゴイルが敵になる可能性だってある。いたる所に自分の敵がいる。でも避けてはいられない。敵の力を盗んで強くならなければ生きていけないし、勝つこともできない。

　日本にいる敵は脆《もろ》い上に愚かだ。あそこで勝ったとしても、その力は小さな社会でしか役に立たない。そういう連中が無責任な噂を流すのだ。日本を変えるには、もっと強くならなければいけない気がする。

「誰と誰が会っているってビジネスとかテロとか外交とかいろんなところですごく重要な情報ですよね」

「あなたはほんとにカンがいい。政府にはそこまでカンのいい人間はいないから情報協力を求められていない。でもわかったらきっと協力要請してくるでしょうね。ロシアとトランプの関係もどこよりもうちが詳しいと思う。だっていつ誰がどこで会ったかわかってるんだもの」

「この間、ガーゴイルがペンタゴンに協力するというニュースを観ました。戦争に協力するんですか？」

「あたしは反対しているし、たくさんの社員も反対して署名活動をしている。ガーゴイル社の核は人材。それが反発している限りはそうはならないとあたしは信じている」

この人たちは自分が反対することで社会を変えられる、あるいは変わるのを防ぐことができると本気で信じて行動している。最初から諦めている日本の大人とは違う。沙穂梨は決心した。

「決めました。そちらに入社します。よろしくお願いします」

「その言葉を聞けてうれしい。学校をどうするか決めたら教えて。準備しておく」

まだ自分の中に迷いはあるが、日本の大学への推薦入学は絶望的だ。ガーゴイルに行く以外の選択肢はなくなった。ふと、学校で広まった噂はガーゴイルの仕掛けたものかもしれないという不安が湧いてきた。沙穂梨を確実に入社させるための罠。いや、噂を流した人間はわかっているから違う。即座に否定したが、そういう疑問を持つことは大事だと思った。ガーゴイルは最高の会社だが、最凶の会社にもなり得るのだ。


安部がサンフランシスコに現れた情報をリークした河野は自分もすぐに現地に向かお

うとした。ああやって騒ぎにしておけば、安部を探すのは自分だけではなくなるし、通報しても警察が動いてくれる可能性が高くなる。

　意気揚々と空港に向かおうとしている時、電話が来た。

「河野さん、すぐにこっちに来てくれますよね？」

　吉沢だった。いつもこいつは大事な時に邪魔をする。

「ちょっと無理ですね。これから旅行なんで」

「あれぇ？　そんなこと言うと逮捕しちゃいますよ。これから旅行なんて怪しすぎます」

　吉沢がいやらしくくすくす笑う。

「なんの話だ？」

「知らないんだ。あれれ、ほんとに知らないのかなあ？」

　神経を逆なでするようなしゃべり方がほんとにむかつく。

「用がないなら切る」

「河野さんの最大の弱点は気が短いことですね。ラスクが活動を再開しました。僕も協力要請されてるんで、河野さんもこっちに来てくださいよ」

「な、ん、だ、っ、て？」

　声がうまく出ない。今？　安部がサンフランシスコで見つかったというのに、そんな派手なことをして平気なのか？

「だ、だって、サンフランシスコに……」

「また河野さんはだまされてる。あれは陽動作戦ですよ。ラスクのリーダーがあんな間抜けなことをするはずないでしょう。活動再開の直前に、ラスクのリーダーが姿を現すなんて話としてはできすぎてる。演出ですよ」

いや違う。サンフランシスコの騒ぎを起こしたのは自分だと言いたいが、言うわけにはいかない。

「とにかく早く来てください。まさかくだらないワイドショーのゲストに呼ばれてるからダメなんて言わないでしょうね」

うまく頭を整理できていないが、とにかく吉沢のところに行った方がよさそうだ。ラスクが動き出すというのは安部の安全は確保されているということだからサンフランシスコに行っても意味はないだろう。だったら吉沢の近くにいた方が情報は入りやすい。

サンフランシスコに行くために荷物と仕事道具一式をキャリーバッグに詰め込んでいたので、それを持ってタクシーに飛び乗った。

サンフランシスコの空港に姿を現したのが、吉沢が言うように劇的な復活を演出するためだった可能性はある。だとしたら自分はまんまとだまされて利用されただけの道化だ。〝主に私が〟に注目させたのも、画像で自分を認識させるのは危険が大きいから口癖で認識させるための布石だったのかもしれない。

「まただましやがって！」

思わず怒鳴ってタクシーの運転手に驚かれた。


沙穂梨は学校を休んでいた。学校側は卒業は大丈夫と保証してくれた。あとはアメリカで新しい生活をスタートするだけだ。母親には話して理解してもらえたので、義父の了解をもらえばいい。アメリカ行きの準備で英語とシステムを勉強していたが、どうも落ち着かない。今まで毎日通学していたのが突然なくなったせいだ。登校できなくなった理由に納得がいっていないこともある。思い出すと、もやもやしてくる。できるだけ考えないようにはしているのだけど、きれいに忘れることはできない。

そんな時はコードを書いた。集中できるし、コードが思った通り動くと達成感がある。ある時、沙穂梨はキャシーから聞いたビーコンをコードで扱う方法を調べていて、あることに気がついた。まだ解決されていなかったクラウド・メイズ広告最後の謎。自分ひとりの時だけ表示され、他の人と一緒の時には表示されないことが多かったという問題だ。あの広告にもビーコンを使っていたとすればつじつまが合う。そのためにはリアルタイムでビーコン情報を収集する能力がなければ無理だ。広告配信時にそんなことができるのだろうか？

技術的には不可能ではない。しかしそれを実行するには沙穂梨の発見した脆弱性だけでは不充分だ。沙穂梨の胸の中に黒い疑惑が広がる。沙穂梨はキャシーにメッセージを送った。

——相談したいことがあります。通話できますか？

——今？

——はい。

——いいわよ。

沙穂梨はコールし、キャシーが出るとすぐに訊ねた。

「この通話ってモニターされている？」

沙穂梨は声をひそめて訊ねた。

「されている」

「モニターされない通話は可能？」

「……可能だけど、もしそうしたいなら新しいスマホを入手するか、あまり親しくない誰かのスマホを借りることを勧める。私はそのためのスマホを別に持っている。親しい人のスマホはモニターされている可能性がある。あと通話アプリはスカイグラフがいい。私のＩＤはこれと同じ」

「わかった。ちょっと待って」

沙穂梨はもう一台のスマホを取り出した。めったに使わないが、いざという時のために持っている。充電しながらスカイグラフをインストールし、キャシーにコンタクトした。

「どういうこと？　深刻な相談？　進路について？」

キャシーが開口一番言った。周りに雑音が聞こえるのはオフィスを出て外で話しているせいだろう。

「違います。ガーゴイルに行く前にひとつ確認したいことができました」

「ああ、なるほど、危険そうな話題ね」

キャシーはなんとなく察したようだ。

「はい。ガーゴイル社はあたしの発見した脆弱性を知っていて放置していたんじゃないですか？」

「……なぜそう思うの？」

「あまりにも不自然な点が多いので、社内の誰も気がつかないわけないし、アレを見つけた人はクラウド・メイズ以外にもたくさんいたような気がするんです」

「そんなに簡単に見つかるものじゃないわよ。それにあなたもわかっていると思うけど、自由になんでもできるわけじゃなくて制約がある」

確かにそうだが、それを加味しても不自然だ。

「それだけじゃないです。もうひとつは、クラウド・メイズがビーコンを使っていた可能性が高いことです。あたしが脆弱性を発見するきっかけになったクラウド・メイズの広告は誰かと一緒にいる時には表示されないことが多かった。ビーコンはクラウド・メイズ、つまり広告出稿者が指定できるものではないので、ガーゴイル社はクラウド・メイズとなんらかの関係があった」

「なるほど。説得力あるわね。でもビーコンを使うってことはガーゴイル社とかなり深い関係にないと難しいはず」

「キャシーはこのことを知っているんですか？」

「知らない。でも確かめる方法はあるから確かめてみる。危険なような気もするけどね」

「危険です。あたしの推理ではガーゴイル社はヘッドハンティングのためにクラウド・メイズを利用していたのだと思います」

本当にキャシーは知らないのだろうか？　ガーゴイル社はあたしやキャシーが秘密を知ったとわかったらどうするだろう？　まさか口封じに殺す？　可能性はある。

あたしはそういう会社に入るのだ。その覚悟をしておかなければならない。なんだか安部を知ってから自分の人生がエンターテインメントだ。ただの陰《いん》キャだったはずなのに、いつの間にか海を越えた陰謀に巻き込まれてる。ネットは広大で無限の可能性の海だ。

「なるほど、その可能性は否定できない。確かにそう考えるとつじつまが合う。ガーゴイルは人材を重要視しているけど、そこまでやるとはあたしには思えない。社内に役員会直属の倫理管理委員会があるので、そこに相談してみる。そこなら秘密は守られるし、圧力も受けにくい」

「よろしくお願いします」

「まだ高校生でそこまで考えるなんて恐ろしい」

キャシーは笑いながら通話を切った。

安部がサンフランシスコに姿を現してからしばらくすると、クリスマスとなり、特に大きな騒ぎもないまま新年を迎えた。その間もラスク再始動の噂は流れ続けていたが、いまだにそのターゲットを含めた詳細は明らかにはなっていなかった。

沙穂梨は家に閉じこもったままの日々を過ごしていた。まだ納得できていないけど、どうしようもないし、四月からはガーゴイル本社のあるアメリカに行くのだ。そんなことを考えている時間はムダでしかない。

一方、二月に入ると拓人は早々にいくつかの私立大学に合格していた。日本で大学生活を送ることになる。拓人とは何度か会って互いにお祝いをし合ったが、この後の四年間、ふたりの関係がどうなるのか全く予想できない。あまり深く考えてもしょうがないので、なるようになるしかないと開き直った。

問題は三月一日の卒業式だ。拓人に来てほしいと頼まれていた。でも、学校側には来るなと言われていた。仮に行ったとしても沙穂梨の卒業証書は用意されていないだろうし、ただぼんやりみんなを見ているしかない。それは悲しすぎる。

もしかしたら追い出されるかもしれない。いや、家族や知り合いだって参加できるのだから、追い出されることはないだろう、黙って座っているだけなら。

「一緒に卒業しよう」

と言った拓人の言葉が頭の中でこだまする。

正直、こんなことになるまで卒業式には興味がなかった。なんならさぼってもいいとすら思っていた。でも、来るなと言われてからは出たいと思うようになった。人間ってわがままだ。できないことがわかると、その意味や重要性が初めて認識できる。

――来いよ。みんな待ってる。

拓人からメッセージが来た。

沙穂梨は高校生最後の日を過ごすために学校に向かった。妙に緊張してきた。

住宅街の平日の午前中は静かで気味が悪い。まるで登場人物のいない映画のセットみたいだ。沙穂梨はたったひとりの登場人物。主人公のはずなのに、ひどく居心地が悪い。

昔そうしていたように駅の改札を抜け、電車に乗る。時間が半端だから人はまばらだ。満員の車内を懐かしく思い出す。来月にはもうこの景色は過去のものになる。もうすぐ自分はアメリカで暮らすことになるのだ。少し感傷的な気分になったが、すぐに現実に引き戻された。

高校に着くと校門は閉ざされていた。横の扉を押して中に入ると、数学の沖田先生が自分を見ていた。

「お前、来るなって言われてたろ？　卒業証書は郵送するようになってるから今日はやれないぞ」

ひどく無神経な言い方だと思うが、作り笑いを浮かべてやり過ごす。

「友達の卒業を見送ろうと思って来ました。いいんですよね」

「しょうがねえな。体育館でやってる」

誰もいないだだっ広い校庭を横切って体育館に向かう。かすかに体育館から音が聞こえてくる。どきりとしてスマホを見るとまだ卒業式が始まる時間ではない。おそらくリハーサルか、準備だろう。

体育館の前には数人の教師がいた。

「鈴木だ」

ひとりがつぶやくと全員が一斉に沙穂梨を見た。

「友達を見送りにきました」

訊かれる前に声をかける。

「お前、アメリカに行くんだってな」

誰だっけ、こいつ。そうだ。確か美術かなにかの教師だ。

「はい」

「いい気になるなよ」

卒業式でケンカ売る気なのか？　もっと大人になってほしい。高校に限らず学校の教師にはろくなヤツがいない。教師という仕事は、待遇が悪い上に果てしなく責任は重い。自分の言動が受け持った生徒の人生を左右するかもしれないのだ。その責任をまっとうするための時間は充分に与えられていないから、そういうことに責任を感じたら教師はやっていけない。中にはまともな人もいるんだろうけど、当たり前のように疲弊して潰れる。こいつのように無責任で無神経なヤツばかりが教師として残ることになる。そのことを中学校の時に母親に教えられた。教師には期待するな、ほとんどの教師は母親や生徒より無責任で無神経だ。

「はあ」

言い返してやりたかったが、沙穂梨はこらえた。これが最後だと思うと心にゆとりが生まれる。

「アメリカなんか行ってあとで後悔しても知らんぞ」

やっぱりガーゴイルにしてよかったと確信した。笑い出しそうになったので、足早に体育館に入った。ふだんは土足厳禁だが、この日はシートが敷き詰められ、土足のままで上がれるようになっていた。

すでに生徒は席に着いていた。一学年百名に満たないこぢんまりした学校だ。卒業生と在校生、保護者だけのささやかな卒業式。人数が少ないおかげで全員を集めて卒業証書の授与を行える。

卒業生の席は満席だが、保護者の席はまばらだ。ほとんどが着飾った中年の女性ばかりの中で沙穂梨は目立った。周りに人のいない端っこの席に腰掛ける。

パイプ椅子の上に式次第が置いてある。校長の挨拶から始まり、卒業証書の授与、校歌斉唱。毎年同じだ。

年末に突然電話で呼び出されてから、ずっと河野は吉沢と一緒だった。年が明けてもまだ毎日顔を合わせている。

あの日、河野がインターネット安全安心協会に行くと、いつもの理事室ではなく広い会議室に案内された。数十人は入る会議室に、複数の巨大ディスプレイが設置され、吉沢と大場、それに見たことのないスーツ姿の五人の男が中央のテーブルで会議している。

「やっと来た」

吉沢はそう言うと、河野を手招きする。五人の男のうち二人は河野を知っているらしく、苦笑を浮かべた。テレビで安っぽい評論家商売をした悪影響だ。

「河野です。以前ラスクに関係していました」

手短にそう言うと、大場の隣の空いている席に腰掛ける。

「それで？」

となんの用で自分を呼んだのか吉沢に訊ねると、横からやせぎすのスーツが口を出した。

「それで？　じゃないだろ。知ってることを全部話せばいいんだ」

高圧的なしゃべり方、品のない顔、ノンキャリの警察官に違いない。

「あたしの知っていることは全て吉沢さんに報告済みです。それ以外になにか？」

「しばらくここにいて、気がついたことがあったら教えてくれればいい」

吉沢の言葉に河野はむっとした。

「あたしにも予定があります。しばらくとはどれくらいの時間のことでしょうか？」

「事件が解決するまで」

「そんなんじゃ困ります」

河野がそう言うと、別の男が立った。

「お前なあ。なめてると痛い目を見ることになるぞ」

「まああ、いいじゃない。男ばっかだとピリピリするでしょ。河野さんみたいなきれいな女の子がいた方がいい。おっぱいも大きいし」

最後のひとことはよけいだ。いや、二言くらいよけいだ。セクハラもいいとこだ。

「胸を見せに来たわけではないんで帰っていいですか？」

河野が立ち上がると吉沢がくすくす笑った。

「河野さんのそういうユーモアセンスいいなあ。でも僕みたいにリベラルじゃない彼らにはわからないから気をつけた方がいい。特にあっちのふたりは、性的なとこだけリベラルな大阪府警の人だから」

吉沢に指さされた二人はゲラゲラ笑い出した。

「吉沢さん、いやだなあ。ワシらは市民の味方に決まってるでしょ」

最低だ。こんな連中にラスクを捕まえられるはずがない。そもそもあいつらは日本にいない。

「ラスクは日本にいませんよ。メンバー全員が世界各地に散らばっているはずです。日本にいてできることはほとんどないです」

「河野さんはもっと柔軟に物事を考えた方がいいと思うなあ。日本にいなければ来るように仕向けるとか、やり方があるかもしれないでしょう。まずは情報収集と分析をしましょ。せっかく活動再開するみたいなんだから」

「噂でしかないですよ」

「河野さんはかわいげがないって言われない？　過去にもラスク活動再開の噂がたったことは何度かあったんですよね。単なる噂で終わった時と、本当に活動を再開した時がある。噂の出方や広がり方から考えて今度は本物です。ガセの時は噂の出所を特定できたんですけど、本物の時は特定できない。きっとラスク自身が噂を広めていたんですよね。あらかじめ噂を流すのは、世論を味方につけないと不利になると思っているからでしょう」

　ラスク自身が噂を広める。吉沢がサンフランシスコの空港に安部響子が現れたのを演出と言ったのはそのせいだったか。

「ほんとにラスクは復活するのか」

「そう思った方がいいでしょう」

「だからって大の大人がここに八人もいる意味があるのか？」

吉沢の考えていることがわからない。つい早口になった。

「敬語」

吉沢が低い声でつぶやく。

「すみません。つい……」

興奮して敬語を忘れていた。吉沢は憎たらしいし間抜けだが、こちらを簡単に潰せる力を持っている。機嫌を損ねるわけにはいかない。

「動きがありました。フェイスブックや掲示板などでラスク復活の噂が書き込まれています。やっぱり朝から夜にかけて情報をばらまいている。世界各地にばらけたメンバーが交代で自分のタイムゾーンでの噂の拡散を担当してるんですかね？」

大場の声とともにディスプレイにラスク復活が書き込まれたフェイスブックや掲示板が表示される。同時に違うディスプレイにツリー上のチャートが表示された。

「ツリー上の図は噂がどのアカウントから発生し、シェアされていったかを示していきます。最初とその次くらいまでのアカウントはボットかトロールでしょう」

「日本だとツイッターや2ちゃんねるあたりが中心になるのかなあ」

「ツイッターはこの手の騒ぎを起こすにはうってつけですからね」

「あれはＳＮＳ監視ツールのマインですか？」

河野がツリー状のチャートを示す。

「しーっ！　ここで使ってることがばれるとマズいから秘密ね。マインで正解」

ＳＮＳ監視ツールはフェイスブックやツイッターなどのＳＮＳの書き込みを監視するツールだ。活発なテーマやハッシュタグ、アカウントなどを自動的に解析する。

「活発で影響力の大きいボットやトロールのネットワークも検出するし、地名から位置を特定したりもできます」

大場が自慢そうに言ったが、それはお前の能力ではなくアプリの力だ。

「マインの最大の特徴は相互の情報共有。他のマインと情報を共有できる。いまアメリカのほとんどの警察署にはマインが入ってるし、ＥＵでも積極的に導入してる。ここのマインはもちろんその情報共有に参加してるから、いながらにしてアメリカやヨーロッパの共同作戦の状況を確認できる」

吉沢が補足した。ほんとにそうだとすればこれまでにない強力でやっかいな兵器だ。マインといえば、先日利用したオープンソースのＳＮＳ監視ツールの商用版だ。こんなにメジャーな製品になっていたのか。

そういう話をしてからもう三カ月近く経ったのに、河野はまだインターネット安全安心協会に拘束されていた。さすがに毎日家に帰れるし、日当も出るようになったが、ほとんどなにもすることがないのは苦痛だ。しかも同じ部屋にいるのは全員中高年の警察関係者ばかり。セクハラ発言は日常だし、夕方になると呑みに誘われる。河野はここの連中の下品さと頭の悪さにうんざりしていた。吉沢がまともで紳士的に見えるくらいだ。

だが、三月一日、突然事態が動き出した。インターネット安全安心協会の会議室で、河野がすることもなくネットを徘徊しているとガタンと音がした。音のした方に目をやると大場が腰を浮かしている。なにかあったようだ。

「ラスクが攻撃を始めたようです」

大場が叫んだ。

「ターゲットは?」

吉沢が怒鳴る。

「クラウド・メイズです。声明も出ました。まもなくアメリカDHS（国土安全保障省）長官が記者会見を行うそうです。どういうことなんでしょう? ああ、ラスクが現在行っていることはテロ行為に当たるという話だそうです」

「クラウド・メイズってダークウェブでしょ? それがなんで?」

「ええと記者会見で詳細が発表されるみたいですけど、要するにターゲットがどこであれ法執行機関でない組織が勝手に攻撃を行えばそれはテロだということらしいです。ネットではさっそく炎上してます。そんなことを言ったらアノニマスもテログループになるのかとか、そういう感じです」

大場が早口で説明する。さきほどまでラスク関連の発言を表示していたディスプレイには、滝のようにすごい勢いで各国の発言が表示されている。とても見てわかる状態ではない。もうひとつのディスプレイも瞬く間にツリーが成長し、分岐し、画面を覆い尽くす。

「想像をはるかに超えちゃってるな。ラスクは人気あるねえ。ディスプレイを数値の表示に切り替えて」

吉沢が苦笑する。大場が操作すると、どちらも表形式の数値の表示になったが、数値がくるくるとすごい勢いで増加して目で追いきれない。

「対数グラフ！」

吉沢の言葉でまたチャートに切り替わり、今度はさきほどまでよりは見やすくなった。

「やっと本番だね。やっぱりＤＩＴＵの情報は確かだった」

吉沢が楽しそうに微笑んだ。

「ＤＩＴＵ？」

聞き慣れない言葉に河野がオウム返しする。

「ＦＢＩの中の組織。Data Intercept Technology Unit の略。世界最強の盗聴組織だね。スノーデンの暴露の時にも出てきたでしょ」

吉沢の言葉で河野は思い出した。スノーデンは二〇一三年にアメリカの国家安全保障局（ＮＳＡ）などの広範な監視活動を暴露した。特に衝撃的だったのはマイクロソフト、ヤフー！、グーグル、フェイスブック、ユーチューブ、スカイプ、アップルなどの大手IT企業やプロバイダが利用者の情報をNSAに提供していた点だ。この時、これら大手IT企業はNSAに直接情報を渡さずにいったんDITUを介していた。

「思い出した。そうだったのか」

河野はあらためて世界中の警察がラスク逮捕に向けて動いていることを感じた。

ガーゴイル本社の社内ネットワークに広報が臨時ニュースを流した。目を向けたキャシーは驚いた。ラスクがクラウド・メイズの攻撃を宣言したのだ。世界的なハッカー集団ラスクが再び動き出したという噂は数カ月前から流れていたが、まさかクラウド・メイズが標的とは思わなかった。沙穂梨が言っていたことと関係があるのかもしれない。社内ニュースにはいくつかの画像が添付してあったので、それを見る。最初に目に入ったのは日本語のメッセージだ。

――我々はラスク。インターネットの自由を守るために再び降臨した。ダークウェブ最大最凶の犯罪サイト「クラウド・メイズ」を叩き潰す。＃ラスク

続いて英語、中国語、スペイン語、韓国語版のメッセージが流れてくる。ラスクのシンボルマークであるスペードのマークのついたラスクの画像も表示される。

予想はしていたものの、目の当たりにするとやはりどきどきする。ツイートの時刻を確認すると三十分以上前だった。キャシーはツイッターを開いてタイムラインを追う。その後はリツイートと議論が嵐のようにネットを席巻《せっけん》し、トレンド入りしていた。

どうやら声明から十分後には「クラウド・メイズ」のサーバーは停止したようだ。それから各国の独立系のネットニュースにも載り始めている。

それにしてもなぜ三十分も経ってから社内に流したのだろう？　不思議に思いながらもう一度社内ニュースを確認すると、とんでもないものへのリンクが貼られていた。半信半疑でそれを確認する。

さまざまなメディアがトップニュースで報じていた。間違いない。

「わお」

思わず声をあげてしまった。アメリカのＤＨＳ長官がテロリストと断定し、放置すればサイバー空間の９・11が起こると記者会見で発表していたのだ。続いてユーロポールが、ラスクに対して「安全保障上の危険がある」と発表した。アメリカを始めとするヨーロッパ各国は通信事業者などの協力を仰ぎ、クラウド・メイズを攻撃しているラスクを追跡し、位置を特定しようと躍起になっているらしい。

ラスクがクラウド・メイズを攻撃したことよりも、ＤＨＳとユーロポールの反応の方が気になる。こんなに早く、しかも過敏に反応しているのは、どう考えてもおかしい。

裏があると直感した。

社内ネットはラスクの件で大荒れだった。クラウド・メイズを攻撃したことへの賛否両論と、ＤＨＳとユーロポールの対応に対する批判と憶測で埋まっている。ヤシーはざっとそれらを覗《のぞ》いてみたが、これといって新しい情報はないようだ。みんなは、まだ沙穂梨の情報を知らない。ガーゴイルもこの事件にからんでいるかもしれないのだ。どこかで情報を得られないだろうか？　手当たり次第に業界内外の知り合いに連絡して情報収集する。

――うちにも情報提供の要請が来てるんじゃないのか？

社内ネットで誰かが言い出し、複数の部署の現場責任者から「うちには来てない」という返事が書き込まれる。どうやら当局から要請は来ていないようだ。

――ものすごい勢いでフェイクニュースが拡散されている。うちのフェイクニュース自動判定システムを信用するなら、現在ツイッターとフェイスブックに流れている情報の八十パーセントはフェイクニュースだ。

フェイクニュース対策を担当している開発部のチームから書き込みがあり、統計数値とグラフがアップロードされた。どうやら誰かが意図的にラスクを攻撃するネット世論操作を仕掛けているようだ。いったい誰がなんのために？　まさかＤＨＳとユーロポール……バカな。じゃあ、攻撃されたクラウド・メイズの反撃？

発電所を狙っていた、大手ECサイトの個人情報をダークウェブで販売していた、原発をハッキングして失敗したなどなど。それが無責任にSNSで広がってゆく。いくつかのメディアが検証を行い、フェイク認定したが、フェイクニュースを拡散する圧倒的な数に押し流される。

――クラウド・メイズを攻撃したのは仲間割れが理由。ラスクもあのサイトで金を稼いでたんだってよ。

――アメリカの発電所にサイバー攻撃するって脅迫状をラスクが送ってる。要求に応じない複数の発電所に攻撃をするつもりだ。

業界内にいてある程度事情を知っているキャシーにはウソだとわかるが、一般人なら信じてしまっても不思議はない。

SNSでは事実よりもフェイクニュースの方が早く広く拡散することが、いくつかの調査で明らかになっている。フェイクニュースの拡散が始まると止めるのは難しい。

アメリカのDHS長官とヨーロッパ各国がテロリストと名指ししたこともあって、世界中のテレビとニュースメディアはラスクに関する特集を組んだ。CNN、BBC、Fox、どの番組もラスク一色に染まった。その番組でもフェイクニュースは紹介され、さらに拡散が加速した。その結果、じょじょにラスクを責める声が増えていった。社内ネットもラスク擁護派と批判派に分かれて熱い議論が繰り広げられている。

知り合いもみんな事情がわからず、困惑しており、大手ＩＴ企業ではどこも社内でラスク擁護派と批判派の対立騒ぎが起きている。

――広報部よりお知らせします。当社はミニクロソフト社、ガップル社など十社と共同で、ラスクをインターネット上の脅威として非難し、捜査当局に協力する旨を発表する予定です。本件に関する問合せは広報に一元化します。プレスリリースおよび詳細は別途ＰＤＦを参照してください。

突然、広報から書き込みがあった。ただでさえラスクの事件で大騒ぎになっていた社内ネットが一気に炎上した。ラスク擁護派も批判派も一斉に広報に抗議を始めた。キャシー自身も抗議したくなった。

――ありえない！　事件発生から三十分でＤＨＳとユーロポールが記者発表し、フェイクニュースがあふれ、ＣＮＮ、ＢＢＣ、Ｆｏｘなど主要メディアが取り上げた。そのうえ、大手ＩＴ企業が共同で非難する？　そこまでの事件か？　いったいラスクはなにをした？　ほんとうはなにが起きてるんだ？

誰かが書き込んだ。全くその通りだ。知り合いからの連絡でも同じことが他社でも起きていることがわかった。このままでは済まない。当局は〝なにか〟を隠そうとして必死だが、いくらなんでもやりすぎだ。ここまでしなければならないこととはいったいなんだろう。

――もはや世界のどこにもラスクの逃げ場はない。二十四時間以内に逮捕できる。二度目の記者会見を開いたアメリカＤＨＳ長官は高らかに宣言したが、キャシーには空虚に聞こえた。

沙穂梨のことを思い出し、携帯を手にして部屋を出た。メッセージより通話の方がいい。

「沙穂梨？　ニュースを観て！　おそらく日本でも流れていると思う。ネット中継のＵＲＬも送っておく。ラスクがクラウド・メイズを攻撃して、アメリカの司法当局やＥＵの警察と大手ＩＴ企業が非難している」

電話がつながると、まくしたてた。

「どういうことです？」

ちょっと興奮しすぎたかもしれない。沙穂梨が驚いている。どうやらラスクの事件を知らないようだ。説明しようとした時、軽く肩をたたかれた。びっくりして振り向くと、人事部長が立っていた。すぐに電話を切れとジェスチャーで言っている。

「あたしにもよくわからない。なんでアメリカの司法当局やガーゴイルがクラウド・メイズを擁護するようなことを言ってるのか見当もつかない。もしかしたらこの間沙穂梨が言っていたガーゴイルとクラウド・メイズが繋がっているという話が実はもっと大きな陰謀だったのかもしれない。とにかく観て！」

それだけ言うと、電話を切った。

「すまないね。臨時役員会が開かれている。君に来てほしいそうだ」

キャシーは部長の顔をまじまじと見る。全く心当たりがない。そもそも役員会が開かれていることなんか知らない。本来、役員会の日程は開催の二カ月以上前に決められるルールだ。総務を含む間接部門には連絡が回るし、準備にかり出される。当然、人事のキャシーに連絡が来ないはずがない。だが、今回はなんの連絡もなかった。

「役員会が開かれているんですか？　なんのために？」

キャシーの質問に部長は肩をすくめた。

「私も今知ったばかりで、なにも知らない。知っているのは彼らが君を必要としていることだけだ」

嫌な予感がした。

「わかりました。参ります」

キャシーはそう言うと役員会議室に向かって歩き出す。

「そうそう。倫理管理委員会も一緒だ。心当たりはあるかね？」

うしろから部長に言われた。そういうことか。沙穂梨の疑問は当たりだったに違いない。ラスクの事件も偶然の一致とは思えない。やはり、ラスクのクラウド・メイズ攻撃には裏があり、ガーゴイルも深く関わっているに違いない。

それにしても臨時役員会が開かれるのはただごとではない。各役員は分単位でスケジュールが決まっている。全員を集めるには他の予定をキャンセルさせなければならない。海外の大臣との会食もある。キャシーは身震いした。

役員会議室の扉の前に立ったキャシーがノックすると、「入りたまえ」と声が返ってきた。ドアノブに手をかけたところで手を止めた。もしあの問題がそこまで大きな問題だったら、開けたとたんに殺されてもおかしくない。ガーゴイルに限って、そんなことはないと信じたいが、可能性はゼロではない。あわてて私用のスマホを取り出し、信用できる開発部の友人にメッセージを送る。一時間以内にメッセージが来なかったら、自分のメールのログを取り出してしかるべきところ、警察か新聞社に持ち込んでほしい。そう伝えると事情はわからないけど引き受けたという返事が返ってきた。

キャシーは腕時計で時間を確認し、扉を開いた。

円形のテーブルに二十三人の役員が全員そろっていた。会長のシュミットまでいる。臨時なのにそろっているなんて信じられない。部屋の隅に倫理管理委員会のメンバー数名が立っている。

「ラスクの事件は知ってるね？」

シュミットがくだけた口調で話しかけてきた。

「はい。本日起きた事件なら存じています」

キャシーは立ったまま答える。

「今日の役員会のテーマは君が倫理管理委員会に持ち込んだ件についてだった」

シュミットがため息まじりに口を開く。「だった」とはどういうことだ？　沙穂梨の仮説はあたっていたということか……しかし、まさか……。

「倫理管理委員会を代表して答える。君から指摘された問題は、結論から言うとなかった」

シュミットはそう言うと、倫理管理委員会のメンバーに顔を向ける。

「そうなんですか？　それじゃあ、なぜ臨時役員会を開いているんです？」

「違う問題があったんだ。ふたつもね。ひとつはさっき発生して現在進行形だ」

倫理管理委員会のひとりが腕を組んで答える。さっき発生した問題というのはラスクの事件のことだろう。もうひとつは説明が難しいことのようだ。

「時間がない。ざっくりと全てをありのまま話そう。彼女にも社員にも。その方が我々らしいし、小細工している時間が惜しい。さっきの記者発表は完全に失敗だった」

シュミットが手を叩くと他の役員は顔を見合わせた。さっきの記者発表とは大手ＩＴ企業が共同でラスクを非難したことか？　キャシーには全くわけがわからない。

「反対の者はいるか？」

シュミットが立ち上がると、即座に数人が、「異議なし」と応じる。ばらばらと他の役員も同調した。

「よし、賛成多数だ。これでキャシーに話せる」

シュミットはそう言うと、キャシーに座るように言った。

「ラスクがダークウェブを攻撃したからって、あんな大騒ぎになるはずはない。ちょっと知ってる人間なら誰だってそう思う。ラスクがクラウド・メイズを攻撃したのは、裏の仕掛けを叩き潰すためだった。もちろんうちが人材確保のためにやっていたわけじゃない。いや、それもないとは言わないが、本来の目的はそこじゃない」

キャシーは腰掛けながら、シュミットの次の言葉を待った。いったい、なにが起きているのかやっと明らかになる。


世界の安全保障関係者やマスコミが大騒ぎを続けている最中、ラスクのリーダー安部響子と高野肇はカナダのバンクーバーで状況を冷静に分析していた。ダウンタウンのホテル、サットンプレイスのスイートルームに数台のパソコンとディスプレイを設置し、コーヒーを味わいながら世界を相手におおがかりな罠を仕掛ける。

「撤収しましょう」

安部が満足そうにつぶやく。

傍らにいた肇は安部の言葉にうなずく。

「ここの処分は手配してあるので、後はまかせて空港に行きましょう」

肇はすでに地元の便利屋にディスプレイなど荷物の処分を依頼していた。証拠になるようなものは、自分たちでこのまま持ってゆく。

ふたりはそそくさと部屋を出てタクシーに乗り込んだ。

「昔の友達に会いに行きます」

「え？」

タクシーで移動中、唐突に安部が言い出した。肇は一瞬、耳を疑った。世界中から追われている時に、昔の友達に会うとは危険すぎる。安部は数年前まで日本を出たことがなかったから昔の友達は日本にいるに違いない。日本には敵が多い。

そういえばそもそも安部から友達の話を聞くこと自体が初めてだ。

「高校時代の友達なんです」

「……あの、ちょっと驚きました」

「私に友達がいたことがそんなに驚くことですか？」

「そういうつもりでは……」

「いえ、いいんです。確かにいなそうですものね。でも、たったひとりだけ友達と呼べる人がいました。高校以来、お目にかかっていませんが彼女ももう三十一歳なのですよね」

そういえばふだん年齢を意識することはなかったが、安部も三十一歳なのだ。肇はあらためて年齢を感じさせない少女のような容貌の安部の顔を見る。

「どこにいるかわかっているんですか？」

「すでに会う手はずは整えています。これから行くんですよ。もちろん、あなたも一緒に」

「えっ、しかし……危険じゃないですか？」

過去につながりのある人物にはすでに、捜査の手が伸びている可能性がある。そんな危険を冒すなんてふだんの安部なら絶対にしない。

「人生は危険と隣り合わせです。これまでもうまくすり抜けてきました。今回もきっと大丈夫。ずっと会いたかったのですが、あなたがおっしゃるように危険を考えて会う勇気が出ませんでした」

「じゃあ、なぜ？」

「あなたと行動を共にするようになって勇気が出ました」

安部の決意は固いようだ。肇はため息をつく。

「どんな人なんですか？」

「長い話になりますので、移動しながらお話しします。まだお話ししていませんでしたが、子供の頃は佐野良子と名乗っていました」

沙穂梨は居心地の悪い卒業式の会場でひとりぼっちだった。

チャイムが響き、教頭が壇上に現れ、卒業式を始める旨の挨拶を行う。いつものことだが、発音がはっきりしないため、なにを言っているのかよくわからなかった。なにかを食べながらしゃべっているようだ。クセなのだろうが、よくそれで教師を続けられたものだと思う。

次に校長が現れ、十分ほど話をした。やっぱり来ない方がよかったかもしれない。なんだかつらい気持ちでいっぱいになる。なんのためにここにいるのかわからない。拓人の姿もまだ見つけられていない。

校長の挨拶が終わると、ひとりずつ名前を呼ばれ、卒業証書の授与が始まった。出席番号順だから授与が始まったとたん壇中央の階段の近くに列ができる。流れ作業のように、「以下同文、おめでとう」と校長は繰り返し、生徒は受け取って横の階段から降りる。もう帰りたいと思ったが、せっかく来たのだから拓人が卒業証書を受け取る姿だけは見よう。

「青山拓人」

はっとして目をこらすと拓人が校長から卒業証書を受け取るところだった。受け取ると、壇上から降りずに舞台の袖に進む。なにか企《たくら》んでいるに違いないと思った。注意して壇上とその周りをながめていると、舞台袖の壁にある窓が開いた。放送設備のある部屋で、窓を閉じると壁にしか見えないようになっている。拓人が顔を出して沙穂梨を見た。

——もうちょっと待ってて。

スマホにメッセージが来た。いったいなにをやるつもりだ。

——わかった。

短く返事をすると窓は閉じた。

壇上で校長が最後の生徒に卒業証書を手渡した。

「以上、百三名。もらってない人はいないね？」

と冗談まじりで会場に問いかけると、笑い声が起きた。

「それでは」

そこで校長の声が途切れた。正確にはマイクの音声がオフになった。校長は首をひねり、マイクを叩く。会場がざわつきだした。

「三年三組、鈴木沙穂梨」

　突然、自分の名前がスピーカーから聞こえてきた。なぜ？　と驚くと同時に数人の生徒が立ち上がって拍手を始めた。拍手をしていない生徒はなにが起きているのかわからず周囲を見回している。沙穂梨もなんのことかわからず、ぽかんとする。

「鈴木沙穂梨さん、卒業証書の授与を行いますので壇上にいらしてください」

　その時わかった。これは拓人の声だ。でも、なぜ？　どういうこと？

　拍手は鳴り止まず、拓人の放送を聴いて立ち上がった生徒も加わってさらに多くなった。じょじょに手拍子に変わる。

「沙穂梨！　早く」

　同級生で親友の由梨香が沙穂梨に駆け寄って促す。まだわけがわからないまま沙穂梨は立ち上がり、由梨香に手で示されて生徒たちが並んで立っている中央を抜ける。

「鈴木、がんばれよ」

「ガーゴイルなんてうらやましい」

　と周りから声がかかる。目の端に、近づいてくる教師を生徒たちが止めているのが見える。

　だんだん状況がのみ込めてきた。これはゲリラだ。拓人たちが沙穂梨のために仕掛けたゲリラ卒業証書授与なのだ。

壇上を見上げると仲のよかった同級生たちが上がって手招きしている。さきほどまで壇上にいた校長先生はおそれをなして舞台の袖に引っ込んで、「早く止めさせなさい」と叫んでいる。

舞台横の放送ルームの窓から拓人が手を振っているのが見えた。あそこも生徒が占拠しているのに違いない。クーデターみたいだ。

うきうきした気分になった。今日は卒業式、特別な日なのだ。

「中止！　中止――――！」

校長が叫び、教頭や他の教師が舞台に向かって駆け寄ってくる。

沙穂梨が壇上に続く階段に足を掛けた時、誰かが叫んだ。

「緞帳《どんちょう》を降ろせ！」

同時に緞帳がゆっくり降りてきた。沙穂梨はあわてて階段を昇る。

「急げ！」

そう言って数人のクラスメイトが沙穂梨の横を抜けて壇上に駆け上がる。沙穂梨もあわてて走り出すが、緞帳はするすると迫ってくる。

沙穂梨の目の前に緞帳が迫った時、動きが止まった。壇上の生徒たちが降りてくる緞帳を支えていた。

「ここは大丈夫だから卒業証書を受け取れ」

涙がこぼれそうになった。

「鈴木沙穂梨さん、こちらへ」

いつの間にか舞台中央に卒業証書を手にした拓人が立っていた。沙穂梨はその前に立って、卒業証書を受け取る。

「鈴木沙穂梨さん、卒業おめでとう」

涙が止まらない。でもかまうもんか、今日はいくらでも泣いていい日だ。そう決めた。自分はこの日を一生忘れない。拓人を一生忘れない。

「行こう！」

拓人に手を引かれて舞台を降りる。緞帳を支えていた生徒たちも舞台から飛び降りた。その前に教師が駆け寄ってきたが、拓人と沙穂梨をかばうように他の生徒たちが教師たちの前に立ちふさがった。

「なにをしている、どきなさい」

教師の声が聞こえたが誰も動かない。逆に守る壁に参加する生徒はどんどん増えていった。

人の壁に守られて拓人と沙穂梨は体育館から抜け出した。後から他の生徒たちも追ってくる。みんなで走り出し、校門を飛び出した。

「警察沙汰にならないかな」

由梨香が走りながら心配そうに叫ぶ。

「ならねーよ。だって誰かが怪我《けが》したわけでもなにかを壊されたり盗まれたりしたわけでもないじゃん。学校の評判落としたくないから黙ってる」

拓人が答えた。

「世間体を気にするもんね」

「なあ、この動画すごく感動するんだけど、ネットにアップしてもいいかな」

緞帳を支えながらスマホで撮影していた男子が興奮した顔で拓人に訊ねる。

「止めとけ。ネットにアップするとなにも知らないヤツらが適当なコメントつけたり、パクって変なパロディ作ったりするぜ。それは宝物にしとこう」

宝物……確かに大事なものだ。これはお金では買えない。

校門を抜けてしばらくすると歩きに変わった。

「オレもアメリカ行くよ。いや、お前みたいにアメリカの大学に行くんじゃなくて、単なる旅行だけどな」

拓人が息を切らしながら沙穂梨の手を握った。

「来て来て。関係者ならガーゴイルのホテルに泊まれるはず。ロボットが案内してくれる」

沙穂梨も握り返す。その時、スマホが鳴った。キャシーからの国際電話だ。メッセージを使わないなんて珍しい。

「沙穂梨？　ニュースを観て！　おそらく日本でも流れていると思う。ネット中継のURLも送っておく。ラスクがクラウド・メイズを攻撃して、アメリカの司法当局やEUの警察と大手IT企業が非難している」

キャシーにしては珍しくすごく興奮している。

「どういうことです？」

「あたしにもよくわからない。なんでアメリカの司法当局やガーゴイルがクラウド・メイズを擁護するようなことを言ってるのか見当もつかない。もしかしたらこの間沙穂梨が言っていたガーゴイルとクラウド・メイズが繋がっているという話が実はもっと大きな陰謀だったのかもしれない。とにかく観て！」

それだけ言うとキャシーは電話を切った。

沙穂梨はあわてて送られてきたURLをスマホで表示させる。生放送のニュースだ。ニュースでは、FBIの発表としてラスクがサイバーテロをたくらんでいたという疑惑を解説していた。ガーゴイルやミニクロソフトをはじめとする大手IT企業も非難する声明を発表している。

「ラスクの仕掛けた攻撃でサイバー空間の9・11が起こりかねない状態だった……ってすごいこと言われてる。ウソだろ。そんなことするわけない」

拓人がうなる。いつの間にか、みんなが沙穂梨の周りに集まってスマホをのぞき込んでいる。

「でもいったいなぜこんなことを言い出したんだろ。クラウド・メイズを攻撃したのはサイバー犯罪者同士の仲間割れとかあり得ない」

沙穂梨はクラウド・メイズがラスクよりもガーゴイルに近いことを知っているから、ニュースの内容がおかしいことはすぐにわかった。

「わけがわからない」

FBIとヨーロッパの警察が総力を挙げてラスクを追っていると報じている。主要メンバーの居場所を特定できるのも時間の問題で、逮捕は秒読みとまで言っている。信じられない。

「なにが起きてるんだろう？」

拓人はつぶやきながら歩き出す。

「今日はいろんなことが起きすぎ。この卒業式は忘れられなくなりそう」

ぞろぞろと十人近くが集団で移動し、誰が言うともなく高円寺《こうえんじ》北公園に向かっていた。

自販機で飲み物を仕入れ、歩きながら飲む。

公園について空いているベンチに腰掛けた頃には全く違う展開になっていた。

最初に報じたのはイギリスのガーディアン紙だった。それを日本のニュースメディアがすぐに紹介した。

――史上最大の囮捜査クラウド・メイズの全貌！　暴走したＦＢＩと各国警察の共同作戦。

――囮捜査？　ヘッドハンティングなんかじゃなかった。あれはサイバー犯罪者やサイバーテロリストをおびき寄せて一網打尽にするための罠だったらしい。

――ハクティビスト集団として知られるラスクは本日ダークウェブの犯罪サイト、クラウド・メイズに対してサイバー攻撃を行うと同時に、攻撃に先立って盗み出していた情報を公開した。この情報によればクラウド・メイズは、ＦＢＩを中心にユーロポールなどの警察組織などと共同で設置した囮サイトである。サイバー犯罪者やテロリストをこのサイトに誘導するため、ガーゴイル、ミニクロソフトなど大手ＩＴ企業数社が過去の履歴からサイバー犯罪などに関係している可能性のある人物にのみクラウド・メイズへ誘導する告知を行っていた。

複数の著名なサイバー犯罪者が言わば客寄せのためにあらかじめクラウド・メイズで活動するように手配していた。彼らがＦＢＩの司法取引に応じたという記録もある。

この報道で一気にニュースの論調は変わった。ラスクはやはり「正義の味方」だったという声がネットにあふれる。

「まさかクラウド・メイズが罠だったなんて。そこまでは考えなかった」

「すごいな。ＦＢＩも滅茶苦茶《めちゃくちゃ》やる。だってこれって犯罪者予備軍まで引き入れて犯罪者に仕立てて、逮捕するんだろ。やりすぎだろ」

「……そうだね。あたしもクラウド・メイズに参加していたら、犯罪者の仲間入りだったかもしれない」

沙穂梨は吉沢の警告を思い出した。彼はどこまで知っていたのだろう？

「危なかったな。やっぱりお前はカンがいいんだよ。オレだったら参加してたと思う」

――クラウド・メイズは利用者のＳＮＳの監視も行っており、そこからさらに芋づる式に犯罪ネットワークを追跡していました。ＳＮＳの監視には最新のテクノロジーが用いられており……。

沙穂梨は半分ほっとし、半分不安になった。ガーゴイルはクラウド・メイズの黒幕ではなかったが、関係はしていた。どう考えればいいのかわからない。しかしガーゴイルに行く気は全く変わらない。安部の言っていた通り、大手ＩＴ企業は世界を動かす情報の中心にいた。それが証明された。アメリカもＥＵも大手ＩＴ企業に協力を依頼しなければならなくなっている。ガーゴイルに行けばその中身を知ることができる。

――こっちは社内が大騒ぎ。社員が抗議デモをやるって言ってる。

キャシーからメッセージが届いた。いろいろなものが動いてる。ガーゴイルはその中心のひとつだ。社員がデモ？　そんなこと今の日本では起こりそうにない。やはりガーゴイルを選んでよかったと思う。

河野は衝撃を受けていた。またラスクが勝った。圧勝と言っていいだろう。

「明日にはＡＣＬＵ（アメリカ自由人権協会）やＥＦＦ（電子フロンティア財団）がこの作戦に参加した警察を非難する声明を出すでしょう。新聞もメディアもこぞってこの騒ぎを取り上げてラスクを正義の味方に祭り上げる」

河野は誰に言うともなくつぶやいた。ラスクのやり方はよく知っている。必ずこうするという確信がある。

「いつものパターンだね。それで世論は完全にラスクにつく。困ったもんだ。しょせん犯罪者なのにねえ」

吉沢はため息をつく。

「あとはデータを分析して、手がかりを見つけるくらいしかできないですね」

大場がうらやましそうにため息をつき、ディスプレイをテレビニュースにした。最初はＣＮＮを映し、それから次々と各国のニュースに切り替える。どの国でもトップニュースになっており、ほとんどが警察の行きすぎた捜査を責める論調だった。

「日本政府はアメリカと歩調を合わせて、重大な懸念を表明するみたいだね。懸念なんかいくら言ってもなんにもならないのに。でもって朝日はラスクをほめて産経と読売はけなすでしょ。お約束だねえ」

吉沢が苦笑する。

「まだ終わってない」

河野は大事なことを思い出した。

「ラスクはどんな時でも必ず金を回収する。今回もそのはず。これからこの事件に関係して金が動くから、それを追えばその先にラスクがいる」

河野の言葉に数人の男が色めき立ったが、吉沢は首を横に振った。

「この事件で金が動く？　大手ＩＴ企業の株価は下がるでしょ。事前に空売りしておけば儲かる。それくらいじゃないのかなあ。直接関係者から金を取る方法はないでしょ」

その言葉でみんなが納得する。株価が下がる前に持っている株を売って、下がってから買い戻せばより多くの株を手にできる。そして値が戻ったら売って利益を確定する。基本的な株式売買の方法だ。株の空売りはその時点で保有していない株を売り、株価が下がってから売った分の株を購入し、保有していないで売った分に充《あ》てて利益を出す方法だ。持っていない株式を売買するのでリスクはあるが手っ取り早く利益を確保できる。売却金額と購入金額の差額で儲ける手法だ。直接関係者から金をもらうわけではないので安全だ。世界のどこかで取引を行った人物を特定することは不可能ではないが、日本の警察の手に余る。

「さて、じゃあ、ひととおり派手なイベントは終わったから本腰入れて解析しよう」

吉沢の声で全員がうなずいた。

「モニターをマインに切り替えます」

大場はそう言うと、モニターがマインを表示した。

河野もうなずいたが、今回もまた安部響子には手が届かないだろうと確信した。

その時、吉沢のスマホが鳴った。どうやらメッセージが届いたらしい。

「あれえ？」

と渋い顔で河野をにらみ、近づいてくる。クマのような巨体が寄ってきたので河野は本能的に後ずさろうとしたが、吉沢が肩をつかむ方が早かった。

「なんです？」

河野はできるだけきつい口調で言い、吉沢をにらみ返す。

「当たり」

一言そう言うと、くすくす笑い出した。静まり返った部屋で笑う巨漢は薄気味悪い。

その場の全員が不安そうに吉沢を見つめる。

「あああっ？」

大場が沈黙を破って声をあげ、モニターを指さす。さきほどまで表示していたデータが消え、英文のメッセージが表示されている。吉沢は殺気だった目つきでそれを一瞥《いちべつ》する。

「河野さん、大当たり。ラスクはきっちりお金を回収していたみたいだね。世界中のマインが機能不全になった。データを暗号化されてて元に戻してほしかったら金を出せって脅されてるか、問答無用でまるごと削除されてるそうだ」

「ランサムウェアに感染した？」

ランサムウェアとはデータを暗号化して、身代金を払えば復号キーを渡すと脅迫するマルウェアだ。金を払ったからといって約束通り復号キーをくれるとは限らない。企業だけではなく、病院のカルテのようにクリティカルなデータが狙われる。

「違う。まだ調査中だけど、マインそのものに自分自身を暗号化する機能があったらしい。それと全部のデータを消しちゃう自爆機能ね。それを悪用された」

「なんだって？　ラスクのしわざなのか？」

「うーん、それがね。そうであってそうじゃない」

「どっちなんだ？」

「敬語」

吉沢がにやにや笑いながら河野の首を片手でつかんで持ち上げた。つま先が床から離れる。頸《けい》動脈をきめられて脳に血が回らなくなり、ぼうっとしてくる。一瞬で抵抗できなくなった。

「敬語を忘れないのは社会人の基本。僕は機嫌悪いんだからこれ以上怒らせないでほしいなあ」

吉沢が手を離すと河野はその場にくずおれた。貧血のように頭がくらくらして立ち上がれない。

「ラスクはクラウド・メイズの全会員に希望する警察署や捜査機関が使うマインの暗号化の方法と自爆の方法を売ったそうだ。ラスクは会員の情報をクラウド・メイズから盗み出してるんだから断れないよね。押し売りみたいなもんだ。でもって買った連中はそれぞれがいろんな警察のデータを消したり、脅迫したりしはじめてるってことらしい。世界中の警察が捕まえようとしていたサイバー犯罪者に逆に脅迫されるなんてひどいオチだなあ」

河野はぼんやりと吉沢の説明を聞いていたが、どうしても腑《ふ》に落ちない。

「待て！　いえ、待ってください。なぜラスクにそんなことができるんです？　そもそもなんでマインにそんな機能がついているんです」

「わかんないねえ。ラスクはとっくに金を持って逃げてるからもう追いかけられない。またやられた」

吉沢はため息をつくと、片足を軽く浮かした。河野は蹴られると思って、とっさに転がって逃げる。

「いやだなあ。河野さんに八つ当たりして蹴飛ばすなんてことはしませんよ。蹴ったら死んじゃいそうだしね。早くその物欲しげな真っ黒いパンツを隠してくださいよ。大阪府警の人は性的にリベラルだから刺激しない方がいい」

転がった拍子にスカートがめくれていた。あわてて隠して立ち上がる。

「あの……うちにも脅迫状が来たみたいです。今回参加した組織のマインも全部暗号化されたか削除されたようです」

大場がおどおどしながら、モニターを指さした。


ガーゴイル本社は混乱の坩堝《るつぼ》だった。広場に多数の社員が集まり、抗議の声をあげている。このままサンフランシスコ市内に向けてデモ行進をするようだ。キャシーもそこに加わっていた。まさかあんな陰謀だったとは知らなかった。完全ではないにしろ、あれを見破った沙穂梨は予想以上の逸材と言えるだろう。彼女がここに来ればガーゴイルは変わる。

――市内で他社の社員と合流する。市警本部には行進と集会の許可をもらった。

メッセージが回ってきた。ここには大手ＩＴ企業がいくつもある。そこの社員たちも同調しているからかなり大規模な集会になるだろう。世界中の人々が国家や警察、そして大手IT企業に対して警戒するようになる。これまで各国がSNS監視とネット世論操作で築き上げてきたものは壊れてしまった。ラスクはそこまで考えていたのだろうか？

その時、広場のステージにシュミットが現れた。ざわめきが静まって注目が集まる。

「諸君、今回の件については心からお詫びする。我々は間違っていた。これからどうするかを君たちと考えたい」

シュミットの言葉に全員が耳をかたむける。ステージの袖では、他の役員たちがその様子をながめている。

「今日は存分に行進し、これからのことを考えてくれ。明日は社員総会を行い、そこで君たちの考えを聞こう」

ぎょっとした。そんなことをしたら、なにが起きるかわからない。シュミットの身の危険もあるだろう。その一方でキャシーは安心もしていた。シュミットは常に確信と自信に満ち、必ず勝てる計算をしている。彼の頭の中にはすでに社員を説得するシナリオができているのだろう。

ガーゴイルは変わる。これまでそうだったように社会を巻き込みながら自らも変化するのだ。

作戦を終えた安部と肇はすぐにバンクーバーから列車でシアトルに行き、そこからブラジルのグアルーリョス国際空港を経由して南米の小国パラムリアンに向かった。プロジェクトは終わった。もう安全なはずだ。わかってはいるが、わずかな不安は残る。

安部も肇も別人になりすまして飛行機に乗り込んでいる。ばれれば即時に逮捕される。大きな作戦を成功させても完全に安全ではない。安部も肇もふつうの生活には戻れない永遠の逃亡者なのだ。心が安まる時はない。それは他のラスクのメンバーも同じだ。数年前まではただの会社員だった肇はまだ慣れない。もしひとりだったら耐えられなかっただろう。

だが、肇のそばには常に安部がいる。ぶれることのない安部とともにいると肇は安心できる。そして安部にとっても肇は一緒にいて安心できる相棒なのだろう。そう考えると、肇は少しうれしくなる。広い世界でたったふたりだけの相棒だ。

機内に離陸を告げるアナウンスが流れた後で肇は安部に話しかけた。

「今回、敵はSNS監視ツールを使わなかったんでしょうか？　追跡されなかったように感じたんですが」

犯罪者の捜査でSNS監視ツールを使うのは当たり前になっている。肇はラスクの噂や声明を世界中に撒《ま》いているから当然追跡されているはずだが、あまりその感じはなかった。肇の質問に安部はにこりと笑う。

「使っていましたよ。ただしちゃんと機能しませんでしたけどね」

こういう時の安部のいたずらっ子のような笑顔が好きだ。いつもなにかこっそりと仕掛けて、それがどうなるか黙って見ている。肇が訊ねるまでなにも言わないが、なかなか気がつかないとそれとなくヒントを出してくる。今回の肇はヒントをもらう前に気がついた。

「どういうことですか？」

「太田は以前からオープンソースのＳＮＳ監視ツール開発プロジェクトに趣味で参加していました。そのツールに目を付けたドイツの会社がソースコードを買い取って商用版をリリースしました。同時に太田はドイツの会社とサポート契約を結び、バグ発生時などの時に手伝っていたんです。その時、こっそりとわかりにくい場所に暗号化機能をつけておいたのです。もともとデータの一部を暗号化する機能はあったので、そこに全体を指定できる隠しコマンドをつけました。自爆機能は最初から仕様にありました。こういうツールは世論の抵抗を受けがちなので、いざという時に証拠を消すためだったそうです。クラウド・メイズにそのツールが採用されたのは皮肉です。暗号化と自爆機能を使ってＳＮＳ監視ツールを無効化しました」

安部は少し誇らしげに種明かしをした。

「太田さんだったのか……まさかSNS監視ツールが罠とは向こうも気づかなかったでしょうね」

「正直申しますと、この作戦は太田のツールがクラウド・メイズで使われていることから計画しました。敵は強大でしたが、大きな隙があるのが最初からわかっていたので楽でした。全部終わった後で、クラウド・メイズから情報を盗み出した二〇四八人のサイバー犯罪者にツールの使い方とキーをひとり一万ドルで売りました。みなさん、喜んで買ってくださいました」

「そりゃ、そうですよ。クラウド・メイズの罠から助けてくれた恩人だし、個人情報を握られているし、断れないでしょう」

「一万ドル、日本円だと百万円ちょっとなら安いですしね。でも二〇四八人分だと日本円で二十億円を超えますから悪い商売ではありません」

金額を聞いて肇は驚いた。とんでもない金額だ。実感はないが、それを自分たちはつかんだ。全員で山分けしても一人当たり数億円は確実だ。安部の発想にはついていけない。

「これから友達に会うんですよね」

「十年以上お目にかかっていませんから、変わってしまっていないか少し心配です」

「なぜ、会わなかったんです？」

「私は日本国内で活動していたので、会うのは双方にとって危険でした」

安部の返事を聞いて肇は疑問を覚えた。

「でも、僕には連絡してきましたよね。なにか違いがあるんですか？」

「あなたと私の過去の接点はほんとうにごくわずかですから、おそらく誰も見つけられないでしょう。これから会う友達とはつきあいが長いので、調べれば私のこともわかってしまいます。それに、あなたの場合は私が常にそばにいるので安全です」

そういえば安部は自分の部屋の隣人だったのだと肇は思い出す。肇が昔を思い出している様子を見て安部は楽しそうに微笑んでいる。たまにはなにかで安部を驚かせたい。そう思って、切り札を出した。

「安部さん、あのトリックわかりました。ものすごく簡単な話だったんでしょ？」

ふたりが親しくなったのは、安部の住んでいるマンションの部屋の隣に肇が引っ越したことがきっかけだ。しかしのちに安部は、そこに肇が引っ越してくるように仕掛けたと話した。肇の隣に安部が引っ越してくるならわかるが、すでに住んでいる部屋の隣に引っ越してくるようにさせるというのはいかなるトリックなのか見当がつかなかった。

それが解けた。

「その様子だとわかったみたいですね」

安部は楽しそうに頬をゆるめた。

「最初は全くわかりませんでした。だって僕が引っ越し先を決める前に、僕の隣の部屋に引っ越すなんて予知能力でもない限り無理でしょう。マンションの空き部屋のデータベースをハッキングとかいろいろ可能性を考えましたけど、どれも確実じゃないんです。データベースをハッキングしても僕だけが借りられるようになんてできないし、僕の条件に合う部屋をひとつだけ残しておいても他の人が借りてしまうかもしれない」

「そうですね。借り手であるあなたに借りたいと思わせた方が確実です」

「そのためには、僕にだけ他よりもよい条件で部屋を貸すと申し出ればいい。でも、名指しでそんなことはできないから、僕の希望する条件の部屋を、入社数年の若い会社員、できればシステム関係の仕事をしている男性に貸したいので、この条件に当てはまる人にだけ賃料を割り引くとか不動産屋に伝えておけばいいんじゃないですか？」

「ほぼ正解です。でも、あなたと同じような人が同じような部屋を探している可能性もあります」

「その時は断ればいいんです。だって、こんな特別な条件を提示できるのはマンションのオーナーだけです。安部さんはあのマンション全体を持っていたんですね」

そこがわからなかった。まさかマンション一棟を所有しているとは思ってもみなかった。隣でなくても同じマンションのどこかの部屋でもよかったのだろう。とんでもない仕掛けだが、安部ならやりかねない。慎重なようでいざという時は大胆になる。

「付け加えると、私は別人名義で都内に複数のマンションを保有しています。あなたが、その中のどれかに引っかかるのをずっと待っていたんです」

「ほんとですか？　だって……なぜそんなにまでして待っていてくれたんですか？」

どれだけの期間を待っていたのか想像して驚いた。一年や二年ではないだろう。だが、ある意味で安部らしい。一定の確率でいつか獲物がかかる罠を張り、じっと待つ。サイバー空間の作戦でもピンポイントで狙うことはしない。一定の確率で勝てる戦いを仕掛ける。

でも新しい謎ができた。安部は肇が隣に引っ越して来る前から自分を知っていた。いったいいつ、どんな風に自分と会ったのだろう？　安部がそこまで思うなら自分の記憶に残っていてもおかしくないはずだ。肇は必死に記憶をたどるが思い出せない。高身長で美しい安部はどこにいても目立つはずだ。

「……ただ会いたいと思っただけです、主に私が」

機内の照明が仄暗《ほのぐら》く変わると安部が無言で肇の胸に頬を寄せた。

エピローグ

南米の小国パラムリアンの首都郊外にある国内唯一の国際空港。日本は冬だが、南半球のここは夏だ。

そこで安部と肇を待っていたのは、真っ黒に日焼けした長身の男だった。サングラスをかけ、黒いスーツを着込んでいる。降りてきた客が歩いて行く中、安部と肇は男の前で立ち止まる。肇は懐かしさで胸がいっぱいになった。

「万事、整ってます」

男はそう言うとサングラスをはずし、安部のキャリーバッグを持とうとした。

「自分で持つので大丈夫です。それよりも荷物のピックアップをお願いします。白と赤のスーツケースがひとつずつです」

「着いた早々、人使いが荒いお姫さまだ」

その男、鈴木《すずき》は同意を求めるように肇を見る。久しぶりに会うラスクの仲間だ。

「鈴木さんを頼りにしてるってことですよ」

「そういうことにしておく」

「それにしても真っ黒ですね」

「ここに来て長いからな。スペイン語もだいぶしゃべれるようになったぜ」

鈴木は白い歯を見せて笑った。

「ほんとですか？」

鈴木はラスクのメンバーで興信所を営んでいた。ラスクが解散したあとは南米のあちこちを転々としていたらしい。

「いやあ、でもなつかしいなあ。ふたりとも無事でほんとによかった」

「そちらもお元気そうですね」

安部が目を細める。

「他のメンバーと違って身体が資本ですからね。毎日トレーニングしてます」

「例の手配は？」

「ばっちりです」

鈴木の返事を聞いた安部は空港の時計を見て、時間を確認する。

「では、その場所に案内してください。私はそこで彼女を待ちます。高野さんと鈴木さんは少し離れた席で待っていてください。ふたりはそれぞれ別のテーブルについていてください」

ここで四人が合流し、鈴木の運転する車でチリに向かうことになっていた。そのためだけのパスポートも用意してある。


沙穂梨たちはひとしきり話をすると、昼には解散した。みんなが公園から去っても沙穂梨と拓人は並んでベンチに腰掛けたままだった。沙穂梨がぐずぐずと動かなかったせいだ。

「そろそろ行こうぜ。腹も減ったし」

拓人が立ち上がる。

「……今日はほんとうにありがとう」

沙穂梨も立ち上がり、唐突に頭を下げた。

「なんだよ、急に」

「ちゃんとお礼を言いたいと思ってさ」

「お前のためだけじゃなく、学校のやり方に腹がたってたし。あのままなにもしなかったら、オレはこの先に進めないような気がしたんだ」

「この先?」

「嫌なことや間違ったことをされても黙ってればいい、みたいになりそうな気がした。

そういう時にちゃんと違うって言える人間でいたかったんだよな」

「拓人も考えてるんだ。あと、ごめんね。ガーゴイル本社に行ってる間、返信できなくて。あの時はとにかくテンパってて自分のことしか考えられなかったんだ。心配してくれてたのにごめん」

拓人に謝らなきゃとずっと思っていて、なかなか言えなかった。たいしたことではないし、もう気にしていないだろうと思ったけど、たいしたことじゃないからこそきちんと謝っておきたかった。

「気にするなよ。オレだってしつこく送りすぎたと思って反省したんだ」

ほっとした。ふたりは並んで歩き出す。

「昼メシ食っていこう。おごるよ」

拓人の言葉に沙穂梨は、「やった」と喜ぶ。それからしばらく無言で歩く。

「オレ、大学の休みにはお前に会いにアメリカ行く」

「ありがと。さっきも言ってたよね」

「大事なことだから二回言うんだよ。何度でも行くからな」

「うん」

拓人はいつまでたっても不器用なままなんだろうな、と沙穂梨は思う。それがよいところでもある。じんわりと拓人の気持ちが伝わってくる。

「走って汗かいたから、ご飯の後でシャワー浴びられるとこ行こうか？」

沙穂梨がそう言うと、拓人が思いきり驚いて立ち止まった。マジマジと沙穂梨の顔を見つめる。

「めっちゃ驚いてる。こんなに食いつくと思わなかった」

沙穂梨がくすくす笑い出したのを見て、拓人は真っ赤になった。

「なんだよ。からかうなよ」

沙穂梨は、ごめんと頭を下げ、拓人の手を握る。

「お前、そういうの好きじゃないって言ってなかった？」

「そうだね。でも、今日は手をつなぎたい気分。人は変わるものでしょ」

「オレも変わるのかな？」

「拓人は変わったよ。高校一年の時よりずっと大人になった、と思う。いい意味でね」

「そうかな。自分だとわかんねえ」

それだけじゃない。背も伸びたし、手も大きくなった。人間は常に変化し続ける。意識しなければすぐに劣化する方向に変わってゆく。大人になればわかる、っていうことのほとんどは、問題を認識する能力が衰えるからだ。子供の頃に悩んでいたことが、大人になると気にならなくなるのは感受性が鈍るからだ。愚鈍になることを成長と呼びたくない。

「あたしたちうまくいってるよね」

「突然、どうしたの？」

「なんでもない」

あたしたちはこのまま一緒だ。アメリカと日本に離れても、それは変わらない。そんな気がした。


空港の中にある唯一のラウンジ。面積だけは広いが三十以上の白いテーブルと椅子が並んでいるだけで殺風景だ。開け放たれた窓から鳥のさえずりと熱気が入ってくる。客はまばらだ。

そのラウンジの隅のテーブルに安部がひとりで佇んでいる。少し離れたところで肇と鈴木がそれぞれ違うテーブルについている。

健康そうな褐色の肌をしたサングラスの女性が安部に近づいてきた。肇と鈴木はそれとなく、女を見る。

「……良子？」

女はそう言いながらサングラスをはずした。ぽっちゃりした顔に満面の笑みが浮かんでいる。

「ごぶさたしております」

安部は立ち上がり、頭を下げた。

「うわ！　そのよそよそしい言葉使い。懐かしいなあ。ほんとに良子だ。すごい。十三年ぶりだね」

相手はうれしそうに笑い、抱きついた。目には涙があふれている。

「あなたといた頃は佐野良子と名乗っていましたが、今はオルカが使っていた名前を引き継いで安部響子です」

心なしか安部の目も潤んでいる。あんな安部を見るのは初めてだと肇は思った。よほど大事な友達なのだろう。

「信じられない。オルカってあのオルカだよね。いったいいくつ名前を持ってたんだ。今は良子がラスクのリーダーなんだろ？　すげえ。極悪人じゃん」

女は少し離れ、まじまじと安部を見る。安部もしっかりと相手を見つめている。ふだんの安部は相手と目を合わせることはないし、顔を見ることすらしないのも珍しくない。

「中身はいたって以前のままですが」

安部は言いながら希美に席を勧め、自分も腰掛ける。

「そういえば、あの佐野良子の名前のフェイスブックはヤバいんじゃないの？　だって国際指名手配とかされてるんじゃないの？」

「あれは囮ですから大丈夫。もう消しました」

「囮？」

「佐野良子の名前で検索し、〝主に私が〟という口癖で私を思い出してくださる人を探すための囮。罠でした」

「言ってることがよくわからないんだけど。あー、昔もこういうのばっかだった。あんたがなにかやって、あたしがわけがわからなくて訊いてた」

懐かしそうに笑う。

「そうでした。でも、私はリアル世界であなたに助けられてばかりでした」

「そうだっけ？　あ、もしかしてちょっとわかったかも。あたしが良子を探すために検索して、佐野良子のフェイスブックを見つけて、中を見て口癖が書いてあるから、間違いなく良子だってわかるってこと？　そのためにフェイスブックを作って、わかりやすい口癖を載せたの？」

「そうです。しかしただ作っただけだといろいろ問題があります。まず、佐野良子を思い出し、検索しようという気になってもらわないといけません。同時に、自分の知っている佐野良子だと確認できるものも必要です。佐野良子という名前の人はひとりではないですからね。だから、あの口癖を使うことにしました。あの口癖がテレビを通じて世の中に広まれば、佐野良子をよく知っている人は思い出します。検索したくなるでしょう。そしていくつか見つけたフェイスブックの中で、あの口癖を含んでいるものにたどりつく」

「ちょ、ちょっと待って。それって、あのラスクの裏切り者は、わざとあんたの口癖を広めたってこと？　あいつに良子が頼んだの？」

「はい。こちらはまだ彼女が警察に話していない秘密をたくさん知っています。暴露されたら確実に有罪になるようなものもあります。なので協力関係は築きやすかったです」

「それって脅迫って言うんじゃないの？」

「物は言いようです」

「良子は変わってない」

「希美も変わっていないと思います」

「あたしはタダのおばさんになっちゃったよ。好奇心は猫を殺す、そして猫は九つの命を持つ。あたしは九回死んでもう猫じゃなくなったのかもしれない」

希美は天井を見上げてため息をつく。

「タダのおばさんは、友達に会うために世界の果てまで来ないと思います」

安部の言葉に希美は笑った。

肇は少し離れたところからふたりを見守っていた。楽しそうに昔の親友と話している安部の表情はいつもの無表情ではなかった。自分の見たことのない安部だ。少しうらやましい。いつか自分にもあんな表情を見せてくれるのだろうか？

それにしても安部響子の用意周到さにはかなわない。手伝った肇も全体のからくりはわかっていなかった。

しばらく楽しそうに会話するふたりの様子をながめていた。

気がつくと所定の時間を過ぎていた。そろそろここを引き上げなければ危険だ。この空港の公衆Ｗｉ－Ｆｉと監視カメラは一時間約五十万円で貸し出されている。もちろん空港の公式なサービスでなく、一部の職員が結託して裏でビジネスにしているのだ。安部はそれを希美との再会のために利用した。

監視カメラの記録はそのまま残るが、カメラを動かして映らないようにすることができるし、周囲に怪しい人物がいないか確認するためにも使える。同様にＷｉ－Ｆｉも盗聴し放題だ。そのためにこの空港を選んだ。

肇は立ち上がると出口に向かって歩き出す。それに気がついた安部と希美も立ち上がる。鈴木は全員がカメラに映らないよう最後まで残って確認して外に出る手はずだ。

外に出ると、嗅いだことのない独特な風の薫《かお》りがした。背中に安部の視線を感じる。

考えてみると、日本で逃亡を始めてからずっと安部と一緒だ。それが当たり前の日常になっている。

もしかしたら自分は幸福なのかもしれないと肇は思った。

謝辞

本書の執筆に当たり、サイバーセキュリティ専門家の方に査読をお願いいたしました。この場を借りて御礼申し上げます。ありがとうございました。

株式会社カスペルスキー　情報セキュリティラボ　チーフセキュリティエヴァンゲリスト　前田典彦様

株式会社サイント　代表取締役　岩井博樹様

査読をお手伝いいただいた株式会社イード「ScanNetSecurity」発行人　高橋潤哉様、ありがとうございました。

サイバーセキュリティの最新状況についてアドバイスいただいた江添佳代子様、本書の改稿に当たってご尽力いただいた平野様、ありがとうございました。

執筆を支えてくださった佐倉さく様にもこの場を借りてお礼を申し上げたいと思います。

ミステリの愉しみを教えてくれた母にも感謝します。

最後に、本書を手に取ってくださったみなさまに御礼申し上げます。楽しんでいただければ、これにまさる喜びはありません。

用語解説

本書はフィクションであり、登場する人物、企業、事件などは全て架空のものです。ただし、一部に実在するものも含まれております。

・**ガーゴイル、ガップル、ミニクロソフト**　架空の会社名。実際にあった出来事の場合は、グーグル、アップル、マイクロソフトの名称を使用し、架空の出来事については架空の会社名を用いている。

・**バーチャルマシン**　ひとつのＯＳの上に実際のＯＳには干渉できない仮想空間を作り、そこでアプリを実行させることで安全を確保できる。

・**ダークウェブ**　ダークウェブとは通常の方法ではアクセスできないインターネット上の空間のこと。グーグルやヤフー！で検索しても見つからないし、仮にリンクを見つけたとしてもそのままではたどりつけない。アクセスするためにはそのためのツールが必要になる。一番よく使われるのはＴｏｒという匿名化ツールで、どこから誰がアクセスしてきたのかを隠して利用できる。そのため違法な売買やサービスによく使われている。決済方法としてビットコインのような仮想通貨が使えるようになってからはさらに利便性が増して拡大している。しかし、この世界にはグーグルのような検索エンジンはなく（あるにはあるが、網羅性がない）、掲示板や他のサイトの情報を頼りに探し当てるしかない。

・ネット世論操作　SNSなどをボット（プログラムあるいはAIによって自動運用されるアカウント）やトロール（手動によるなりすましアカウント）を大量に動員するなどの方法を駆使して、ネット上での多数派を構成し、世論操作を行うこと。アメリカ大統領選はよい実例だが、ヨーロッパでは以前から安全保障上の重要な課題とされており、メディアリテラシーやメディア倫理の問題よりも軍事上の問題としてとらえられる。

・RT　いずれも本文中にあるように実在するロシアのニュース媒体で、NATOなどからはプロパガンダ媒体とされており、フェイクニュースの温床とも呼ばれている。スプートニクには日本語版も存在し、事情を知らない日本のネット利用者が記事を紹介したりしている。

・**シルクロード**　実在したダークウェブの大手サイト。薬物の売買が中心に行われていた。二〇一三年に運営者であるウルブリヒトが逮捕された。彼は八千万ドル（およそ八十億円）の利益を得たとされている。

・**JSDEX**　架空のツール。

・**バグ脆弱性報奨金プログラム**　ガーゴイルは架空の企業で、そのバグ脆弱性報奨金プログラムも架空のもの。ただし、大手IT企業のほとんどは自社のサービスなどのバグを報告してくれた相手に報奨金を出す制度を用意しており、その賞金を稼いでいるバウンティハンターも存在する。

・**ガーゴイルアーバニズム**　架空のプロジェクト。ただし、GoogleUrbanism は実在するグーグルのプロジェクト。

・**マイン**　架空のSNS監視ツール。ただし、全米の警察のほとんどはSNS監視ツールを導入していると考えられ、SNS監視ツールを提供する専門企業もいくつか存在する。

・フォートラン、スモールトーク、アグナス、デニス、ポーラ、アミガ、リスプ　全て実在するもので、その内容は本文の通り。

・ガーゴイルホーム　架空の製品。ちなみに、二〇一八年五月には類似の製品であるアマゾンのアレクサを利用している夫婦が会話していたところ、たまたま会話の中で出た言葉にアレクサが反応し、会話の内容を送信する事件が起きた。この種の装置は常時人の音声に反応して動くようになっており、言い換えると常時「聞かれている」ことになる。

・〝ハイブリッド戦〟と〝超限戦〟　現代の戦争は、政治、経済、宗教、心理、文化、思想など社会を構成する全ての要素を兵器化して戦うようになっている。かつてのように宣戦布告をして武力で戦うスタイルはもはや過去のものになった。日常的に、あらゆるものを兵器化して相手国を攻撃し、力を削《そ》ぎ、思うように動かす戦いが進行している。この考え方が明確に示されたのが、一九九九年に中国の軍人ふたりが発表した『超限戦』で、その後二〇一三年にロシア参謀総長ゲラシモフが記事を寄稿し（一部ではゲラシモフ・ドクトリンと呼ばれることもある）、二〇一四年にはロシアの新軍事ドクトリンにこの考え方が盛り込まれた。

・**ガンマグループの監視ツールのアンドロイド版はタイの安価な監視アプリをカスタマイズしたもの**　事実である。元従業員が二〇一七年二月にフォーブス誌で暴露した。ただし、作中では暴露より前に、ネットで裏情報を仕入れて知ったという設定になっている。

・**NIT（Network Investigative Technique）**　実在するツールで、その内容は本文の通り。

・**プレイペン**　実在したダークウェブの大手児童ポルノサイト。二〇一五年にFBIによって閉鎖され、多数の利用者が逮捕された。この時、FBIはプレイペンのサーバーを特定した後も運用を続けさせることで利用者を特定し、逮捕に結びつけたとされている。

・**DITU（Data Intercept Technology Unit）**　実在するFBIの組織。世界最強の盗聴組織と言われているものの、その実態が明らかにされたことはない。

・アイスワイン　実在する甘口のデザートワインの一種でカナダ名物。

・『闇の五本指』　前作『女子高生ハッカー鈴木沙穂梨と0.02ミリの冒険』に登場したハッカー集団。

・CPS（Comprehensive Protection System for the Stake Holders on the Social Media）　架空のサービス。

・ビーコンを用いたガーゴイルの広告　ビーコン技術は実在する。それ以外にも使用者や関係する人を特定する技術が開発されている。ただし、ヨーロッパを中心にプライバシー規制が厳しくなっており、そこへの対応が課題となっている。

・スカイグラフ　架空のアプリ。

・サットンプレイス　実在するバンクーバーの高級ホテル。

・パラムリアン　架空の国。

この作品は、集英社文庫のために書き下ろされました。

一田和樹の本

天才ハッカー安部響子と五分間の相棒

会社員の肇は、ネットショッピングのアカウントを乗っ取られたのをきっかけに、隣人の引きこもり美人ハッカー安部響子とともに、ネットを駆使して一攫千金を狙うが!? 話題沸騰のサイバーミステリ!

一田和樹の本

女子高生ハッカー鈴木沙穂梨と0.02ミリの冒険

親友の父親がネット冤罪で逮捕された。無実を証明するため、女子高生の沙穂梨は彼氏の拓人と協力して事件を調べ始める。ネットの奥深くを探るうち、スマホゲームをめぐる世界的陰謀を知って……!?

集英社文庫

一田和樹の本

内通と破滅と僕の恋人

珈琲店ブラックスノウのサイバー事件簿

大学生の凪と恋人の霧香はサイバーセキュリティに精通するマスターが営む奇妙な珈琲店に出会う。ふたりはそこで様々なサイバー犯罪の知識を深めるのだが……。ネットに潜む犯罪の今を描くサスペンス。

一田和樹の本

原発サイバートラップ

韓国原発でサイバーテロ発生！　犯人は、要求に従わなければ核廃棄物を積んだドローンを使い原発を破壊するという。疑心暗鬼の韓国、動けない日本、暗躍するアメリカ……事態の行方は⁉

S 集英社文庫

天才《てんさい》ハッカー安部響子《あべきょうこ》と2,048人《にん》の犯罪者《はんざいしゃ》たち

2019年1月25日　第1刷　　　　定価はカバーに表示してあります。

著　者　一田和樹《いちだかずき》

発行者　徳永　真

発行所　株式会社　集英社

東京都千代田区一ツ橋2-5-10　〒101-8050

電話　【編集部】03-3230-6095

【読者係】03-3230-6080

【販売部】03-3230-6393(書店専用)

印　刷　大日本印刷株式会社

製　本　大日本印刷株式会社

フォーマットデザイン　アリヤマデザインストア　　マークデザイン　居山浩二

ISBN978-4-08-745836-7 C0193